AF398370

1979 in Hamburg geboren, lebt **Stefanie Mühlenhaupt** heute mit ihrer kleinen Familie in Buchholz in der Nordheide. Die gelernte Diplom-Holzwirtin ist berufstätig und wird von ihrem Mann und ihrer Tochter auf Trab gehalten, wenn sie nicht gerade schreibt. Seit Kindesalter liebt sie es, sich Welten auszudenken, dabei hat es ihr die Fantastik besonders angetan. Nach einem Schreibseminar 2016 hat sie sich endlich dazu entschlossen, ihre Geschichten zu veröffentlichen.

STEFANIE MÜHLENHAUPT

DER LETZTE SCHWARM

EIN SPANNENDER DYSTOPIE-THRILLER
VIEL ZU NAH AN DER REALITÄT

Überarbeitete Neuausgabe September 2024

Copyright © 2024 dp Verlag, ein Imprint der
dp DIGITAL PUBLISHERS GmbH
Made in Stuttgart with ♥
Alle Rechte vorbehalten

Der letzte Schwarm

ISBN 978-3-98998-525-4
E-Book-ISBN 978-3-98998-464-6
Hörbuch-ISBN: 978-3-98998-512-4

Covergestaltung: Anne Gebhardt
Umschlaggestaltung: ARTC.ore Design
Unter Verwendung von Abbildungen von
shutterstock.com: © Alkim SARAC, © Biod, © Daniel Prudek
Lektorat: Nadine Buranaseda
Satz: dp DIGITAL PUBLISHERS GmbH
Druck und Bindung: Books on Demand GmbH, Norderstedt

Für Eva, Nikolai und Tom
Auf einem gemeinsamen Schreibworkshop rauften wir
vier uns zusammen – und dann stand sie, die Idee, die
ohne euch nie Flügel bekommen hätte.

1

Der Schutzanzug rieb bei jedem Schritt an ihren Beinen und erzeugte dabei ein schabendes Geräusch. Nur gedämpft hörte Sophie Bergmann den trockenen Boden unter ihren Schuhen knirschen. Obwohl der weiße Anzug sie mit seiner beschichteten Oberfläche vor der starken Sonneneinstrahlung schützte, war es unangenehm, ihn zu tragen. Die Herbstsonne brannte unerbittlich vom Himmel und verwandelte ihn in eine Minisauna. Am liebsten hätte sie sich das Ding vom Leib gerissen, doch sie wusste, wie verheerend es sein konnte, sich ungeschützt der Sonne auszusetzen. Weder hatte sie Interesse daran sich zu verbrennen, noch würde ihr Arbeitgeber die hohen Arztkosten übernehmen. Sollte man sie während der Arbeit ohne Schutz im Außenbereich erwischen, wäre das ein Kündigungsgrund.

Schweißtropfen liefen ihr zwischen den Schulterblättern hinab, unter dem Tanktop hindurch und kitzelten sie, bis sie im Bund ihrer kurzen Shorts versickerten. Ihr dunkles, schulterlanges Haar klebte ihr an der Stirn. Sie wünschte sich sehnlichst, es fortstreichen zu können.

Um sie herum wuchsen in perfekt gezogenen Linien niedrige Apfelbäume bis zum Horizont. Feine, aber außergewöhnlich haltbare Drahtspaliere verliefen in der Mitte der Reihen und gaben den Pflanzen Halt. Die nur etwa schulterhohen Bäume spendeten mit ihrem spärlichen Laub kaum Schatten.

So weit der Kragen des Ganzkörperanzugs es zuließ, legte sie den Kopf in den Nacken und betrachtete den wolkenlosen Himmel. In der Ferne zeigten sich ein paar Federwolken. Selbst wenn sie in ihre Nähe kämen, könnten sie Sophie und ihren Kollegen Mike O'Conner jedoch nicht einmal ansatzweise vor den sengenden Strahlen der Sonne schützen. Erst in zwei Monaten würden die Winterstürme beginnen, das Land mit Regen überschwemmen und für Abkühlung sorgen.

Leise surrend flog eine der vielen Überwachungsdrohnen über sie hinweg. Sie beobachtete das kleine runde Flugobjekt, wie es die riesige Apfelbaumplantage in wenigen Sekunden vollständig überquerte. Dutzende dieser Geräte kontrollierten das Feld auf unerwünschte Eindringlinge. Wenige Meter hinter dem Hochspannungszaun, der das gesamte Gelände umfasste, erstarrte die Drohne, um sich kurz darauf wieder in Bewegung zu setzen. Sie folgte dem Maschendraht und verschwand zwischen einigen Kiefern, die sich am Rand der Plantage deutlich von den Obstgehölzen abhoben. Ihre lichten Äste zeichneten ein fleckiges Schattenmuster auf den Boden. Zum Glück lag dort ihr Ziel.

Sophie drehte sich zu Mike um, der einige Meter hinter ihr lief. „Kommst du? Mir ist heiß, und ich will endlich fertig werden!", rief sie dem schlaksigen Mann zu.

Das war die dritte Plantage, die sie heute inspizierten, und sie wollte nichts lieber, als in ihr klimatisiertes Labor bei *FoodTec* zurückzukehren.

„Ist ja gut, bin schon da. Mach nicht so einen Stress", brummte er.

Mike trug einen großen silberfarbenen Koffer, der ihre Ausrüstung, wie Beutel und Werkzeug zur Probenentnahme, enthielt. Immer wieder blitzte die metallische Oberfläche auf, wenn die Sonnenstrahlen in einem bestimmten Winkel auftrafen. Hellrote Haarsträhnen schimmerten durch seinen Sichtschutz, und bei jedem Schritt schlotterte der weiche Stoff an seinem hageren Körper. Im Kittel wirkte er sonst nicht so dünn, fand Sophie und fragte sich, ob er in letzter Zeit abgenommen hatte.

Zusammen liefen sie die schier endlosen Reihen entlang. Obwohl die Hitze ihr zusetzte, freute sie sich über die vielen reifen Früchte an den Ästen. Die wichtigsten Schritte im Kampf gegen den weit verbreiteten Hunger waren getan, und bereits im nächsten Jahr würde die Bevölkerung von Shelter 1 davon profitieren. Und in den Jahren darauf vielleicht sogar die Menschen in den Teilen Europas, in denen die Vegetation noch karger wuchs als hier im ehemaligen Süddeutschland.

An einem Spalier vor ihnen markierte ein rotes Fähnchen einen Kontrollpunkt. Sophie hielt inne und zog einen Zweig zu sich heran, um ihn zu untersuchen. Als Biologin verfügte sie über ein umfassendes Fachwissen über Pflanzen, obwohl sie sich auf Molekularbiologie im Allgemeinen und die Genetik von Bienen im Besonderen spezialisiert hatte. Sie hatte zwar die Leitung für dieses Forschungsprojekt übernommen, sie war jedoch keine Spezialistin in der Botanik. Daher arbeitete sie übergreifend mit anderen Teams zusammen. Diese

Plantagen stellten nur den Rahmen für ihr eigentliches Projekt dar – ihre multiresistenten Bienen.

„Die Rinde wirkt gesund, die Blätter zeigen nur die typischen Anzeichen von Trockenstress“, sagte sie an Mike gewandt und strich sachte über die eingerollten Laubränder. „Aufgrund der Hitze werfen schon einige Pflanzen die Blätter ab.“ Beiläufig deutete sie auf das braune Laub am Boden. „Bei den Temperaturen absolut erwartungsgemäß.“

Wasser stellte in der Hitzeperiode ein knappes Gut dar, auch wenn die Felder mit einem ausgeklügelten Bewässerungssystem ausgestattet waren, durfte es nur in Maßen eingesetzt werden.

„Ganz deiner Meinung. Diese Zuchtsorte hat die Hitze wirklich gut vertragen“, stimmte Mike ihr zu. „Und schau dir erst die Unmengen an saftigen Früchten an. Ich könnte sofort in einen Apfel reinbeißen. Ich schmecke schon den süßen Saft der …“

„Untersteh dich! Wenn wir zurückkommen, gebe ich die Plantagen für die Ernte frei, vorher wird gar nichts gegessen. Lass die Träumereien, und fang an zu arbeiten!“, unterbrach sie ihn barscher als beabsichtigt.

Sie fühlte sich ertappt, da sie im Grunde das Gleiche wollte wie er. Ihr lief das Wasser im Mund zusammen, als sie an das leicht säuerliche Aroma dachte, das sich auf ihrer Zunge ausbreiten würde, wenn …

Hör auf damit, schalt sie sich in Gedanken. Niemals würde sie aus persönlichen Gelüsten in ein Forschungsprojekt eingreifen. Erst recht nicht in ihr eigenes. Mit Bedauern dachte sie daran, dass *FoodTec* entschieden hatte, die Früchte für Forschungszwecke und interne Nutzung einzubehalten und nicht an die Einwohner auszugeben. Das Land gehörte der Firma, inklusive der Bäume und dem Obst, damit war es ihr Recht, die Verwendung festzulegen.

„Man wird ja noch träumen dürfen", grummelte er.

„Nimm lieber eine Probe von dem Zweig hier, Mike. Zur Kontrolle für die Genetiker", wies sie ihn an und ignorierte sein Gejammer.

„Zu Befehl, Chefin", entgegnete er flapsig und stellte den Koffer ab.

Sophie schluckte die patzige Erwiderung herunter, die ihr bereits auf der Zunge lag. Es war ihr klar, dass er sie nur ärgern wollte, dafür kannten sie sich nach drei Jahren intensiver Zusammenarbeit zu gut. Ja, sie war seine Chefin, schließlich hatte sie die Leitung des gesamten Projekts, jedoch war sie kein Mensch, der den Boss raushängen ließ.

Mike mühte sich ab, den Kasten zu öffnen. Die Handschuhe seines Overalls waren zu groß und erschwerten ihm, den Verschluss zu betätigen.

„Diese blöden Anzüge", maulte er in seine Sichtschutzmaske.

Seufzend verdrehte sie die Augen. „Willst du dir die Haut verbrennen? Oder schlimmer noch, an Hautkrebs erkranken?"

Endlich sprang das Scharnier auf, und er zog einige durchsichtige Tüten heraus.

„Was willst du denn? Ich trag den Anzug ja."

„Warum nimmst du auch einen, der viel zu groß ist?"

Mike brummte etwas, das sie nicht verstand. Sie wollte es ohnehin nicht wissen. Seine Launen gingen ihr manchmal ganz schön auf die Nerven. Aus Erfahrung wusste sie, dass man ihn dann am besten in Ruhe ließ.

Schweigend wartete sie, bis er mit einer Astschere einen dünnen Zweig abgeschnitten und ihn in einen Probenbeutel gesteckt hatte. Nachdem er alles verstaut hatte, liefen sie gemeinsam den schmalen Pfad zwischen den Baumreihen entlang zu ihrem nächsten Ziel. Ein wohliges Gefühl breitete sich in ihr aus, als sie im Vorbeigehen die prachtvollen Äpfel an den kargen Ästen betrachtete.

„Es sieht so aus, als hätten die Bienen die gesamte Plantage bestäubt. Offenbar sind sie nicht nur resistent gegen alle bekannten Schädlinge und Krankheiten, sondern auch sehr produktiv", sagte Mike neben ihr in neutralem Tonfall.

Grinsend stimmte sie ihm zu. Anscheinend hatte er sich wieder beruhigt.

„Nach der ganzen Arbeit bin ich erleichtert, dass der Versuch dieses Jahr erfolgreich ist."

Es hatte Monate gedauert, bis aus diesem öden Landstrich eine fruchtbare Plantage geworden war. Insbesondere die Züchtung dieser widerstandsfähigen Apfelsorte hatte die Genetiker, mit denen sie zusammenarbeitete, Jahre gekostet. Dazu kam die Zeit, die die Pflanzen benötigten, um ein Alter zu erreichen, in dem sie Früchte ausbilden konnten.

Manchmal beschlich Sophie das Gefühl, dass ihr ganzes Leben nur aus diesem Projekt bestand. Schnell verscheuchte sie den Gedanken, denn wenn sie zu lange darüber nachdachte, musste sie zugeben, dass es stimmte. Nichts hatte mehr Bedeutung als ihre Bienen – was das über ihre sozialen Aktivitäten aussagte, wollte sie nicht näher ergründen.

Endlich erreichten sie das Ende des Wegs, an dem der karge Kiefernhain lag. Sophie trat in seinen Schatten und atmete auf. Erst von Nahem waren die drei Holzkisten zu erkennen, die in dessen Windschutz standen. In diesen Beuten lebten die multiresistenten Bienenvölker, die Sophie im Zuge ihrer Doktorarbeit gezüchtet hatte. Jetzt, am Ende dieser Saison, wurde es Zeit, Proben zu nehmen. Sie wollte untersuchen, wie sich die Tiere insbesondere genetisch weiterentwickelt hatten.

Voller Vorfreude trat sie an die erste Kiste, und ihr Herz machte einen Satz. Denn bereits am Einflugloch herrschte reges Treiben.

Aus einem mitgebrachten Beutel holte sie ihren Smoker, Holzspäne und Zündhölzer hervor. Helle Rauchschwaden drangen aus der Öffnung, als sie ein kleines Feuer in der Metallkanne entzündete.

„Beruhigst du die Bienen mit dem Rauch, und ich nehme die Beute auseinander?"

„Ja, gib her." Mike nahm die Kanne entgegen und ließ den Qualm durch das Flugloch in das Gehäuse strömen.

Den Smoker hängte er sich anschließend an eine Lasche seines Anzugs und öffnete den Materialkoffer. Derweil trat Sophie hinter die Beute, hob den Deckel sowie einen Zwischenboden ab und stellte beides auf eine dafür eigens angebrachte Aufhängung. Trotz der Schutzkleidung stieg ihr ein süßer Duft in die Nase.

Unter dem Boden kamen die Honigräume zum Vorschein. Hölzerne Rähmchen, deren Innenbereiche aus drahtverstärkten Wachswänden bestanden. Zur Kontrolle zog Sophie einen der Rahmen heraus.

„Wunderschön!", entfuhr es ihr, als sie die wogende Masse von Bienen sah. Dieser Anblick katapultierte sie jedes Mal aufs Neue zurück in ihre Kindheit.

Das kleine Haus, in dem sie und ihre Schwester aufgewachsen waren, umgab etwas Land, auf dem ihr Vater einige Bienenstöcke gehalten hatte. Damals war die Welt für sie noch in Ordnung gewesen, bevor der Meeresspiegel unaufhaltsam weiter gestiegen und sie mit ihrer Familie und Tausenden anderer Flüchtlingen in das höher gelegene Shelter 1 geflohen war. Kurz nachdem sie in der Stadt Zuflucht gesucht hatten, waren ihre Eltern bei den Unruhen in der Stadt verunglückt, daher waren die Erinnerungen an ihren Vater für sie außerordentlich kostbar.

Schon zu der Zeit war die Zucht schwierig gewesen, viele Bienen waren durch Parasiten gestorben oder hatten den immer extremer werdenden Umweltbedingungen nicht standgehalten. Durch die globale Erwärmung waren die Temperaturen weltumspannend stark angestiegen, und sämtliche Getreideernten hatten verheerende Einbußen erlebt. Die global eingesetzten Chemikalien und der Raubbau an der Natur hatten ein Bienen- und Insektensterben ausgelöst, dem die Menschen nicht genügend Beachtung geschenkt hatten.

Beinahe dreißig Jahre hatte es gedauert, ehe ein Umdenken einsetzte, aber da war es für die Umwelt bereits zu spät gewesen. So fiel die wichtige Bestäubung durch die Tiere fast vollständig weg, und die Bestäubung durch Wind und Wetter reichte längst nicht mehr aus.

Das führte dazu, dass die Erträge immer geringerer ausfielen. In den letzten zehn Jahren hatte sich die Lage so zugespitzt, dass die Ernten auf der ganzen Welt nicht mehr ausreichten, um die Bevölkerung zu ernähren.

Es hat für mich nie ein anderes Ziel gegeben, als diese wunderbaren Geschöpfe zu retten, überlegte sie, während sie die Honigvorkommen prüfte.

In dieser Bienenart, die gegen alle gängigen Schädlinge Resistenzen aufwiesen, steckte ihr ganzes Herzblut. Sie zu züchten, war harte Arbeit gewesen, denn mittlerweile gab es in der freien Natur weder Honignoch Wildbienen. Es hatte viel Zeit und einiges an Forschungsgeldern gekostet, die richtigen Arten zu finden, und einen ungeheuren Arbeitsaufwand, ihre DNA entsprechend zu verfeinern.

FoodTec stellte ihr bereitwillig Forschungsgelder zur Verfügung. Sie empfand tiefe Dankbarkeit ihrem Arbeitgeber gegenüber, der ihr die Möglichkeit gab, ihre Träume umzusetzen. Kein anderes Unternehmen besaß die finanzielle Kaufkraft und den Einfluss, solch eine Forschung zu realisieren. Und es hatte sich für alle gelohnt. Die summenden Geschöpfe vor ihr galten als die einzigen noch frei lebenden.

Vorsichtig strich sie die Bienen herunter und hielt Mike den kleinen Rahmen hin. „Nimmst du einige Proben von den Waben?"

Um das Projekt vollständig zu dokumentieren, nahmen sie in regelmäßigen Abständen von allen Teilen der Bienenstöcke Stichproben und testeten sie auf alle möglichen Fremdkeime und Parasiten. Nickend nahm Mike einen Spatel und kratze etwas Wachs und Honig von dem Rähmchen. Anschließend füllte er die Muster in einen der durchsichtigen Beutel.

Währenddessen schob Sophie den Rahmen zurück an seinen Platz und hob die gesamten Honigräume sowie ein Trenngitter ab und stellte sie zur Seite.

Zum Vorschein kamen die Bruträume. Die Arbeiterinnen hüteten Eier, verschiedenste Larvenstadien, die Grundvorräte an Honig und Pollen. Irgendwo hier versteckte sie sich unter einer dicken Traube aus Bienen – die Königin. Es freute Sophie ungemein, dem geschäftigen Treiben der Insekten zuzusehen, weil es bedeutete, dass ihre Arbeit dauerhaft Wirkung zeigte.

„Und was macht Queen Mary?" Mike beugte sich über die offene Beute.

Sophie verzog den Mund. Das hatte er von Anfang an getan, jeder Königin einen Namen aus längst vergangenen Adelshäusern zu geben. Mit diesen Sentimentalitäten konnte sie nichts anfangen, trotzdem hatte sie, ohne es zu wollen, die Bezeichnungen mit der Zeit übernommen. Langsam fragte sie sich ebenfalls, wo Queen Mary steckte.

„Ich habe sie noch nicht gefunden", antwortete Sophie, während sie einen Rahmen nach dem anderen herauszog.

Doch als sie den nächsten entnahm, schlich sich ein Lächeln auf ihr Gesicht. Inmitten der Arbeiterinnen entdeckte sie die deutlich größere Biene. Auf ihrem Rücken schimmerte ein roter Fleck. All ihre Königinnen trugen eine farbliche Markierung, damit man sie im Gewusel der Arbeiterin besser erkannte. Dem Volk ging es ausgezeichnet. Gut gefüllt mit Nahrung und Eiern, lagen die Waben vor ihr. Nur gesunde Tiere vermochten das zu leisten.

„Na, das sieht doch klasse aus, aber erst im Labor werden wir sehen, ob die Resistenzen auch alle weitervererbt wurden", unterbrach Mike ihre Gedanken. „Warte, ich hole Behälter für die Testobjekte."

Kurz darauf kehrte Mike zurück. Vorsichtig füllte er mithilfe einer Pinzette je einen Behälter mit zufällig ausgewählten Tieren. Sobald eine Biene im Gefäß saß, gab er einen Stoß aus dem Smoker dazu, um die Insekten zu ersticken, anschließend verschloss er die Behältnisse sorgfältig mit einem Schraubdeckel.

„Benötigt der Bereich für Lebensmittel und Verwertung auch Proben?", fragte er und hielt inne.

„Ja, gut, dass du dran denkst." Ihr Forschungsprojekt umfasste eine Kombination aus verschiedenen Bereichen. So gingen zum Beispiel die Waben und der Honig an den Fachbereich für Lebensmittel und Verwertung.

Weitere Wabenstücke landeten in den Tüten. Während Sophie die Beute wieder zusammensetzte, beschriftete Mike die Beutel und verstaute sie im Kasten.

Mit dem zweiten Stock verfuhren sie auf die gleiche Weise. Hier zeigten sich ebenfalls keinerlei Abweichungen. Nachdem Sophie den Kasten wieder verschlossen hatte, ging Mike zur dritten und letzten Beute.

„Mist, das sieht nicht gut aus!", rief er.

„Was ist denn los?" Hastig prüfte Sophie, ob die Abdeckung richtig saß, bevor sie ihm folgte. Bereits beim Näherkommen bemerkte sie, dass sich am Einflugloch kein einziges Tier zeigte. „Oh, du hast recht, das ist kein gutes Zeichen, aber das heißt noch nichts. Lass uns erst mal nachsehen", versuchte sie, nicht nur ihn zu beruhigen.

Als sie den Deckel anhob, schlug ihr Ammoniakgeruch entgegen. Sie seufzte. Das hieß, es waren jede Menge tote Tiere vorhanden, die verwesten. Mit jedem Rahmen, den sie herausholte, sank ihre Laune. Kein geschäftiges Treiben der Arbeiterinnen, kaum Bewegung auf den Rahmen. Nur wenige Bienen krabbelten träge über die Trennwände. Von der Königin nicht die kleinste Spur.

Die Waben waren prall gefüllt mit Futter, Larven und Eiern. Allerdings lebte kaum etwas von der Nachkommenschaft, da es nicht mehr genug Arbeiterinnen gab, um sie zu pflegen.

„Der Stock ist so gut wie tot", brummte Mike neben ihr. „Hast du Queen Elizabeth schon entdeckt?"

„Nein, noch nicht. Und hör auf, den Königinnen Namen zu geben!", fuhr sie ihn an.

Er hatte den Nagel auf den Kopf getroffen, und das gefiel ihr nicht. Wenn eine Königin starb, hieß das zwar nicht, dass das gesamte Volk verloren war, aber hier fehlten die Weiselzellen, in denen die Arbeiterbienen neue Königinnen heranzogen für den Fall, dass die alte starb oder krank wurde. Dieser Stock würde keine neue Königin bekommen und damit nicht überleben.

Das darf eigentlich nicht passieren, sagte sie sich. Hatte sie möglicherweise bei ihrem letzten Besuch etwas übersehen? Ihre Kreuzung hatte bisher einwandfrei gearbeitet, bei jedem Kontrollgang war alles in Ordnung gewesen.

Sophie stellte das Element mit den Brutwaben zur Seite, damit sie zum Boden gelangte.

„Da bist du ja", flüsterte sie.

Viele tote Bienen lagen darauf, darunter eine deutlich größere mit einem gelben Farbklecks auf dem Rücken. Zärtlich nahm Sophie das verendete Tier auf, legte es in einen Probenbehälter und reichte ihn an Mike weiter. Dem Kasten entnahm sie eine Lupe und einen schmalen Holzstift. Durch das Vergrößerungsglas betrachtete sie die Waben und die toten Bienen genauer.

„Ich kann keine Parasiten wie die Varroamilbe finden", berichtete sie. Vorsichtig stach sie mit dem Holzstäbchen in eine abgedeckte Brutwabe und zog es wieder heraus. „Auch kein fadenziehender Schleim wie bei der amerikanischen Faulbrut."

Resigniert ließ Sophie die Lupe sinken. Sie konnte sich nicht erklären, warum die Bienen tot waren. Im Labor konnten sie präziser bestimmen, ob nicht doch eine Krankheit oder ein Schädling schuld am Sterben des Stocks war, daher nahmen sie von allem etwas mit. Der Zustand der Beute zusammen mit den leblosen Bienen folgte keiner Logik. Der Stock schien einwandfrei, es gab keine sichtbaren Parasiten. Selbst einen Pilzbefall hätte man bei der Menge an toten Bienen bereits mit bloßem Auge sehen können. Es schien, als wären die Bienen grundlos gestorben, nachdem sie ihre Aufgaben für dieses Jahr erledigt hatten.

„Lass uns einpacken und die Proben ins Labor bringen, hier gibt es nichts mehr zu tun." Sophie ließ den Blick über die Plantage schweifen.

Tausende von gesunden roten Äpfeln. Es wurmte sie, dass sie dieses eine Volk verloren hatten, ohne dass es einen offensichtlichen Grund dafür gab.

„Die Pflanzen wurden vollständig von den Bienen bestäubt, was bedeutet, dass unser Experiment weitestgehend gelungen ist. Die Früchte sind reif und können geerntet werden. Da alle anderen Bienen überlebt haben, scheint nur Beute drei aus dem Raster zu fallen. Jetzt müssen wir herausfinden, warum die Tiere gestorben sind." Sie seufzte. „Außerdem brauche ich dringend etwas zu trinken, meine Kehle ist schon ganz trocken."

Mike stimmte ihr zu, und sie beendeten ihre Arbeit zügig.

Den Rückweg legten sie schweigend zurück, jeder in seine eigenen Gedanken vertieft. Eine Drohne gesellte sich summend zu ihnen und begleitete sie etliche Meter, während sie sich dem großen Tor am Eingang der Plantage näherten. Sophie war dankbar für den Schutz, den der hohe Zaun ihnen bot. Wenn Menschen hungerten, waren sie zu allem imstande, und dieses Projekt war zu wichtig, um zuzulassen, dass die Leute das Feld plünderten.

Kurz bevor der Ausgang in Sicht kam, entfernte sich die Überwachungsdrohne und ließ sie allein. Aus dem Augenwinkel nahm sie wahr, dass Mike zurückfiel. Sie drehte sich um und sah, wie er verstohlen einige Äpfel in seinem Koffer verschwinden ließ.

„Was machst du denn?", zischte sie.

Ertappt zuckte er zusammen.

„Hier sind überall Kameras!" Hastig warf sie einen Blick nach oben und konnte zu ihrer Erleichterung keine Drohne in ihrer Nähe entdecken. „Du kannst doch nicht …"

„Hier ist ein blinder Fleck", unterbrach er sie eilig. „Sophie, komm schon! Sie haben die Essensmarken weiter reduziert, und meine Freundin bekommt gerade genug, um zu überleben."

Ohne zu wissen, wie sie reagieren sollte, starrte sie ihn an. Alles in ihr schrie, dass es falsch war, im Grunde nichts anderes als Diebstahl. Ganz abgesehen davon, dass er sich an ihrem Projekt bediente.

„Du greifst in unsere Forschungsarbeit ein."

„Ernsthaft? Hier wachsen Tausende Äpfel, und du hast Angst, dass ich wegen zehn Stück die Ergebnisse unserer Forschung verfälsche?" Er schnaufte verächtlich. „Außerdem wird *FoodTec* die Äpfel sowieso nur einlagern oder an die Mitarbeiter ausgeben." Er kam auf sie zu, sprach leise und eindringlich weiter. „Ich weiß, dass es nicht richtig ist, aber sie braucht das Essen dringend."

Sophie verschränkte die Arme vor der Brust und presste die Lippen zusammen. Ein Teil von ihr konnte verstehen, dass er seiner Freundin helfen wollte. Trotzdem sträubte sich alles in ihr. Mit einem Mal fiel ihr wieder ein, dass sie vorhin selbst gedacht hatte, es wäre besser, die Äpfel an die Bevölkerung auszugeben.

Sie betrachtete Mike genauer, so gut es eben durch die Schutzmasken ging. Mit seinen rotblonden Haaren und den Sommersprossen wirkte seine Haut von Natur aus sehr hell, doch heute erschien er blasser als sonst. Ist sein Kinn schon immer so kantig gewesen?, fragte sie sich stirnrunzelnd. Wenn man sich jeden Tag sah, fielen einem manchmal kleine Veränderungen nicht auf.

„Gibst du ihr etwa deine Rationen, Mike?"

Alle Mitarbeiter von *FoodTec* bekamen Extrakontingente an Lebensmittelmarken, zusätzlich zu denen, die jeder Bewohner in Shelter 1 erhielt. Die Firma legte Wert darauf, dass es ihren Angestellten gut ging. Zur Firmenpolitik gehörte das Motto, dass nur ein satter Geist richtig denken konnte.

Zur Antwort zuckte er nur mit den Schultern.

„Verdammt, Mike, ich brauche dich gesund, um das Projekt abzuschließen." Die Sorge um ihren einzigen Freund veranlasste sie, die Arme sinken zu lassen. „Ich habe nichts gesehen, aber wenn das noch mal passiert, muss ich dich melden", lenkte sie ein, obwohl es ihr Unbehagen bereitete.

Ein freches Lächeln breitete sich auf seinem Gesicht aus, und er schaute mit einem Mal deutlich jünger aus als Anfang dreißig.

„Nein, mach das nicht, ich meine es ernst." Mit dem Zeigefinger tippte sie ihm auf die Brust.

„Ja, natürlich." Sein Grinsen hinter dem Visier wurde noch breiter. „Wird nicht wieder vorkommen."

Seufzend wandte sich Sophie ab. Sie wusste, Mike würde es wieder tun, nur würde er das nächste Mal besser aufpassen, dass ihn niemand erwischte.

2

In wenigen Minuten hatten sie den Rest der Plantage durchquert und traten aus den Baumreihen hervor. Als Erstes nahm Sophie die deutlich größere Drohne wahr, die in etwa zwanzig Metern Höhe über der Straße schwebte. Im Gegensatz zu denen, die die Felder kontrollierten, unterstützte diese die Sicherheit, um ihre Mission zu überwachen. Angeblich sollten die großen Drohnen mit Waffen ausgestattet sein, die bei ihnen bislang nicht zum Einsatz gekommen waren. Da hatte sie von den Kollegen schon anderes gehört.

Igor Makarov, der in seinem Schutzanzug vermutlich ebenso schwitzte wie sie, wartete am Tor. Der untersetzte, kahlköpfige Mann hängte sich sein Maschinengewehr über die Schulter und bedeutete ihnen zu warten. Zuerst musste er den Stromkreis am Durchgang unterbrechen, damit sie ungefährdet passieren konnten. Er gehörte der Sicherheit an, einer Institution in Shelter 1, die im Auftrag der Regierung für Ordnung sorgte und das geltende Recht durchsetzte. Zum Großteil von *FoodTec* finanziert, stammte sämtliches Wachpersonal von dort. Igor, der die Leitung des Sicherheitsdienstes innehatte, begleitete Mike und sie bei fast allen Kontrollgängen im Außengelände.

Ein Zahlenschloss sicherte das Tor, damit kein Außenstehender auf die Plantage gelangte oder, in ihrem

Fall, nicht eigenständig verließ. Sie standen ungeschützt in der prallen Sonne. Langsam wurde es unangenehm stickig in ihren Anzügen. Endlich winkte Igor ihnen zu, und sie traten durch das kleine Tor nach draußen.

Sophie und Mike folgten dem Wachmann zu dem grauen Van, der in der Nähe des Zauns parkte. In großen grünen Lettern prangte der Projektname auf der Seitentür. *PowerBee by FoodTec.*

Sophie entledigte sich ihres Anzugs, die beiden Männer taten es ihr gleich. In einem extra dafür vorgesehenen Beutel entsorgten sie die weißen Ungetüme und stellten den Probenkoffer neben die beiden anderen. Aus einer Kühlkiste nahm sie zwei Wasserflaschen und reichte eine davon Mike. Sie tranken gierig, bevor sie sich auf den Sitzen im Fond des Vans niederließen. Igor schob die Seitentür ins Schloss und setzte sich hinters Steuer.

„Sind Sie so weit? Können wir los?", rief er nach hinten.

„Ja, alles klar, Sie können fahren", entgegnete Mike.

Der Motor sprang an, und der Wachmann lenkte den Wagen über einen Pfad auf die nächste befestigte Straße. Die Drohne flog währenddessen wie ein Wegweiser immer ein Stück voraus.

Auf der Fahrt dokumentierte Mike ihren Besuch auf der Plantage bereits auf seinem Tablet. Sophie dagegen sah aus dem vergitterten Fenster und betrachtete die vorbeiziehende Landschaft, die sich komplett im Besitz von *FoodTec* befand. Weite Kornfelder, durchbrochen von hohen Drahtzäunen, beherrschten das Gebiet. Dazwischen immer wieder Brachland, ausgedörrt durch die sengende Hitze der Sommermonate.

Als vor etwa zehn Jahren immer weniger Erträge erzielt worden und schließlich die Ernten ganz ausgeblieben waren, hatte der große Hunger begonnen. Bereitwillig verkauften viele Gemüsebauern ihr Land an *FoodTec*. Nur die Getreidebauern hielten länger durch, doch als sich die Dürreperioden immer weiter ausdehnten, gaben sie ebenfalls auf und verkauften an den Forschungskonzern, der ihnen viel Geld bot. Ohne Hightech wuchs hier nicht mehr viel, dafür hatten die Menschen selbst gesorgt. Mittlerweile produzierte *FoodTec* über achtzig Prozent der gesamten Lebensmittel. Und die restlichen zwanzig Prozent lagen in den Händen von Tochterkonzernen. Freie Bauern gab es nicht mehr, keiner konnte gegen die finanziellen Mittel und dem Druck des mächtigen Konzerns bestehen.

„Die Weizenfelder sehen nicht schlecht aus, offenbar haben sie mit dem neuen Saatgut den Wasserverbrauch der Pflanzen noch weiter reduzieren können", bemerkte sie.

Mike schaute auf, um ihrem Blick zu folgen. „Hoffentlich bekommen diesmal auch die Ärmsten der Stadt etwas davon ab." Seine Stimme klang wütend. „Es ist zum Kotzen, dass *FoodTec* seit fünf Jahren die Preise für Getreide erhöht. Angeblich, um die Forschung zu finanzieren, aber hat die Bevölkerung je von unseren Erfolgen profitiert? Pah!"

„Sie haben ja auch nicht ganz unrecht, schließlich war es *FoodTec*, das die hitzeresistente Weizensorte entwickelt hat. Durch die wird übrigens ein Großteil der Menschen satt", hielt sie dagegen.

Schon seit mehreren Jahren war Getreide das Grundnahrungsmittel, das den Hunger der Bevölkerung im Zaum hielt. Viel hatte sich geändert, seit der Meeresspiegel angestiegen und Europa auseinandergerissen worden war. Die Demokratie war durch ein System ersetzt worden, das sich den Bedürfnissen der hungernden Welt anpasste. Begleitet von Unruhen und kriegerischen Akten, gewannen meist diejenigen die Oberhand, die den größten Einfluss auf den Lebensmittelmarkt hatten. Und *FoodTec* besaß unbestreitbar viel Macht in diesem Bereich. Mittlerweile hatten sie eine wahre Monopolstellung inne. Durch die weitreichenden Forschungserfolge, die schließlich das Überleben der Bevölkerung sicherten, hatte ihr Einfluss noch zugenommen, bis sie sogar einen Großteil der Regierung bildeten. Außerdem investierten sie eine Menge Geld, um den Fortbestand der Menschheit zu gewährleisten und der Umwelt zu helfen sich zu regenerieren.

„Und du weißt selbst, wie teuer so ein Forschungsprojekt ist! Meinst du, unsere Plantagen und die Entwicklung der Bienen waren billig? Von wegen! Sie haben Millionen ausgegeben, und wenn ein Unternehmen wie *FoodTec* kein Geld verdient, kann es auch keine Forschungen finanzieren."

Wie um ihre Worte zu unterstreichen, erschienen in der Ferne die ersten runden Kuppeln der Forschungslabore, in denen *FoodTec* die neuesten Projekte beherbergte. Mike schnaufte nur verächtlich und vertiefte sich wieder in seine Notizen.

Sie wandte sich ab und betrachtete wehmütig den Komplex, der rasch größer wurde. Unter sieben riesigen Glaskuppeln mit Umweltkontrollen entstanden einzigartige isolierte Biotope. Selbst Orkane und Gewitter konnten dort simuliert werden, um weitere widerstandsfähige Pflanzen zu entwickeln, die wie der Weizen den extremsten Klimabedingungen trotzten. In einer dieser Kuppeln hatte sie mehrere Jahre lang gewohnt und mit den Bienen gearbeitet, bis sie schließlich ihre Doktorarbeit abgeschlossen hatte. Die Ergebnisse ihrer Arbeit stellten einen wichtigen Durchbruch für das Überleben der Menschen dar. Ihre Wildbienen, die durch genetische Manipulation und Züchtungen Resistenzen gegenüber jeglichen Fremdkeimen und Parasiten entwickelten, würden die zukünftige Landwirtschaft revolutionieren.

In dem Forschungskomplex weitab von der Stadt lebte es sich wie in einer eigenen kleinen Welt, in der es leichtfiel, die Sorgen und Probleme der Bevölkerung zu vergessen.

Die Kuppeln waren wie ein Spinnennetz angeordnet. Sechs Gebäude bildeten den Rahmen für eine siebte größere Kuppel in der Mitte. In den Betonsockeln der Biotope lagen die jeweiligen Labore, Lagerräume und Kontrolleinheiten, geschützt vor Umwelteinflüssen. Gläserne Gänge verbanden alle Gebäude miteinander. Etwas abseits befand sich eine doppelt so große ovale Kuppel, in der die Wohneinheiten untergebracht waren.

Sophie dachte gerne an ihre Zeit als Doktorandin in den Biotopen und die damit einhergehenden Besonderheiten zurück. Dort hatte sie das erste Mal Schnee erlebt. Mithilfe der Umweltkontrolle hatten sie einen Schneesturm generiert. Sie erinnerte sich noch genau an das Gefühl der Tropfen auf ihrer Haut. Mittlerweile arbeitete sie in einem neuen Labor in der Stadt. Ihr letzter Aufenthalt in den Kuppeln lag Jahre zurück. Für ihre jetzige Forschungsarbeit brauchte sie die abgeschotteten Biotope nicht länger, weil sie mit ihrer Feldforschung das nächste Level erreicht hatte.

Shelter 1, das etwa eine Autostunde entfernt war, bot seine Vorteile, doch sie vermisste die Abgeschiedenheit und Ruhe der Kuppeln. Dort bekam sie nicht ständig die Probleme der Gesellschaft in der Großstadt vor Augen geführt, dort war die Forschung im Mittelpunkt.

Ein riesiges Backsteingebäude tauchte neben ihnen auf. Fast verrenkte sich Sophie den Hals, als sie versuchte, im Vorbeifahren mehr zu erkennen. Im Schatten der Biotope stand der großflächige einstöckige Neubau. Ein Tunnel verband ihn mit einer der Kuppeln, mehr war nicht zu erkennen. Jedes Mal wenn sie hier vorbeifuhren, fragte sich Sophie, welche Forschungseinrichtung sich dahinter verbarg. *FoodTec* hatte dieses Gebäude erst nach Sophies Weggang errichten lassen, daher hatte sie keine Ahnung, was sich darin befand. Anhand der Größe erinnerte es mehr an eine Lagerhalle als an eines der anderen Biotope.

„Hey, Mike, hast du eigentlich rausbekommen, was in dem neuen Gebäude ist?“

Er schaute frustriert von seinem Tablet auf. „Nein, keine Chance, ich habe einige Bekannte gefragt, aber angeblich weiß niemand etwas. Mir wurde sogar nahegelegt, mit der Fragerei aufzuhören, wenn mir mein Job lieb wäre." Er rümpfte die Nase.

Klingt ganz nach einem neuen Forschungsbereich, und zwar mit hoher Geheimhaltung, überlegte sie.

Mittlerweile hatten sie die landwirtschaftlichen Bereiche hinter sich gelassen. Immer mehr Felsen durchbrachen den Boden in der hügeligen Landschaft. Riesige Flächen mit unzähligen Solaranlagen säumten die Straße, als sie auf die Autobahn Richtung Schattenstadt abbogen. Im Hintergrund reckten sich die gewaltigen Felsspitzen in den Himmel, denen Shelter 1 seinen Namen verdankte. Sie ragten weit über die Hausdächer und tauchten Teile der Stadt in kühlen Schatten.

Nachdem der Meeresspiegel schneller als erwartet gestiegen war, hatte eine Flucht von den Küstenregionen in höhere Gebiete eingesetzt. Viele Städte waren bereits nach kurzer Zeit völlig überbevölkert. Krankheiten und Seuchen drohten, und es wurden neue Städte geplant und gebaut, um dem vorzubeugen. Shelter 1 entstand aus einem kleinen Dorf, auf dessen Infrastruktur die Architekten aufbauten. Eingebettet in einen Bergkamm kletterte die Stadt immer weiter vor ihnen den Berg hinauf. Direkt in den schattigsten Spalten am Fuß des Gipfels, in der sogenannten Oberstadt, siedelten sich die Reichen und Mächtigsten an. Nur sie besaßen das Privileg, wenigstens einen Teil des Tages im schützenden Schatten zu verbringen.

Im gleichen Maße, wie man sich vom Gebirge entfernte, und je tiefer man kam, sank die soziale Stellung. Sophies eigene Wohnung, die von *FoodTec* gestellt wurde, lag nahe an der Oberstadt, aber nicht dicht genug, um etwas vom Schatten abzubekommen. In der Stadtmitte gab es hohe Gebäude mit schimmernden Glasfronten und reflektierten die gleißende Sonne. Unternehmen wie *FoodTec* hatten dort ihre Hauptfirmensitze. Weiter unten, bis zur Mauer, war die Mittelstadt von schlichteren und niedrigeren Häusern geprägt, die hauptsächlich von Arbeitern bewohnt wurden. Unterhalb der Mauer erstreckte sich die Unterstadt, in der niemand freiwillig lebte. Früher ein normaler Vorort, lebten hier mittlerweile die Menschen, die keinen Platz mehr in der Gesellschaft fanden. Ohne Geld, Arbeit oder Kontakte landete man unweigerlich dort. Der Hunger trieb die Leute Richtung Stadt, doch Arbeit gab es nur begrenzt.

Kurz nachdem die Ernten ausgeblieben waren, hatte die Regierung Ausgabestellen für Essensmarken eingerichtet, um damit die Grundversorgung der Bewohner zu sichern. Allerdings war das nicht viel. Wer Geld verdiente, konnte sich zusätzliche Lebensmittelmarken leisten, da unten war das jedoch meist nicht der Fall.

Eine gewaltige Brücke führte die Autobahn über eine tiefe Verwerfung direkt zur Mauer in die Mittelstadt, darunter breitete sich die Unterstadt aus wie ein Geschwür. Mitleidig betrachtete Sophie die verwahrlosten Baracken und halb verfallenen Gebäude aus der alten Zeit. Es war furchtbar, dass die Bewohner in solcher Armut leben mussten. Ihr Gewissen regte sich, als sie an die Menschen dachte, die dort unten hungerten. Sie dagegen ging jeden Abend in ihrem geschützten Zuhause satt ins Bett. Trotzdem war sie froh, dass sie da nicht durchfahren mussten, niemand tat das. Für Leute wie sie, in guten Positionen und mit Geld, war die Unterstadt gefährlich. Die Kriminalität war enorm hoch, selbst die Sicherheit hielt sich weitestgehend aus dem Viertel heraus. Damit stieg die Wahrscheinlichkeit eines Überfalls. Sie hielt ihr Gewissen in Schach, indem sie sich in Erinnerung rief, dass sie schließlich alles dafür tat, um wenigstens die Nahrungsmittelknappheit in naher Zukunft zu überwinden.

Am Ende der Überführung kam eine Autoschlange in Sicht. Dutzende Wagen reihten sich vor der Fahrzeugkontrolle am Tor ein und warteten darauf, in die Stadt gelassen zu werden.

Ohne abzubremsen, schwenkte Igor auf die Parallelspur, die völlig verlassen vor ihnen lag. Insgesamt gab es zwei Kontrollpunkte an der Mauer, eine für Fahrzeuge jeglicher Art und eine für Personen mit uneingeschränkter Zugangserlaubnis. Einer der Vorteile, wenn der Arbeitgeber einen Großteil der Regierung stellte, lag darin, dass man nicht anstehen musste.

Getrennt durch Stacheldraht von der anderen Spur, gelangten sie zügig voran. Ein Peilsender am Wagen kündigte sie bereits an, und sie passierten ungehindert die Tore zum Herzen der Stadt. Die meisten waren offen, bei Tumulten wurden die schweren Stahltüren verriegelt.

Es dauerte nicht lange, da tauchten die ersten hohen Firmengebäude mit ihren schimmernden Glasfronten auf. Beschichtet mit einem speziellen Material, das das Aufheizen durch den intensiven Sonneneinfluss verhinderte, strahlten sie wie goldene Fackeln.

Der Wagen wurde immer langsamer, obwohl sie mindestens ein Block von ihrem Ziel trennte. Mit dem Ellenbogen stupste sie Mike an, der irritiert von seinem Tablet aufschaute.

„Hm, was ist denn?"

„Etwas stimmt nicht", informierte sie ihn und deutete aus dem Fenster.

Mittlerweile standen sie mit laufendem Motor mitten auf der Straße. Weit und breit ließ sich kein anderes Fahrzeug blicken. In dem Moment erklang das sanfte Klicken der Zentralverriegelung.

Mikes Miene war undurchdringlich, als er sich an den Wachmann wandte. „Gibt es ein Problem, Igor?"

Mit einem Wink bedeutete er Mike zu warten. Er hatte zwei Finger am Ohr, in dem ein In-Ear-Lautsprecher saß, und horchte. Ohne Vorwarnung legte Igor den Rückwärtsgang ein und gab Gas. Durch den plötzlichen Schub rutsche Sophie vom Sitz und schrie auf. In letzter Sekunde erwischte sie die Lehne vor sich und klammerte sich daran fest. Unvermittelt drang ein lauter Knall wie von einer Explosion zu ihnen. Der Wagen bremste abrupt ab, und Sophie wurde zurück auf ihren Platz geworfen.

„Verdammt, Igor, was ist da los?", rief sie.

Wabernder Rauch versperrte ihnen die Sicht.

„Verstärkung ist schon auf dem Weg, um uns hier rauszuholen", entgegnete er ohne weitere Erklärungen und griff nach dem Maschinengewehr.

Mit großen Augen blickte Sophie auf die Waffe. Sie knetete ihre Hände und sah Hilfe suchend zu Mike.

Der achtete jedoch nicht auf sie, sondern schaute stattdessen nach draußen. Ohne Vorwarnung krachte es an der Außenseite des Vans. Sophie zuckte zusammen. Trotz des weißen Nebels vor den Autofenstern erkannte sie vermummte Gestalten. Erneut knallte es durchdringend, das Metall unter dem Fenster neben Sophie dellte sich nach innen.

„Igor!" Entsetzt starrte sie auf die Einbuchtung. „Die sollen sich beeilen, bevor sie uns das Auto auseinandernehmen", rief sie panisch, schlang die Arme um ihren Oberkörper und machte sich so klein wie möglich. „Die sind ja völlig durchgedreht", flüsterte sie.

Immer mehr Einschläge prasselten auf das Auto nieder. Mit jedem weiteren befürchtete sie, dass das Metall bersten oder die Scheiben zerspringen würden.

„Das ist ja auch kein Wunder", knurrte Mike neben ihr. Im Gegensatz zu ihr schien er keine Angst zu haben. „Sollen sie doch!"

Bevor sie weiter darüber nachdenken konnte, durchfuhr sie ein tiefes Brummen, der Sitz unter ihr vibrierte. Von draußen erklang lautes Knallen, wie von Schüssen. Schreie drangen zu ihnen herein, sie entfernten sich schnell, und auch das Hämmern auf das Auto endete.

Die Stille, die nun eintrat, war fast noch unheimlicher als die wütende Meute zuvor. Nach langen Minuten lichtete sich der Nebel. Langsam wuchs ein riesiger Schatten neben ihrem Fahrzeug in die Höhe. Sophie atmete auf, als sie das gepanzerte Schutzfahrzeug von *FoodTec* erkannte.

„Alles klar", sagte Igor, während er sich wieder zwei Finger ans Ohr hielt. „Das waren Leute vom F. T. R., aber wir konnten sie zurückdrängen. Der Weg ist wieder frei." Er legte einen Gang ein und fuhr an, in ihrem Windschatten folgte der Panzerwagen.

Sophie schloss die Augen. Sie kannte den Widerstand F. T. R. nur zu gut. Die drei Buchstaben standen für „Fight the Regime". Ihre kleine Schwester Becka Siegner war eines der Gründungsmitglieder. Der Widerstand akzeptierte die Führung der Stadt durch *FoodTec* nicht und versuchte, dem Unternehmen so oft wie möglich zu schaden. Überfälle wie dieser waren inzwischen an der Tagesordnung. Die Angriffe hatten in letzter Zeit zugenommen. Nicht nur das, sie gingen immer aggressiver und gewalttätiger vor. Mittlerweile war es keine Seltenheit, dass Menschen verletzt wurden. Früher hätte Sophie nie gedacht, dass ihre Schwester mit Gewalt versuchen würde, ihre politische Meinung auszudrücken. Heute wusste sie nicht mehr, zu was Becka noch in der Lage war.

Nachdem ihre Eltern bei einem Autounfall ums Leben gekommen waren, war die Forschungsfirma durch Sophies gute Noten auf sie aufmerksam geworden. Zu diesem Zeitpunkt hatten Becka und sie bereits bei ihrer Großtante Larissa gelebt, die mit ihnen völlig überfordert gewesen war. Geld und Essen waren knapp. Sophie hätte sich damals niemals träumen lassen, dass solch eine große und mächtige Firma wie *FoodTec* Interesse an ihr zeigen könnte. Sie boten an, ihre Ausbildung zu finanzieren und sie in das firmeneigene Internat aufzunehmen, im Gegenzug würde sie sich nach ihrem Abschluss dazu verpflichten, für *FoodTec* zu arbeiten.

Ihre Tante stimmte, ohne zu zögern, zu, da ihr sofort klar war, dass dies eine einmalige Chance für Sophie darstellte, um ein besseres Leben zu führen. Einzig ihre kleine Schwester war von Anfang an dagegen. In den folgenden Jahren stritten sie sich immer wieder darüber, bis Sophie es nicht mehr aushielt. Alles, was sie tat, diente einem höheren Zweck. Sie kämpfte hart in ihrem Studium, um eine der Besten zu sein, und *FoodTec* unterstützte sie finanziell. Alles, was sie wusste, nutzte sie im Namen der Firma, um das Überleben der Menschen auf diesem Planeten sicherzustellen. Denn es war jedem klar, wenn es keine Lösung für die Nahrungsmittelknappheit gäbe, würde die Menschheit vor ernsten Problemen stehen.

Ihre Schwester dagegen sah nur ein kommerzielles Unternehmen, das die Bevölkerung ausbeutete. Dabei war sie immer gut genug, sobald Becka mal wieder auf der Straße saß. Und jedes Mal nahm Sophie sie auf. Bis sie sich vor etwa zehn Jahren so sehr stritten, dass sie Becka aus ihrer Wohnung warf. Ihre Schwester hatte sie eine Heuchlerin genannt und ihr vorgehalten, auf Kosten der Armen zu leben, sie regelrecht auszubeuten.

Sophies Puls fing an zu rasen, wenn sie daran zurückdachte. Damit hatte es ihre Schwester eindeutig zu weit getrieben. Gerade ihr unterstellte sie, andere auszubeuten? Sie tat doch alles dafür, diese Menschen zu retten. Solange ihre Schwester das nicht anerkannte, wollte sie nichts mit ihr zu tun haben. Sobald ihre Bienen ausschwärmten, würde Becka vielleicht erkennen, welche wichtige Rolle *FoodTec* im Kampf gegen den Hunger einnahm.

Wie immer krampfte sich in ihr alles zusammen, wenn sie an ihre Schwester dachte, und sie presste die Faust in die Magengegend. Auf keinen Fall wollte sie jetzt über Becka und ihre Karriere als kriminelle Aktivistin grübeln. Schon gar nicht, da sich alles, was sie tat, gegen Sophies Arbeitgeber richtete. Froh darüber, dass ihre Schwester bereits vor einigen Jahren untergetaucht war, glaubte Sophie, dass nicht einmal die Sicherheitsbehörden ihren richtigen Namen kannten. Trotzdem wurde ihr jedes Mal mulmig, wenn eine neue Sicherheitsüberprüfung in der Firma anstand. Und das, obwohl sie seit dem Streit nicht mehr mit ihr gesprochen hatte. Außerdem hatte sie den Nachnamen ihres Mannes angenommen, so konnte die Firma noch weniger Bezug zu ihrer Schwester herstellen.

Baldiger Ex-Mann, korrigierte sich Sophie in Gedanken. Noch so ein Thema, über das sie nicht nachdenken wollte.

Sie atmete auf, als das *FoodTec*-Gebäude durch das neblige Zwielicht in Sicht kam. Die Hauptzufahrt zur Parkgarage wurde durch eine Sicherheitsschranke versperrt, flankiert von etwa einem halben Dutzend Bewaffneter. Mike und sie reichten ihre Firmenausweise nach vorne, Igor ließ ihre und seinen eigenen von einem der Männer einscannen. Unterdessen leuchtete ein anderer ins Wageninnere. Einer vom Securitypersonal umrundete das Fahrzeug mit einem portablen Scanner in der Hand und checkte sie auf versteckte Personen oder Waffen. Die Zeit zog sich wie Kaugummi, bis die Sicherheitskräfte schließlich den Weg freigaben und sie in das firmeneigene Parkhaus fahren konnten.

3

Sophie warf sich in den Drehstuhl hinter ihrem Schreibtisch. Für einen Moment schloss sie die Augen. Sie gab es nur ungern zu, doch die Situation im Van hatte sie in Angst und Schrecken versetzt. In letzter Zeit wurden die Aufstände immer schlimmer. Die Stadt hatte zwei Gesichter. Menschen, die aufgrund ihrer Arbeit oder ihres Status genug Geld und Einfluss besaßen, um im Überfluss zu leben. Und dann gab es den Teil der Bevölkerung, der auf die ausgegebenen Essensmarken angewiesen war und sich nur eine Grundration leisten konnte. Es war ihr durchaus bewusst, dass sie es deutlich besser hatte als die meisten anderen Bewohner. Ihr Gewissen meldete sich zurück.

So ein Unfug, dachte sie. Ja, sie hatte mehr als andere, aber sie arbeitete unermüdlich daran, dass sich das änderte. Und sie war kurz vor der Vollendung. Nächstes Jahr sollten bereits die ersten Bienenvölker an Landwirte in verschiedenen Regionen ausgegeben werden. Sie hatte ausgerechnet, dass es schon in der ersten Wachstumsperiode zu einer deutlichen Steigerung der Erträge kommen würde. Ihre Bienen wiesen Resistenzen gegenüber allen bekannten Keimen auf, zeigten eine hohe Produktivität und waren generell sehr widerstandsfähig gegen Umwelteinflüsse. Die Ergebnisse sprachen für sich. Dass sie heute einen winzigen Rückschlag erlitten hatten, fiel kaum ins Gewicht. Es betraf ja nur eine einzige Beute. Dennoch, es wurde Zeit herauszufinden, worin die Ursache dafür lag.

Nebenan im Labor stand Mike mit sauberem Kittel und Handschuhen am Arbeitstisch und entnahm die gesammelten Probenbeutel. Sorgsam sortierte er sie für die jeweiligen Abteilungen und verpackte sie neu. Fein säuberlich beschriftet, landeten sie auf einem Rollwagen, um später von einem Assistenten verteilt zu werden.

Sophie band sich die Haare zusammen, schnappte sich ihren Kittel und zog im Gehen ein paar Handschuhe aus einem Spender an der Wand über.

„Hast du dich inzwischen entschieden, wie wir bei den Proben von der dritten Beute vorgehen sollen?", fragte Mike, als sie sich zu ihm gesellte.

„Ja, lass uns bei allen Proben die Standarduntersuchung auf Pestizide, mikrobiologische Parameter und Schädlinge machen", beschloss sie.

Er nickte. Gemeinsam bereiteten sie die Insekten und alles, was sie sonst noch gesammelt hatten, für die weiteren Untersuchungen vor. Es gab zwei zusätzliche Labortechniker in ihrem Team, die die weiterführenden Tests mit den notwendigen Geräten durchführen würden. Doch die genaue Zuordnung und Auswertung machten sie beide immer selbst.

Als Sophie einige Bienen von der dritten Beute für die Sensorik verpackte, hielt sie inne. Aus einem Impuls heraus entnahm sie einige der toten Bienen und die Königin. Sie legte sie in eine gesonderte Petrischale und verschloss sie mit Parafilm, einer speziellen Folie. Mit einem Filzstift schrieb sie eine Notiz für die DNA-Sequenzierung darauf.

Die DNA stellte einen Strang dar, der aus vier verschiedenen immer wiederkehrenden Basen bestand. Die Reihenfolge, in der die Basen angeordnet waren, war für jedes Lebewesen, ob Pflanze oder Tier, einzigartig. Anhand einer Aufschlüsselung dieser Basen konnte jede DNA einem Lebewesen präzise zugeordnet sowie Abweichungen und Besonderheiten aufgedeckt werden. Sophie hatte das Gefühl, dass mit der Bienen-DNA von der dritten Beute irgendetwas nicht stimmte, darum wollte sie, dass die gesamte Basenabfolge aufgeschlüsselt wurde.

Fragend blickte Mike sie an. „Doch eine komplette Genomsequenzierung?"

„Ja, dann sind wir auf der sicheren Seite. Ich weiß nicht recht, es ist nur so ein Gefühl, aber ich glaube nicht, dass Umwelteinflüsse an dem Zusammenbruch des Volks schuld sind." Sie zuckte mit den Schultern. „Schaden tut es jedenfalls nicht, und es wird keine großen Ausreißer in der Statistik bedeuten."

„Alles klar, Boss, du entscheidest."

Sophie verzog das Gesicht. Obwohl sie dieses Forschungsprojekt voller Stolz leitete, mochte sie es nicht, dass er sie so nannte. Das klang so bestimmend, dabei legte sie viel Wert auf Mikes Meinung. Auch wenn er sie oft mit seiner launischen Art mächtig nervte, war er ein Ass in der Molekularbiologie. Nicht ohne Grund hatte *FoodTec* ihn auf ihr Anraten hin angeworben.

„Du brauchst mich nicht mehr, oder?", wollte er wissen, als die letzte Probentüte geleert war.

Sophie winkte ab. „Schönen Feierabend", murmelte sie, doch er war schon zur Tür hinaus.

Sie packte Petrischalen sowie Glaskolben auf ein Tablett und trug sie in das angrenzende Labor, das ebenfalls zu ihrem Bereich gehörte. Bereits beim Eintreten nahm sie das vertraute Surren der elektronischen Geräte wahr. Es gab nichts Besseres für sie, um sich zu beruhigen. Sofort löste sich ihre Verspannung im Nacken, die sie vorher gar nicht bemerkt hatte. Ein Blick auf die Digitaluhr über der Eingangstür sagte ihr, dass heute niemand mehr die Proben ansetzen würde. Die meisten davon konnten warten, bis ihre Labortechniker morgen wiederkamen. Nur bei der Königin und den Arbeiterinnen stockte sie.

Sophie kaute auf der Unterlippe und zuckte schließlich mit den Schultern. Zu Hause wartete niemand auf sie, also konnte sie auch die Sequenzierung starten. Sie fühlte sich eh wohler, wenn sie es selbst tat. Ihre Mitarbeiter waren alles exzellente Arbeitskräfte, aber Sophie konnte nicht aus ihrer Haut.

Die tote Bienenkönigin landete in einem gesonderten Beutel, den sie mit einem speziellen Extraktionskit und Puffer auffüllte. Anschließend homogenisierte sie ihre Probe im Stomacher, um die Zellwände zu zerstören. Gleichzeitig wurde das Produkt erhitzt, um den Einsatz der Chemikalien zu begünstigen und die Doppelstranghelix der Königinnen-DNA aufzuspalten. Die Arbeiterbiene durchlief danach die gleiche Prozedur.

Es folgten viele Schritte, um das Bienenmaterial aufzubereiten. Immer wieder pipettierte sie Puffer und andere Lösungen zu der Flüssigkeit und warf die Zentrifuge an. Denn es mussten alle Zellbestandteile entfernt werden, da sie für die weiteren Untersuchungen uninteressant waren und sie nur die reine DNA benötigte.

Das dumpfe Brummen der Zentrifuge wirkte meditativ auf Sophie. Es sei denn, das Gewicht war ungleichmäßig verteilt, dann erklang ein Misston, wie Fingernägel auf einer Schieferplatte. Zum Schluss konnte sie einige Mikroliter von jeder Probe abpipettieren.

Sie hielt eines der kleinen Gefäße mit der nahezu durchsichtigen Flüssigkeit hoch und betrachtete es. Es faszinierte sie immer wieder aufs Neue, dass in einigen Zellen der genetische Fingerabdruck einer ganzen Art steckte. Nur würde die darin enthaltenen DNA-Menge nicht für ihren Sequenzierer ausreichen. Das Gerät benötigte mehr genetisches Material, um eine genaue Analyse vorzunehmen. Hinzu kam, dass fremdes genetisches Material, zum Beispiel von Pollen im Magen der Biene, enthalten sein könnte. Also musste sie die DNA der Biene vermehren. Das tat sie, indem sie eine Reaktion, die PCR, ablaufen ließ, in der mithilfe von speziellen Chemikalien und Basenpaaren nur die DNA der Bienen synthetisiert wurde, wieder und wieder, bis die eingesetzten Chemikalien verbraucht waren. Die Zeit, die die PCR benötigte, um genug DNA zu vervielfältigen, nutzte sie, um das Labor aufzuräumen. Sie hasste es, wenn Sachen herumstanden.

Endlich hatte sie das Ausgangsmaterial für ihre DNA-Sequenzierung gewonnen. Aber auch hier mussten wieder spezielle Chemikalienkits hinzugefügt werden, damit eine Reaktion im Sequenzierer ablaufen konnte. Erst als sie die Klappe des Sequenzierers schloss, war sie bereit, Feierabend zu machen. Die Prozedur dauerte nur wenige Stunden, doch mittlerweile merkte sie, wie spät es geworden war. Die Auswertung würde sie sich morgen in aller Ruhe anschauen.

4

In der einen Hand hielt Sophie die Post, in der anderen eine große Tüte mit Teigfladen. Mit der Arbeitstasche, die unter ihrem Arm klemmte, lehnte sie sich gegen den Sensor neben ihrer Apartmenttür im zehnten Stock ihres Wohnkomplexes. Sie atmete auf, als der Code ihrer Schlüsselkarte durch den Stoff erkannt wurde und die Tür mit einem leisen Klicken aufsprang. Mit dem Fuß schob sie die Tür auf und ging in den Flur. Im Gehen streifte sie sich die Turnschuhe ab. Beim linken Schuh verhedderte sie sich und strauchelte. Nur die Wand, die sie mit ihrer Schulter streifte, hinderte sie daran zu stürzen. Zwischen den Zähnen hindurch fluchend, stolperte sie weiter. Nur ein kurzes Stück entfernt befand sich der Tresen, der die geräumige Küche von dem großen Wohnraum trennte. Vorsichtig ließ sie die Tasche zu Boden gleiten, die Tüte mit Teigfladen auf den Tresen fallen und legte die Briefe daneben. Seufzend streckte sie sich und wandte sich Richtung Wohnzimmer. Unvermittelt schrie sie auf und machte einen Satz zurück.

Am Ende des Raums, vor der Tür zum Schlafzimmer, stand, mit einem Karton auf den Armen und einem amüsierten Lächeln im Gesicht, Tom, ihr Ehemann. Das blonde Haar fiel ihm in langen Strähnen in die Augen. Sie konnte ihr Herz nicht daran hindern, einen freudigen Satz zu machen, als sie seine gut gebaute Statur betrachtete. Bald-Ex-Ehemann, sagte sie sich, aber ihr Herz wollte noch nicht wahrhaben, dass ihre gemeinsame Zeit vorbei war. Und dabei hatten sie sich nicht einmal großartig gestritten oder einander betrogen. Sie hatten sich nach fünf Jahren Ehe schlicht auseinandergelebt. Allerdings sahen sie beide die Schuld dafür beim jeweils anderen. Tom war der Ansicht, dass Sophie zu viel Zeit im Labor verbrachte, während sie fand, er hätte sich mehr anstrengen müssen. Wahrscheinlich trug jeder seinen Teil zum Scheitern ihrer Ehe bei, doch auf keinen Fall würde sie ihrem Ex nachtrauern, schon gar nicht jetzt, wo er ungefragt in ihrer Wohnung war.

„Was, zum Geier, machst du hier!"

„Ich wünsche dir ebenfalls einen schönen Abend, Kleines."

„Von wegen, du hast mich fast zu Tode erschreckt! Was hast du hier zu suchen?"

„Falls du es vergessen haben solltest, ist das auch immer noch mein Zuhause."

Mit zusammengekniffenen Augen starrte sie ihn böse an. Das war ihre Wohnung, und das wusste er genau. Nach dem Studium hatte *FoodTec* ihr diese Bleibe zur Verfügung gestellt, die in einem der sichersten Viertel der Stadt lag. Das Apartment war ein Traum, verglichen mit dem Zimmer, das sie im Internat bewohnt hatte.

Als sie geheiratet hatten, hatte sie Tom mit in den Mietvertrag aufnehmen lassen. Sie musste unbedingt beim Vermieter anrufen und Tom nicht nur streichen, sondern auch gleich den Zugangscode ändern lassen.

Langsam schlenderte er näher. „Außerdem habe ich dir eine Nachricht geschickt, dass ich komme, um einige Sachen zu holen." Er lief weiter in den Flur und stellte den Karton ab. „Ich habe eine neue Wohnung, die Adresse habe ich dir ebenfalls gesendet, solltest du noch was finden, was mir gehört, aber eigentlich müsste ich jetzt alles haben."

Sophie stockte. Mist, sie hatte tatsächlich nicht auf ihr Mobiltelefon geschaut, als sie Feierabend gemacht hatte. Sie holte es hervor. Verdammt, er hatte recht. Mit Schwung drehte sie sich um und erschrak, als Tom plötzlich direkt vor ihr stand. Mit der Arbeitsplatte in ihrem Rücken konnte sie nicht ausweichen. Der Duft seines Aftershaves umhüllte sie, und ein Kribbeln breitete sich in ihrem Körper aus. Auch wenn sie sich getrennt hatten, fand sie ihn nach wie vor anziehend. Und um ehrlich zu sein, musste sie zugeben, dass sie den Sex mit ihm vermisste. Er kam noch ein kleines Stück näher, und sie spürte, wie sein Atem über ihre Wange strich.

„Du weißt, ich würde dich nie absichtlich erschrecken", flüsterte er.

Ihr Herz schlug heftig in der Brust. Sie schloss die Augen, sog seine Nähe in sich auf. Und dann war es plötzlich vorbei. Irritiert öffnete sie die Augen. Mit dem Karton beladen, wandte er sich zum Flur.

„Bis bald, Kleines!", rief er über die Schulter, ohne sich noch einmal zu ihr umzudrehen, und verschwand aus ihrem Blickfeld.

Kurz darauf hörte sie die Tür ins Schloss fallen. Zischend stieß sie den Atem aus. Erst jetzt wurde ihr bewusst, dass sie die Luft angehalten hatte. Aus einem Impuls heraus griff sie nach der Lebensmitteltüte und warf sie mit Wucht Richtung Haustür. In dem Moment, als sie die Tüte losließ, wusste sie, wie albern sie sich benahm. Da sie nicht um die Ecke werfen konnte, traf sie die Wand. Dumpf landete der Papierbeutel auf dem Boden und platzte auf. Ein Teil der Fladen verteilte sich auf den Fliesen. Wutschnaubend stampfte sie zum ruinierten Essen. Sie wusste gar nicht, worüber sie sich am meisten aufregte – über Tom oder über sich selbst. Solche emotionalen Ausbrüche hasste sie.

Frustriert sammelte sie die Fladen ein. Über der Spüle klopfte sie pro forma die Staubkörner ab. Jeden zweiten Tag reinigte eine Putzfrau alles gründlich. Mittlerweile ärgerte sie sich am meisten darüber, dass sie ausgerechnet ihr Essen geworfen hatte. So ging man nicht mit Lebensmitteln um, dafür gab es zu wenig davon. Nach einem letzten Abpusten packte sie alles in den Kühlschrank. Der Appetit war ihr vergangen. Alkohol trank sie selten, jetzt schnappte sie sich ein Bier aus der hintersten Ecke. Es stammte noch aus der Zeit, als sie hier mit Tom zusammengelebt hatte. Getreide, das es dank *FoodTec* als einziges Lebensmittel wenigstens in halbwegs ausreichender Menge vorhanden war, wurde nur in geringem Umfang für die Alkoholerzeugung eingesetzt. Bier war teuer, ihr Mann hatte jedoch immer für einen kleinen Vorrat gesorgt.

Mit der Flasche in der Hand trat Sophie auf den Balkon am Ende des Wohnzimmers. Seufzend setzte sie sich auf einen der beiden Rattansessel, die sie damals gemeinsam gekauft hatten, und ließ sich von der lauen Nachtluft einhüllen. Sie nippte an ihrem Bier und dachte an den Anfang vom Ende ihrer Ehe. Ihr Bienenprojekt hatte sie so angefixt, dass sie monatelang mehr Zeit im Labor als zu Hause verbrachte. Sie kam nicht umhin sich einzugestehen, dass ihre Ehe vielleicht nicht gescheitert wäre, hätte sie ihr Arbeitspensum reduziert. Wenn sie jetzt jedoch auf ihre erfolgreiche Forschung blickte, konnte sie nicht sagen, ob sie mit dem Wissen anders gehandelt hätte. In Anbetracht dessen, was diese Entwicklung für die Menschheit bedeutete, verblasste die Wichtigkeit ihres Liebeslebens daneben. Trotzdem dauerte es bis spät in die Nacht, bis es ihr gelang, Tom aus ihren Gedanken zu verbannen und ins Bett zu gehen.

5

Am liebsten wollte sie den Kopf auf den Schreibtisch legen, aber Sophie widerstand der Versuchung. Stattdessen griff sie nach ihrem Kaffeebecher und nahm einen Schluck. Dank der neuesten Technik, auf die *FoodTec* hohen Wert legte, waren die Ergebnisse der Sequenzierungen bereits auf einem Tablet hochgeladen. Sowohl in der Landwirtschaft als auch in der Technologie stellte *FoodTec* das Monopol. Nur wer mit dem Giganten in Verbindung stand, kam an die aktuellsten Entwicklungen heran. Sophie mochte sich gar nicht vorstellen, ohne ihren 3D-Simulator zu arbeiten, mit denen sich die DNA der Königin anzeigen ließ.

Den gesamten Vormittag beschäftigte sie sich mit der mehrfarbigen Darstellung. Je mehr Zeit verging, desto stärker drängte sich ihr das Gefühl auf, irgendetwas zu übersehen. Dieses Jucken im Hinterkopf, das einem sagte, da ist etwas, man müsste nur die Augen aufmachen, und dennoch sah man es nicht.

Der automatische Abgleich mit zuvor analysierter Bienen-DNA lief zum zweiten Mal, während sie die DNA-Stränge betrachtete. Eine Abbildung der Basenpaare flimmerte vor ihr in der Luft und leuchtete in vier verschiedenen Farben auf. Mit der Hand drehte und wendete sie ihn und konnte darin keine Auffälligkeiten erkennen. Frustriert lehnte sie sich zurück und rieb sich die Augen. Vielleicht war es an der Zeit, eine

Pause zu machen. In diesem Moment knurrte ihr Magen und erinnerte sie daran, dass sie außer dem Kaffee heute nichts zu sich genommen hatte. Im Raum nebenan saß Mike und arbeitete an einer Probe.

Sophie stand auf und lehnte sich in den Türrahmen. „Hey, Mike, wie sieht es mit Mittag aus?"

Er winkte ab. „Ich kann grad nicht unterbrechen. Aber geh ruhig, ich mache später Pause."

„Alles klar." Sie verzog das Gesicht, vielleicht sollte sie auf ihn warten. Erneut meldete sich ihr leerer Bauch lautstark. Na gut, dann würde sie eben allein essen.

Ihr Labor befand sich im fünften Stock, wobei die untersten drei Stockwerke dem Parkhaus vorbehalten waren. Mit dem Fahrstuhl fuhr sie bis zur zwölften Etage, auf der die Kantine lag, direkt unter der Chefetage.

Als sich die Fahrstuhltüren öffneten, hüllten sie Gemurmel und Gelächter ein. Kurz überlegte sie, umzukehren und in das nahe gelegene Einkaufszentrum zu laufen, um sich dort etwas Essbares zu besorgen, doch ihr Magen zog sich bereits schmerzhaft zusammen. Nachdem sie einmal tief Luft geholt hatte, trat sie ein und steuerte auf die Essensausgabe zu.

Ihr Weg führte zwischen Metallstühlen und Tischen hindurch, die weitestgehend besetzt waren. So viele Menschen bereiteten ihr Unbehagen. Lieber aß sie allein, als mit diesen Leuten Smalltalk zu halten. So musste sie sich keine Gesprächsthemen aus den Fingern saugen oder Geschichten von unbekannten Familienangehörigen nickend belächeln, die sie nicht interessierten.

Lange Banner hingen von der Decke und unterteilten die Kantine in einzelne Bereiche. Das sorgte dafür, dass die Lautstärke annehmbar blieb, und erzeugte ein Gefühl von Privatsphäre.

Die Kantine war die richtige Wahl gewesen, entschied sie, als ihr der würzige Duft einer mediterranen Gemüsepfanne in die Nase stieg. Obwohl sie gut verdiente, hieß das nicht, dass sie sich für alles Lebensmittelmarken leisten konnte.

Eine Angestellte hinter dem Tresen füllte Sophie einen Teller und reichte ihn ihr. Dankend nahm sie ihn entgegen und wandte sich ab. Am Ende des Ausschanks stand ein großer Korb mit saftigen roten Äpfeln.

Das geht aber schnell mit der Ernte, dachte sie und freute sich, als sie sah, dass sich die Belegschaft begeistert bediente. Mit dem Teller in der Hand suchte sie sich einen Platz. Hier und da entdeckte sie ein bekanntes Gesicht, ihr Interesse sich dazuzusetzen hielt sich allerdings in Grenzen. Hinter einem der Banner fand sie einen freien Tisch. Sie ließ sich die fruchtige Tomatensoße auf der Zunge zergehen und genoss die Geschmacksexplosion in ihrem Mund. In diesem Moment setzte sich ein großer Mann auf einen der Stühle ihr gegenüber. Das besondere Aroma auf ihrer Zunge verging angesichts dieser Person. Seine gegelten schwarzen Haare lagen eng am Kopf, und die gebleichten Zähne ließen sein selbstgefälliges Lächeln noch höhnischer wirken.

„Viktor, lange nicht gesehen." Sie unterdrückte ein Seufzen.

Eigentlich nicht lange genug, fand Sophie, das konnte sie jedoch Viktor Stein, dem leitenden CO der Forschungsbereiche, ja schlecht ins Gesicht sagen. Sie hatten gemeinsam die Ausbildung bei *FoodTec* absolviert, er war zwei Jahrgänge über ihr gewesen. Während der Oberschule waren sie einige Wochen miteinander ausgegangen, was sie mittlerweile bereute. Damals hatte es ihr sehr gefallen, von einem älteren Schüler umschwärmt zu werden. Außerdem konnte sie nicht bestreiten, dass sein langer, geschmeidiger Körper eine gewisse Anziehungskraft auf sie ausübte, mehr gab es allerdings nicht, das sie reizte. Im Gegenteil, sein Narzissmus hatte sich früh gezeigt, weshalb sie die Beziehung nach kurzer Zeit beendet hatte. Zu ihrem Leid war sie ihn nicht mehr losgeworden.

„Sophie, welch schöner Anblick. Dich sieht man auf dieser Etage selten." Er schlug die langen Beine übereinander. „Sonst muss ich meistens in dein Labor kommen, um dich zu sehen."

Sophie setzte ein Lächeln auf, von dem sie hoffte, es wirkte nicht so ertappt, wie sie sich gerade fühlte. „Ach, du weißt doch, wie das ist. Immer was zu tun, da vergisst man schnell mal zu essen." Sie zuckte mit den Schultern.

„Ich habe von eurem kleinen Problem auf der letzten Tour gehört."

„Kleines Problem? Die haben auf uns geschossen!", entrüstete sie sich.

„Mach dir keine Sorgen, die Fahrzeuge sind vor solchen Angriffen bestens geschützt. Außerdem war die Sicherheit in kürzester Zeit zur Stelle. Trotzdem habe ich angeordnet, dass bei der nächsten Probennahme ein Panzerwagen als Geleitschutz mitfährt. Und zwar bei allen Ausfahrten aus der Stadt, nicht nur für deinen Bereich." Er lächelte beschwichtigend.

„Erfreulicherweise ist der Teil des Projekts so gut wie beendet, und ich plane erst mal keine weiteren Ausflüge zu den Plantagen", entgegnete sie nicht ganz überzeugt. „Aber wo du gerade hier bist, steht das Auswahlverfahren bereits fest? Ich meine, so langsam werden doch bestimmt die Betriebe ausgewählt, die die Bienen bekommen sollen, oder?"

Wenn sie schon mit Viktor reden musste, konnte sie das Gespräch auch nutzen, um berufliche Dinge zu besprechen. Sie hatte längst an anderer Stelle versucht, mehr Informationen über die weitere Vorgehensweise herauszufinden, war jedoch immer gegen eine Mauer des Schweigens geprallt.

„Darüber musst du dir keine Gedanken machen." Viktor lehnte sich vor, seine weißen Zähne blitzten auf. „Du kümmerst dich darum, dass die Bienen den besten genetischen Code besitzen, damit sie produktiv arbeiten können, und der Vertrieb kümmert sich darum, dass deine summenden Freunde an die richtigen Stellen gelangen."

Froh darüber, etwas zu essen im Mund zu haben, kaute sie weiter, damit ihr keine pampige Bemerkung herausrutschte.

Was, zum Geier, denkt der sich dabei, mit mir wie mit einem Kleinkind zu reden? Sie zügelte sich. Denk daran, er ist dein Chef, ermahnte sie sich, um sich zu beruhigen. Zwar waren sie zusammen im Internat gewesen, hatten später aber unterschiedliche Fachrichtungen studiert. Sie hatte die Wissenschaft gewählt, er die Wirtschaft.

„Wie geht deine Scheidung voran?"

Sie verschluckte sich an einem Gemüsestück und hustete.

Viktor legte den Kopf schief und beobachtete sie. „Alles okay?"

„Jaja, alles gut." Sie räusperte sich. „Es … es geht halt … voran."

Es war kein Geheimnis, dass sie sich scheiden ließ, doch dass Viktor sie direkt darauf ansprach, damit hatte sie nicht gerechnet. Noch weniger, dass er ein Stück näher rutschte und seine Hand auf ihre legte. Jetzt wusste sie gar nicht mehr, was los war. Sie schaffte es gerade, ihren letzten Bissen herunterzuschlucken, ohne sich erneut zu verschlucken, und starrte ihn entgeistert an.

„Hör mal, Sophie, ich weiß, das kann eine schwierige Zeit sein, aber ich bin für dich da. Wir sollten zusammen essen gehen, dann können wir in Ruhe darüber reden." Er ließ sie nicht aus den Augen und tätschelte ihre Hand. „Wie wäre es mit heute Abend?"

„Ähm, Viktor, ich … Also, danke schön. Aber ich …", stammelte sie und versuchte krampfhaft, eine Lösung zu finden, ihr Gehirn lief jedoch gerade im Panikmodus. Wie konnte sie ihm absagen, ohne ihn als ihren Chef vor den Kopf zu stoßen? „Ich kann leider nicht, ich habe so viele Proben von den Plantagen mitgebracht, da werde ich heute bis spät in die Nacht beschäftigt sein."

Nach wie vor streichelte er ihre Hand, sie musste sich zusammenreißen, um nicht das Gesicht zu verziehen. Als er dann auch noch begann, leicht mit dem Zeigefinger kreisend über ihren Handrücken zu fahren, gewann ihr Ekelgefühl, und sie entzog ihm die Hand. Ein kurzes Zucken um Viktors Augen war die einzige Reaktion. Sein Lächeln blieb unverändert.

„Kein Problem, ich bin immer wieder von deinem Einsatz für unsere Firma begeistert." Er stand auf. „Dann morgen, mein Fahrer holt dich um sieben ab."

Sie war bereits dabei, den Mund zu öffnen, aber sie kam nicht mehr dazu zu widersprechen. Viktor hatte sich zum Gehen gewandt, drehte sich jedoch noch einmal um.

„Ach ja, und zieh was Hübsches an." Er lächelte breit, dann ging er.

Verdattert und mehr als angewidert starrte sie ihm hinterher.

Was war denn das gerade?, fragte sie sich. Ein ungutes Gefühl machte sich in ihrer Magengegend breit. Regelmäßig hatte er in den letzten Jahren versucht, mit ihr anzubandeln, allerdings nie zuvor so offensiv.

Den Teller mit dem Gemüse schob sie von sich, der Appetit war ihr vergangen. Das Letzte, was sie jetzt wollte, war, mit einem Mann auszugehen. Und mit Viktor schon mal gar nicht! Es gefiel ihr, allein zu sein und sich um niemanden scheren zu müssen. Und um Viktor wollte sie sich erst recht nicht kümmern müssen. Er war so unerträglich glatt, nie wusste sie, was er wirklich dachte.

Sie trug ihren Teller zur Geschirrrückgabe und ärgerte sich, dass sie nicht Nein gesagt hatte. Den ganzen

Weg zurück zum Labor fragte sie sich, wie sie aus der Sache rauskommen könnte. Doch sie fand keine Lösung. Es war deutlich, dass Viktor kein Nein akzeptieren würde. Es wäre ein Leichtes für ihn, ihr Steine in den Weg zu legen.

„Da muss ich wohl jetzt durch", murmelte Sophie, als sie in den Fahrstuhl trat.

Sie hielt ihre Mitarbeiterkarte an den Scanner neben der Knopfleiste für die Etagen. Ein rotes Kontrolllämpchen blinkte, ein Piepen ertönte. Das war sie gewohnt, es war ein Glücksspiel, ob der Scanner ihre Karte erkannte. Manchmal brauchte er drei bis vier Anläufe, bevor er sie akzeptierte. Schon lange hatte sie vorgehabt, sich eine neue zu besorgen, es bisher jedoch vergessen. Ein weiteres Mal ließ sie ihren persönlichen Strichcode vom System einlesen. Diesmal leuchtete es grün auf, die Türen schlossen sich, und sie drückte die Fünf zu ihrem Stockwerk.

Es ist nur ein Essen, sagte sie sich und schüttelte sich unwillkürlich. Viktor war nicht der Typ Mensch, mit dem sie sich gerne umgab. Seit sich herumgesprochen hatte, dass sich ihre Lebensumstände verändert hatten, wurde er immer penetranter. Vielleicht sogar kontrollsüchtig, ständig tauchte er in ihrem Labor auf. Sehnsüchtig dachte sie an die Zeit zurück, als sie an ihrer Doktorarbeit gearbeitet hatte und jeden Tag von ihren Bienen umgeben gewesen war.

Die Fahrstuhltüren öffneten sich mit einem Signalton. Bereits vom Flur aus sah sie, dass Mike in ihrem Büro stand. Genau konnte sie es nicht sagen, es wirkte allerdings, als würde er etwas an ihrem Rechner machen.

Kurz bevor sie eintrat, wandte er sich um und zuckte zusammen. „Sophie, da bist du ja wieder. Hast du mich erschreckt. Das war aber ein kurzes Essen." Er fuhr sich durch die rotblonden Haare und steckte die Hände in die Kitteltaschen.

„Mir ist was auf den Magen geschlagen." Sie betrachtete ihn skeptisch. „Was tust du hier? Geht dein Rechner nicht?"

„Ich … doch, ich wollte nur was in deinen alten Forschungsergebnissen nachlesen, und ich finde die Version nicht mehr auf meinem Computer. Ich hoffe, das war okay?"

„Kein Problem, was genau suchst du denn? Beziehungsweise wie alt sind …?" Sie erstarrte. Als würde ein Zahnrad einrasten, machte es in ihrem Kopf klick. Ihre alten Ergebnisse, das war es.

„Alles in Ordnung bei dir?" Mike tippte ihr auf die Schulter.

Sie fuhr zusammen. „Mike, du bist ein Genie!"

„Ich weiß, aber seit wann siehst du das so?" Er grinste.

„Verstehst du nicht? Da war was mit der Königinnen-DNA, bisher konnte ich es nicht greifen."

„Aha." An seiner gerunzelten Stirn erkannte sie, dass er keine Ahnung hatte, wovon sie sprach.

„Es geht um die Ergebnisse, die ganz alten aus meiner Doktorarbeit." Sie ließ sich in ihren Stuhl fallen und wischte wie wild auf dem Touchpad herum, um den richtigen Ordner zu finden. Einige Dokumente von früher hatte sie zwischengespeichert. „Ich habe damals die mutierte Sequenz entdeckt, die den Lebenszyklus der Bienen auf eine Aktivitätsperiode begrenzt hat."

„Ja, ich erinnere mich vage. Haben die Bienen da nicht nach dem Sommer mit ihren Arbeiten aufgehört?", fragte er.

Sophie nickte zur Antwort.

„Aber das war doch ..."

„Ha!", unterbrach sie ihn. „Hier ist sie ja." Triumphierend tippte sie auf ihrem Tablet, und eine dreidimensionale Ansicht einer Doppelstranghelix drehte sich auf ihrem 3D-Simulator.

Mike trat hinter sie und beugte sich vor. „Das kann nicht die gleiche DNA sein."

„Natürlich, schau genau hin!" Eine neue Abbildung öffnete sich. Diesmal erschienen zwei verschiedene Stränge. „Warte, ich muss sie noch auftrennen."

Die Helix entwickelte sich, einer der Doppelstränge wurde vom System entfernt. Sophie gab einen Befehl ein, und das Programm suchte automatisch nach passenden Verbindungsstellen. Kleine grüne Punkte markierten die Übereinstimmungen, die rasend schnell zunahmen, bis sich die Markierung über die komplette DNA ausgebreitet hatte.

„Verdammt", flüsterte er, als sich die Basenreihenfolge aus dem Archiv an die Sequenz der toten Bienenkönigin anlagerte.

„Das hier", ereiferte sie sich und tippte auf den DNA-Strang, „das ist definitiv meine Mutation!" Mit einem zufriedenen Seufzer ließ sie sich zurückfallen.

Mike war noch immer über die Simulation gebeugt und drehte sie hin und her. „Was genau verändert die Mutation im Metabolismus der Biene, sodass sich der Lebenszyklus derartig dramatisch wandelt?"

„Ganz ehrlich? Ich habe keine Ahnung."

„Bitte was? Wieso nicht?"

„Wäre es nach mir gegangen, hätte ich die einzelnen DNA-Abschnitte aufgeschlüsselt und den verschiedenen Funktionen zugeordnet. Doch *FoodTec* hat mir damals deutlich gemacht, dass ich meine Forschungen wieder auf den Kern meiner Doktorarbeit lenken sollte, nämlich Resistenzen bei den Wildbienen zu finden. Sie haben ganz klar gesagt, dass sie mir den Geldhahn zudrehen, da es für sie nicht rentabel sei, ein Thema zu verfolgen, das nicht zielorientiert sei. Also habe ich nicht in diese Richtung geforscht, obwohl es mich brennend interessiert hat. Du weißt ja selbst, wie das ist, menschliche Neugier und Wirtschaftlichkeit gehen nicht immer Hand in Hand."

„Also wissen wir zwar, wo bei der Beute drei das Problem liegt, aber nicht, wie die Mutation den Weg dorthin gefunden hat, und damit auch nicht, wo wir ansetzen können, um das zukünftig zu vermeiden."

„Du sagst es."

„Hätten sie dich mal machen lassen, nun haben wir das Problem auf der Plantage."

„Ja, doch das ist unmöglich", entgegnete sie frustriert. „Also, es ist schon möglich, schließlich ist es eine Mutation, nur sehr unwahrscheinlich, dass die gerade jetzt in unseren Beuten auftritt."

„Was genau meinst du damit?", hakte er nach und richtete sich auf.

„Das ist eine Mutation, die ich im Labor erzeugt habe, und sie wurde nur in den Kuppeln getestet. Sie ist bisher nie in der freien Natur aufgetreten, soweit ich weiß. Natürlich gibt es Berichte von Völkern, die sterben, in der Regel konnte man jedoch einen Grund bestimmen.

Einige Vorfälle habe ich sogar selbst genauer untersucht, bevor *FoodTec* mich an die Leine gelegt hat. Und kein einziges Mal bin ich auf die Mutation gestoßen." Ratlos hob sie die Schultern.

„Dann hoffen wir, dass das Ganze ein Ausnahmefall war. Schließlich haben wir Dutzende von Bienenstöcken auf den Plantagen, und nur einer weist ein Problem auf."

„Ja, du hast vielleicht recht, aber so einfach will ich das nicht abschließen. Haben wir noch welche von den Arbeiterinnen aus dem Stock?"

Er nickte.

„Okay, dann lass uns auch bei denen eine vollständige Sequenzierung durchführen und sie miteinander abgleichen. Ich möchte erst mal sichergehen, ob wir die Mutation wiederfinden. Für den Fall, dass die Mutation vererbt wird und es das ganze Volk betrifft, sollten wir sie schnell detektieren können. Sollten wir die nur bei der Königin finden, besteht die Möglichkeit, dass durch die Veränderung der DNA die Pheromonausschüttung der Königin gesteuert wird und dadurch das Volk inaktiv wurde."

„Also tun wir genau das, was *FoodTec* dir untersagt hat? Sophie, wer hätte das gedacht?" Mike zwinkerte ihr zu, dann wurde seine Miene wieder ernst. „Ich bin grundsätzlich dabei. Nur bedeutet das eine Menge Arbeit, wahrscheinlich endet es in einer Nachtschicht. Ich weiß ja, dass du kein Privatleben hast, aber musst du unbedingt dafür sorgen, dass ich auch keins mehr habe? Heute ist Freitag, und ich habe eine Verabredung, die ich ungern absagen möchte."

Sie zuckte unmerklich zusammen. Kein Privatleben. Auf keinen Fall würde sie ihm zeigen, wie sehr es sie verletzte, dass er ihr das an den Kopf geworfen hatte. Sie war zufrieden mit ihrem Leben, doch sie wusste, dass er im Grunde genommen die Wahrheit sagte. Diese Tatsache verdrängte sie gerne. Außerdem hatte sie morgen eine Verabredung, hütete sich allerdings davor, ihm davon zu erzählen. Die Situation mit Viktor stieß ihr eh bereits unangenehm auf, sie musste das nicht noch mit anderen diskutieren.

„Ach, komm schon, deswegen wird deine Freundin nicht gleich weglaufen. Das hier ist wichtig. Nächste Saison sollen die Völker ausgegeben werden, da müssen wir sichergehen, dass mit ihnen alles in Ordnung ist! Ich mache dir einen Vorschlag: Jetzt ziehen wir durch, dafür kannst du Montag ausschlafen." Mit einem motivierenden Lächeln strahlte sie ihn an.

Mike kniff die Augen zusammen und starrte sie einige Sekunden wortlos an, bis er schließlich seufzte. „Na gut, weil du es bist. Lass mich nur eben meine Verabredung verschieben."

Für einen Moment zog er sich in ihr Büro zurück, um zu telefonieren. Danach machten sie sich gemeinsamen auf den Weg, die Proben aus dem Lager zu holen.

Es wurde keine ganze Nachtschicht. Kurz vor Mitternacht fing Sophie an zu gähnen und konnte nicht mehr damit aufhören. Mittlerweile tränten ihre Augen so sehr, dass es ihr schwerfiel, geradeaus zu schauen. Die letzte unruhige Nacht forderte ihren Tribut. Seufzend legte sie die Pipette zur Seite und stellte die letzte Probe in den Sequenzierer. Die Ergebnisse überspielte das

System automatisch, und am Montag würden sie in aller Frische die Daten auswerten können.

„Komm, lass uns einpacken und Feierabend machen", gab sie nach, auch wenn es sie wurmte, dass sie so lange warten musste, um mehr zu erfahren.

6

Zum ersten Mal seit Langem hatte Sophie bis zur Mittagszeit geschlafen. Jetzt stand sie gähnend auf ihrem Balkon und streckte die Arme nach oben, um ihre Glieder zu lockern. Es fiel ihr schwer, die Müdigkeit aus ihrem Kopf zu verbannen. Sie hatte eindeutig zu lange geschlafen, daran war sie nicht mehr gewöhnt. Ihr Blick schweifte über die Stadt. Ein Dunstschleier hüllte alles ein, sodass sie wenig von den Häusern sehen konnte. Nur die goldglänzende Spitze des *FoodTec*-Gebäudes stach durch die Dunstdecke. Rechts von ihr ragten die Schattenfelsen gen Himmel und warfen kühlende Dunkelheit auf die Oberstadt.

Wenig später trieb die Hitze sie wieder hinein, und sie trat zurück in den kühlen Wohnbereich. Auch wenn Sophie nur ein dünnes Nachthemd trug, war es ihr bei fünfunddreißig Grad zu warm. Die Glastür zum Balkon rastete hörbar ein und schloss die Hitze aus. Alle neueren Gebäude waren mit speziellen Beschichtungen versehen, die einen Teil der Sonnenwärme absorbierten und in elektrische Energie umwandelten. Die Wohnkomplexe heizten sich dadurch weniger stark auf, trotzdem benötigte man eine Klimaanlage.

Unruhig streifte sie durch ihr Apartment. Es kam nicht oft vor, dass sie tagsüber zu Hause war, und sie wusste nicht, was sie mit sich anfangen sollte. Die letzten Monate hatte sie in der Regel gearbeitet. Früher hatte sie ihre Freizeit mit Tom verbracht, manchmal hatten sie den ganzen Tag ihm Bett gelegen, Pläne geschmiedet und von der Zukunft geträumt. Aber das war lange vorbei. Selbst als sie noch zusammen gewesen waren, hatten sie damit aufgehört. Sie konnte sich gar nicht mehr daran erinnern, wann sie zuletzt von der Zukunft geträumt hatte.

Sophie überlegte kurz, ins Labor zu fahren, um ihren trüben Gedanken zu entfliehen, verwarf die Idee jedoch schnell wieder. Mikes Bemerkung über ihr Privatleben traf sie mehr, als sie zugeben wollte. Das Schlimme daran war, dass sie ihm zustimmen musste. Meistens kam sie nur zum Schlafen nach Hause, insbesondere seit sie von Tom getrennt lebte.

Schluss jetzt, schalt sie sich in Gedanken, blieb mitten im Wohnzimmer stehen und stemmte die Hände in die Hüften. Es konnte doch nicht so schwer sein, seine Zeit auch mal zu Hause zu verbringen. Sie beschloss, ihren Kleiderschrank auszumisten, damit ihr die Decke nicht auf den Kopf fiel. Das hatte sie längst vorgehabt, und auf diese Weise könnte sie gleich überlegen, was sie heute Abend anziehen sollte.

Bei dem Gedanken an das bevorstehende Essen mit Viktor verdrehte sie die Augen, dennoch entschied sie sich, das Beste daraus zu machen. Entschlossen ging sie in ihr Schlafzimmer und stellte sich vor ihr fünf Meter langes Monstrum von Einbauschrank. Im Laufe der Zeit war vieles darin gelandet, gleichgültig ob sie es noch trug oder nicht. Voller Elan öffnete sie die erste Schiebetür.

Auf dieser Seite befanden sich die meisten ihrer Kleidungsstücke. Zum Teil gefaltet in den Fächern und einiges hängend auf einer Kleiderstange, die sich unter dem Gewicht bereits durchbog. Entschlossen nahm sie alle Bügel mitsamt Kleidung von der Stange und legte sie aufs Bett. Danach betrachtete sie jedes Teil und überlegte, wann sie es das letzte Mal getragen hatte. Alles, was länger als ein Jahr unbeachtet sein Dasein gefristet hatte, landete auf dem Boden. Die meisten Sachen waren gut erhalten, sie wollte sie spenden. Von einigen Teilen konnte sie sich dagegen nicht trennen.

Das lachsfarbene Kleid erinnerte sie an ihr erstes Date mit Tom. Hastig hängte sie es zurück in den Schrank und schob es ganz nach hinten. Sie griff wahllos nach dem nächsten und zog es heraus. Ein schwarzes, enganliegendes Spitzenkleid kam zum Vorschein. Ein Lächeln umspielte ihre Mundwinkel, das hatte sie bei ihrer Verlobungsfeier getragen, weil es ihre Figur betonte. Das Kleid wäre das passende für diesen Abend, entschied sie. Nicht zu tief ausgeschnitten, sodass sie nicht befürchten musste, Viktor mehr Dekolleté zu zeigen, als angemessen wäre, zumal er das sicherlich als Einladung empfände. Andererseits wirkte es sexy genug, damit er nicht beleidigt war, dass sie sich keine Mühe gab. Sie legte es auf ihr Kopfkissen und fuhr fort, den Rest auszusortieren. Am Ende hatte sich ein beachtlicher Haufen aufgetürmt, der dafür sorgte, dass die Kleiderstange nicht mehr durchbrechen würde.

Als Nächstes machte sie sich an die Regalfächer, in denen sie Tops und Shirts aufbewahrte. An das oberste Fach kam sie nicht heran, also holte sie sich einen Stuhl vom Esstisch. Damit erreichte sie es problemlos und nahm die Oberteile heraus. Sophie stutzte, als sie hinter dem Stapel eine kleine Pappschachtel ertastete.

Sie stellte sich auf die Zehenspitzen und zog den Karton heraus. Einen Moment starrte sie darauf. Sie wusste genau, was sich darin befand. Langsam stieg sie vom Stuhl und setzte sich im Schneidersitz aufs Bett. Mit spitzen Fingern hob sie den Deckel ab und blickte auf die wenigen Fotos, die sie aus ihrer Kindheit besaß. Es gab heutzutage kaum noch echte Fotografien in dieser digitalisierten Welt, aber ihre Eltern hatten es geliebt, mit der alten Kamera Bilder zu schießen und sie entwickeln zu lassen.

Behutsam ging sie die Fotos durch und musste lächeln. Es waren zum Teil Schnappschüsse. Ihre Mutter, die von einem Brötchen abbiss oder lachend mit einem Schirm im Regen stand. Sachte fuhr sie darüber. Der letzte Regen war schon Monate her, und Sophie vermutete, dass mittlerweile niemand mehr einen Regenschirm besaß. Denn bei den Unwettern in den Wintermonaten traute sich niemand mehr vor die Tür.

Sie betrachtete das scharf geschnittene Gesicht ihrer Mutter und spürte den Stich im Herzen bei der Erinnerung an den Verlust ihrer Eltern. Das Bild zeigte sie kurz vor dem Unfall, bei dem sie gestorben war. Sie selbst war vierzehn und ihre Schwester zwölf Jahre alt gewesen. Der Tod ihrer Eltern versetzte sie zuerst in einen Schockzustand. Mehrere Tage lang funktionierte sie einfach nur, bis sie realisierte, dass ihre Eltern nicht mehr zurückkehren würden. Tiefe Verzweiflung und Hilflosigkeit lösten den Schock ab. Sie hatte das Gefühl, ganze Meere mit ihren Tränen füllen zu können.

Larissa, die Großtante ihres Vaters, nahm die beiden Schwestern bei sich auf, aber es dauerte nicht lange, bis sie feststellten, dass sie nicht in der Lage war, sich um zwei Kinder zu kümmern. Sie war mit den pubertierenden Mädchen überfordert, geschweige denn in der Lage, genug Geld nach Hause zu bringen, um alle satt zu bekommen.

Das war eine schlimme Zeit gewesen, und sie dachte nicht gerne daran zurück. Vergessen würde Sophie den Hunger niemals, dieser nagende Schmerz, der einen nur noch an Essen denken ließ. Daran änderte auch die Tatsache nichts, dass sie jetzt ausreichend Geld besaß, um sich genügend Vorräte kaufen zu können.

Gedankenverloren blätterte sie weiter durch die Bilder und stockte bei einem mit Becka. Zusammen lachten sie, Arm in Arm, in die Kamera. Die Augen- und Haarfarbe glichen einander. Diese äußerlichen Merkmale stellten jedoch die einzigen Ähnlichkeiten zwischen ihnen dar. Ihre Schwester überragte Sophie irgendwann um eine Kopflänge, obwohl sie gut zwei Jahre jünger war, und wirkte insgesamt schmaler.

Ihr Wesen hingegen unterschied sich komplett. Schon früh zeigte sich, dass Sophie einen Hang zu Naturwissenschaften hatte und in den Fächern nur Bestnoten schrieb. Wohingegen ihre Schwester in keinem Fach glänzte. Anstatt zu lernen, hing sie lieber mit ihren Freunden herum.

Nach dem Tod ihrer Eltern vergrub sich Sophie in ihren Büchern. Es half ihr, für eine Weile zu vergessen. Aufgrund ihrer exzellenten Prüfungsergebnisse meldeten ihre Lehrer sie für Förderprogramme an, bei denen *FoodTec* auf sie aufmerksam wurde. Ihre Tante hatte nicht lange gezögert und sie bereitwillig dem Firmengiganten überlassen. Allerdings nicht, ohne noch etwas Geld herauszuschlagen, das sie für sich selbst ausgab, anstatt Becka damit zu unterstützen. Immer wieder warf ihre Schwester ihr vor, sie zurückgelassen zu haben, als sie Sophie am dringendsten gebraucht hätte.

Zu diesem Zeitpunkt aber war sie selbst noch ein halbes Kind gewesen, um das sich niemand kümmerte, bis *FoodTec* sie entdeckte. Im Nachhinein wusste sie nicht mehr, ob man sie gefragt hatte, ob sie gehen wollte. Doch das war jetzt nicht mehr wichtig. Mittlerweile erschien es ihr wie ein Jackpot. Der Hunger hatte ein Ende gefunden, und sie konnte ihren Geist mit so vielen Informationen füttern, wie er brauchte.

Auf einem weiteren Bild waren sie zusammen zu sehen. Es war kein richtiges Foto, sondern nur der Ausdruck einer digitalen Aufnahme. Das Papier fühlte sich dünn zwischen ihren Fingern an. Es musste etwa ein Jahr nach ihrem Einzug ins Internat gewesen sein. Sie standen nebeneinander, berührten sich jedoch nicht. Es kam ihr vor, als lägen auf diesen wenigen Zentimetern ganze Kontinente, die sie trennten. Unwillkürlich fragte sich Sophie, wie es Becka gehen mochte. Ob sie die bösen Worte bereute, die zwischen ihnen gefallen waren? Vielleicht war ihre Schwester mittlerweile erwachsen genug, um sich einzugestehen, wie bedeutend Sophies Arbeit im Kampf gegen den Hunger war. Und schließlich war sie das Einzige, was sie an Familie noch besaß.

Traurig legte sie die Fotos zurück in die Box. Nur das von ihrer Mutter mit dem Schirm lehnte sie an ihre Nachttischlampe, ehe sie den Karton an seinen alten

Platz stellte. Seufzend betrachtete sie die restliche Kleidung auf dem Bett. Ihr war die Lust vergangen, alles zurückstopfen, wollte sie auch nicht.

Dann kann ich gleich weiter aussortieren, dachte sie sich und gab sich einen Ruck.

Als endlich alles, was sie behalten wollte, wieder im Schrank lag, holte sie sich zwei große Papiertüten und legte die restliche Kleidung hinein. Kurz überlegte sie, die Säcke noch zur Spendensammlung zu bringen, als ein Blick auf die Uhr sie zusammenfahren ließ. In einer Stunde würde Viktors Fahrer sie abholen.

„Mist", fluchte sie leise vor sich hin und stürmte ins Bad. Für eine Dusche müsste noch genügend Zeit sein.

Als sie sich vor dem Spiegel die Wimpern tuschte, fragte sie sich, warum sie so viel Aufwand betrieb. Eitelkeit vielleicht, denn Viktor war nicht ihr Typ. Einen Moment überlegte sie, wie es wäre, wenn seine langen Finger über ihren Körper gleiten würden. Unwillkürlich zog sie eine Grimasse und hätte beinahe die Wimperntusche über ihr halbes Gesicht verteilt. Ein unangenehmer Schauer lief ihr den Rücken hinab, als Erinnerungen von ihnen beiden als Teenager ihr Gedächtnis fluteten. Für kurze Zeit hatte sie ihn bewundert, bis er sie einfach nur nervte mit seiner überheblichen Art. Wie jung und naiv sie damals gewesen war, doch das lag lange zurück. Sie hoffte nur, dass sie ihm das begreiflich machen könnte, ohne gleich seinen Zorn auf sich zu ziehen, schließlich mussten sie noch viele Jahre zusammenarbeiten.

Sophie fuhr sich durch das feuchte Haar. Es schimmerte dunkler, als es eigentlich war. Nach einem letzten prüfenden Blick in den Spiegel beschloss sie, sie offen zu lassen. Nackt lief sie ins Schlafzimmer und zog sich vorsichtig das Kleid über, um sich nicht das Make-up zu ruinieren. Als sie den Verschluss ihres zweiten Ohrrings schloss, summte die Gegensprechanlage.

„Na, das passt ja genau", murmelte sie und drückte den Rufknopf. „Ja bitte?"

„Hier ist der Fahrdienst von Viktor Stein. Darf ich Sie bitten, nach unten zu kommen, oder benötigen Sie Hilfe?"

„Nein, nein. Bin gleich da." Hastig griff sie nach ihrer Handtasche, schaute hinein, ob sie alles hatte, und verließ die Wohnung.

7

Ein älterer Herr im Anzug stand vor der Haustür bereit. „Frau Bergmann, nehme ich an?"

Lächelnd nickte Sophie, der Fahrer geleitete sie zu einer schwarzen Limousine. Sie atmete auf. Das Innere war leer, und sie nahm auf dem Rücksitz Platz.

„Herr Stein wird Sie im Restaurant in Empfang nehmen", informierte sie der Fahrer und schloss die Wagentür.

Kurze Zeit später hörte sie eine weitere Tür klappen, und die Limousine setzte sich in Bewegung. Sophie genoss die Fahrt und betrachtete die Häuserzeilen, an denen sie vorbeifuhren. Schlichte weiße Architektur wechselte sich mit gläsernen Gebäuden ab. Sie war froh, erst im Restaurant auf Viktor zu treffen, damit hatte sie noch eine kleine Schonfrist.

Langsam wurden die Abstände zwischen den Häusern größer und die Bauwerke eleganter. Kurz darauf hielt der Fahrer an einem Kontrollposten. Ein Mann von der Sicherheit tauchte neben dem Wagen auf. Mit einem Knopfdruck ließ sie die Fensterscheibe herunter und reichte ihm ihren Ausweis. Die Wache scannte ihren ID-Code ein, glich ihr Gesicht ab und nickte freundlich. Der Mann klopfte aufs Dach, die Limousine fuhr wieder an. Im selben Moment glitt die Scheibe nach oben. Neugierig rutschte sie näher ans Fenster, sie war nie zuvor in dieser Gegend gewesen. Viel konnte sie jedoch nicht erkennen. Hohe Mauern und Hecken säumten die Straßen und wurden nur gelegentlich von breiten Toren unterbrochen.

Der Wagen bog ab, und das Bild veränderte sich. Es gab einige Bürokomplexe, aber bei Weitem nicht so große wie in der Mittelstadt. In den untersten Etagen entdeckte sie kleine Geschäfte und Boutiquen. Modepuppen zierten die Schaufenster, und Sophie nahm an, dass hier eine Bluse so viel kostete, wie sie im Monat verdiente.

Sie wurden langsamer, ihr Puls beschleunigte sich dagegen. Die Limousine fuhr einen Schlenker und hielt schließlich. Nervös strich sie sich durchs Haar und kniff sich in die Wangen. Viktor sollte nicht sehen, wie unwohl sie sich fühlte. Mit einem Lächeln, von dem sie hoffte, es sähe nicht zu sehr wie eine Grimasse aus, blieb sie sitzen. Jede Sekunde, die verstrich, machte sie unsicherer. Zu ihrer Erleichterung öffnete der Fahrer wenig später die Tür. Sie versuchte, so elegant wie möglich aus dem Wagen zu steigen, aber sie kam sich vor wie ein Trampeltier. Anmut und Grazie waren bei der Genverteilung nicht bei ihr berücksichtigt worden. Und das enge Kleid und die hohen Schuhe, die sie gewählt hatte, machten es nicht besser.

Ein langer Teppich lag auf dem Gehweg und wies ihr den Weg zum Restaurant. Mit schwungvollem Gang hielt sie auf den Eingang zu und betete, dass sie nicht aussah wie ein wandelnder Stock. Ohne ihr Zutun öffneten sich zwei Türen aus Milchglas. Sie schwangen nach innen auf und offenbarten einen mit Gold und Brokat überladenen Vorraum. Hinter einem Pult stand eine junge Frau, komplett in Schwarz gekleidet, die jetzt auf Sophie zukam.

„Frau Bergmann, Sie werden bereits erwartet", begrüßte die Frau sie. „Bitte folgen Sie mir." Sie ging voran.

Sophie blieb nichts anderes übrig, als ihr hinterherzulaufen. Sie hoffte, dass nicht das ganze Restaurant in dem Goldton gehalten war. Weitere Schwingtüren öffneten sich wie von Geisterhand. Zwei Stufen führten in einen Raum, der nur aus Gold zu bestehen schien. Echte Kerzen aus Wachs brannten überall. Für eine Sekunde befürchtete sie, dass sich ihr Gesicht in eine Maske verwandeln würde, sie hatte sich jedoch schnell wieder unter Kontrolle.

Was für eine Verschwendung von Rohstoffen, und dann auch noch ein Bienenprodukt, dachte sie und schob den Gedanken schnell beiseite. Wahrscheinlich war sie hier die Einzige, die sich darüber aufregte.

Ein langer Gang führte durch den Raum vorbei an kleinen Nischen, einige davon mit goldener Spitze abgehängt, sodass nur Schemen zu erkennen waren. Andere waren offen, doch egal, an welchem Tisch sie vorbeigingen, spürte sie die Blicke in ihrem Rücken. Sie richtete sich auf und reckte das Kinn. Diese Umgebung machte sie nervös. Aus einer Ecke drang Gelächter zu ihr herüber, und sie konnte sich nicht von dem Gefühl befreien, dass es sich auf sie bezog.

Anstatt an einer der Nischen haltzumachen, durchquerten sie den kompletten Raum, und Sophie hoffte inständig, nicht mit ihren hohen Schuhen umzuknicken oder zu stolpern. Am Ende öffneten sich zwei weitere Schwingtüren, dahinter lag eine offene Terrasse.

Riesige Terrakottatöpfe mit Olivenbäumen und Agaven waren geschickt platziert, um vor neugierigen Blicken zu schützen. Froh, dem Goldrausch drinnen entkommen zu sein, war die luftige Atmosphäre draußen eine willkommene Abwechslung. Eine Pergola überdachte die Tische, die ausnahmslos verwaist waren – bis auf einen.

Viktor stand auf, als sie sich mit der Empfangsdame näherte. Er machte einen Wink mit der Hand, und die junge Frau zog sich wortlos zurück. Irritiert schaute sich Sophie um und fragte sich, warum sie allein waren. Hatte Viktor etwa die ganze Terrasse gemietet? Wenn ja, hatte sie seinen Rang unterschätzt. Widerwillig musste sie ihm zugestehen, dass er eine ausgezeichnete Wahl getroffen hatte. Der Ort lud zum Verweilen ein. Unmengen an Lichterketten, die warme Helligkeit verbreiteten, sorgten für eine romantische Atmosphäre.

„Sophie, ich freue mich sehr, dich zu sehen", begrüßte er sie, während er näher kam.

Seine glatte Stimme erzeugte Gänsehaut bei ihr.

„Hallo, Viktor, die Freude ist ganz meinerseits."

Sie musste feststellen, dass das nicht gänzlich gelogen war. Zwar konnte sie sich eine angenehmere Begleitung vorstellen, die Terrasse besaß jedoch ein charmantes Ambiente. Er beugte sich zu ihr, fasste sie sacht an den Schultern und hauchte ihr einen Kuss auf die Wange. Damit hatte er sie überrumpelt, und bevor sie reagieren konnte, ließ er sie schon wieder los. Er zog einen Stuhl vom Tisch, und sie setzte sich.

„Ich hoffe, du bist mir nicht böse, dass ich dich nicht selbst abgeholt habe, aber es gab noch etwas Wichtiges in der Firma zu erledigen", sagte er, während er ihren Stuhl an den Tisch schob.

„Nein, gar nicht", entgegnete sie, stellte jedoch fest, wie zweideutig das klang, und wollte nicht unhöflich sein. „Ich verstehe es, wenn die Arbeit ruft."

Auf dem Tisch stand eine Flasche Wein.

Er schenkte ihnen beiden ein, nahm die Gläser und reichte ihr eines. „Auf einen wundervollen Abend."

Das Glas klirrte, als sie anstießen, und Sophie musste sich zusammenreißen, damit das Lächeln auf ihrem Gesicht nicht verrutschte. Sie hörte Schritte. Zwei Kellner traten zu ihnen, jeder mit einem Tablett. Galant wurde ein Teller mit Häppchen vor sie gestellt. Es sah aus wie Teig mit verschiedenfarbigen Cremes. Der Kellner erklärte, dass es sich um Pasteten gefüllt mit Frischkäse, Wels und Preiselbeeren handelte. Sophie blinzelte, einen Süßwasserfisch hatte sie noch nie gegessen. Durch den Anstieg der Meere wurden viele Binnengewässer mit Salzwasser verunreinigt, was viele Fischarten beinahe ausrottete. Hinzu kam, dass durch die große Hitze in den Sommermonaten viele Bachläufe und Gewässer in höheren Lagen nahezu komplett austrockneten und die Fische nicht bis zu den Regenfällen im Winter überlebten.

„Bitte greif zu", bat Viktor und wartete, bis sie eines der Teigteile auf die Gabel gespießt hatte, bevor er selbst zugriff.

Ihr Gewissen meldete sich, als sie die Portion genauer betrachtete, schließlich war das eine seltene Tierart. Viktor schaute sie erwartungsvoll an. Mit einem Seufzer schob sie sich den Happen in den Mund. Jetzt konnte sie es sowieso nicht mehr ändern.

Die Pastete zerfiel auf ihrer Zunge. Sie schloss genüsslich die Augen, als die helle Creme ihre Geschmacksnerven kitzelte. So schmeckte also Wels, allein dafür hatte sich dieser Abend gelohnt.

Während des Essens plauderte Viktor darüber, wie er einmal die Ehre gehabt hatte, einen frisch gefangenen Fisch auszunehmen. Es hatte damit geendet, dass das Tier ihm zuckend vom Tisch gehüpft war. Bei seiner Schilderung, wie er versucht hatte, den Fisch einzufangen, musste sie lächeln. Viktor entpuppte sich als angenehmer Tischpartner.

Vielleicht wird der Abend gar nicht so schlimm, dachte sie und beschloss, das Ganze positiv zu betrachten. Vielleicht hatte er sich ja seit der Schulzeit weiterentwickelt. Außerdem war es unwahrscheinlich, dass sie je wieder so etwas zu essen bekommen würde. Also wollte sie es genießen.

„Wann ist deine Scheidung rechtskräftig?"

Glücklicherweise hatte sie ihren letzten Bissen bereits heruntergeschluckt, sonst wäre sie wahrscheinlich daran erstickt. Seine abrupten Themenwechsel, insbesondere wenn es um ihr Privatleben ging, irritierten sie.

Mit dem Weinglas in der Hand lehnte sie sich zurück und nahm einen großen Schluck, bevor sie antwortete. „In einem halben Jahr ist es offiziell."

„Das freut mich zu hören." Mit einem selbstgefälligen Lächeln prostete er ihr zu.

Sophie beschloss, ihre Taktik zu ändern. „Es war sehr schmerzhaft. Tom hat mich sehr verletzt, und ich habe mich noch immer nicht von diesem Verrat erholt." Sie übertrieb maßlos. Ja, es war schmerzhaft, sie hatten sich jedoch einvernehmlich getrennt, da sie beide wussten, dass sie sich nicht mehr guttaten. „Es wird Zeit brauchen, bis diese Wunde geheilt ist."

Auch Viktor lehnte sich zurück und tupfte sich mit dem Serviettenzipfel den Mund ab. „Das ist nur verständlich. Nimm dir die Zeit, die du brauchst." Er hielt inne und fixierte sie. „Ein Mann, der weiß, was er will, kann warten."

Auf ihrem Stuhl hin und her rutschend, nahm sie noch einen großen Schluck Wein. Es war klar, er würde nicht aufgeben, aber wenigstens hatte sie etwas Zeit geschunden.

Die Kellner kehrten zurück und unterbrachen die unangenehme Situation, indem sie die Teller abräumten. Ein weiterer schenkte ihnen Wein nach und entfernte sich. Langsam merkte Sophie, wie sich die berauschende Wirkung des Alkohols in ihrem Kopf ausbreitete.

Viktor fragte nach ihrer Arbeit und schien ernsthaft interessiert. Der Wein hatte ihre Zunge gelöst, und sie plauderte offen über ihre letzten Ergebnisse.

„Ich bin äußerst zufrieden mit dem Ausgang des Projekts, es gibt nur einen Wermutstropfen."

„Und welcher wäre das?"

„Einer meiner Bienenstöcke ist eingegangen."

„Soweit ich weiß, liegt das im Bereich des Möglichen, viele Umweltfaktoren können ein Bienensterben verursachen, und wir haben eindeutig genug davon." Er grinste, als hätte er einen Witz gemacht.

Aus reiner Höflichkeit lächelte sie.

Die Kellner erschienen erneut. Sophie staunte, weil jeder nur einen Teller trug. Mühsam unterdrückte sie ein Kichern. Wie dekadent, sie wurde von ihrem eigenen Kellner bedient.

O ja, sagte sie sich, das ist definitiv zu viel Wein gewesen.

„Jakobsmuschel auf einem Spinatbett mit Risotto", informierte der Kellner sie und ließ sie wieder allein.

„Ich werd verrückt", entfuhr es ihr. „Echte Jakobsmuscheln?"

Viktor betrachtete sie wohlwollend.

Wäre sie nüchtern, hätte sie sich über diese kostspielige Schlemmerei geärgert. Aber was für ein Zufall, dass sie es nicht war. Sie kostete die Muscheln. Allerdings hatte sie sich mehr davon versprochen. Man konnte sie essen, den Spinat hingegen mochte sie nicht. Dafür überlegte sie bei dem Risotto ernsthaft, ob sie um einen Nachschlag bitten sollte, ließ es dann jedoch bleiben. Stattdessen nahm sie noch einen großen Schluck von ihrem Wein.

„Ich weiß, warum sie gestorben sind", platzte es aus ihr heraus.

Sofort biss sie sich auf die Zunge. Diese Information hatte sie Viktor nicht geben wollen. Beiläufig stellte sie ihr Glas zur Seite. Ihr war nicht aufgefallen, dass sie den Wein wie Wasser trank.

„Wirklich? Warum?" Er nahm einen weiteren Bissen.

Bevor sie antwortete, ließ sie einige Sekunden verstreichen, um ihre Gedanken zu ordnen. „Ich habe tatsächlich eine DNA-Sequenz gefunden, die nicht in das Genom der Bienen gehört. Wenn mich nicht alles täuscht, ist es eine Mutation, mit der ich schon früher zu tun hatte."

Während sie sprach, beobachtete sie Viktor. Hatte etwa gerade sein Auge gezuckt? Dieser Mann war so undurchsichtig wie eine Steinmauer. Es war ihr unmöglich, in seinem Gesicht zu lesen.

„Das ist interessant. Kenne ich die Mutation? Was verursacht sie?“

„Ich bin mir nicht sicher. Darauf bin ich in meiner Doktorarbeit gestoßen. Sie begrenzt den Lebenszyklus einer Biene.“

„Hm, ich erinnere mich vage. Stellt sie ein Problem für das Projekt dar, also schränkt es die Resistenz gegen die Umwelteinflüsse ein?“

„Nein, das nicht. Die Bienen sind grundsätzlich gesund, die Bestäubung hat stattgefunden. Es betraf auch nur eine Beute. Um sicherzugehen, könnte man ...“

„Mach dir keine Gedanken. Es ging bei deiner Forschung darum, die Bienen resistent zu machen und das in realen Bedingungen zu testen. Das hast du geschafft, darauf kannst du stolz sein. Das Projekt ist erfolgreich, das ist das Wichtigste“, unterbrach er sie. „Du solltest dir lieber überlegen, wie es mit deinem Bereich weitergehen soll, wenn das Resistenzenprojekt abgeschlossen ist. Du hast noch gar kein neues Projekt eingereicht.“

Sophie hatte bereits den Mund geöffnet, um weiter mit ihm zu diskutieren, als er sie mit seinen letzten Worten kalt erwischte. So schnell hatte sie keine Antwort parat. Um Zeit zu gewinnen, nahm sie etwas von dem Risotto und kaute nachdenklich. Sie wusste tatsächlich noch kein neues Thema. Sie war so sehr in ihrem Vorhaben mit den Bienen eingetaucht, dass sie an nichts anderes gedacht hatte. Wenn sie könnte, würde sie mit ihren Bienen weitermachen. Schon seit sie bei

FoodTec angefangen hatte zu arbeiten, beschäftigte sie sich ausschließlich damit. Die Vorstellung fiel ihr schwer, obwohl ihr bewusst war, dass es in der Forschung so ablief. Ein Projekt beendet, dann folgte das nächste.

„Bis zum Ende des Jahres musst du dir etwas überlegen, sonst wirst du einem Projekt zugewiesen. Das wäre Verschwendung. Du bist eine Koryphäe in deinem Fachbereich, du solltest dein eigenes Projekt leiten. Gib dich nicht mit weniger zufrieden."

„So weit habe ich nicht gedacht. Danke, dass du mich vorwarnst."

„Ich möchte nicht, dass du unter deinem Niveau arbeiten musst. Und du weißt, Forschungsgelder sind heiß umkämpft, also brauchst du eine gute Idee, aber du hast ja noch drei Monate Zeit."

Sie ließ die rote Flüssigkeit in ihrem Glas kreisen. Wenn sie sich nicht bald etwas überlegte, würde man sie einem Team zuteilen, und ob sie dann wieder die Leitung bekäme, war fraglich. Außerdem hatte Viktor recht, sie hatte zu hart gearbeitet, als dass sie bald ihr Potenzial in irgendeinem nichtigen Projekt verschwendete.

„Denk darüber nach. Ich lege ein gutes Wort für dich ein", fuhr er selbstgefällig fort und lehnte sich mit seinem Glas in der Hand zurück.

Sie stutzte. Hatte er ihr gerade ein unmoralisches Angebot gemacht? Er war derjenige, der entschied, wer die Gelder erhielt. Bevor sie weiter darüber nachdenken konnte, rückte Viktor seinen Stuhl nach hinten und erhob sich. Überrascht schaute sie zu ihm auf.

„Bitte entschuldige mich kurz, ich muss ein wichtiges Telefonat führen."

„Ähm, ja, natürlich."

Viktor entfernte sich und ging an den Rand der Terrasse. Er holte sein Handy heraus und begann ein Gespräch. Er drehte sich zu ihr und lächelte sie mit seinem glatten Grinsen an, während er sprach. Er ließ sie keine Sekunde aus den Augen. Durch seine penetrante Aufmerksamkeit fühlte sie sich zunehmend unwohl in ihrer Haut.

Damit sie nicht länger seinem stieren Blick ausgesetzt war, stand sie auf und lief zum anderen Ende der Terrasse. Vor ihr ragten die nackten Felsen in die Höhe. Um den Himmel zu sehen, musste sie den Kopf in den Nacken legen. Nicht zum ersten Mal stellte sie fest, dass sie wenig Interesse hatte, in der Nähe der Felsen zu leben. Keine Frage, sie spendeten Schatten und machten die Tageshitze erträglicher, doch sie fühlte sich von ihnen eingeengt. Sie bevorzugte es, in die Weite schauen zu können.

Je länger sie das Gestein betrachtete, umso mehr verstärkte sich der Eindruck, dass sich die Felsen näherten. Sachte schüttelte sie den Kopf, um das Gefühl zu vertreiben, und wandte sich ab.

Für einen Schlag setzte ihr Herz aus. Viktor stand direkt vor ihr. Sie zuckte zurück. Mit dem Rücken prallte sie gegen die Balustrade und schwankte. Sie ließ ihr Wasserglas fallen, es verschwand lautlos in der Tiefe. Viktor griff nach ihrem Gelenk und zog sie an sich. Plötzlich fand sie sich in seinen Armen wieder. Bevor sie reagieren konnte, senkte er seine Lippen auf ihre. Er war erstaunlich sanft, aber sie fühlte nichts. Gut, ihr

Puls schlug schneller, aufgrund des Schreckens eben, sie spürte jedoch nicht das leichteste Kribbeln in ihrem Bauch. Als er sich von ihr löste, wusste sie, dass sie in Schwierigkeiten steckte. Seine Augen glänzten, und jede Faser seines Körpers strahlte Begehren aus, obwohl er bemerkt haben musste, dass sie seinen Kuss nicht erwidert hatte.

Ihren gesamten Mut zusammennehmend, trat sie einen Schritt nach hinten. „Viktor, es tut mir leid, ich bin noch nicht so weit", sagte sie mit so viel Bedauern in der Stimme, wie sie konnte.

Sein Gesicht verfinsterte sich. „Nein, das muss es nicht. Mir tut es leid." Seine Stimme klang dunkel, seine Mimik strafte seine Worte Lügen. „Du hast gesagt, du brauchst Zeit. Ich war zu schnell."

Es zuckte um sein Auge, und sie beschlich das Gefühl, dass er sich gerade sehr beherrschen musste. Wieder retteten die Kellner sie. Kurz nachdem sie auf die Terrasse getreten waren, wich Viktor einige Schritte von ihr ab und geleitete sie zurück an ihren Platz. Etwas, das „Tiramisu" genannt wurde, wartete auf dem Tisch, doch es kostete sie einiges an Überwindung, davon zu essen. Die körperliche Begegnung mit Viktor war ihr unangenehm. Sie war überzeugt, dass er sich noch immer Hoffnungen machte, und wusste nicht, wie sie jetzt aus dieser Situation wieder herauskommen sollte. Sie musste sich in nächster Zeit unbedingt etwas überlegen.

Viktor hatte sich schnell wieder gefasst, sein Gesicht war genauso undurchsichtig wie zuvor. Den Rest des Essens plauderten sie übers Wetter, wie um das Klischee zu bedienen. Irgendwann räumten die Kellner das Geschirr ab, und Sophie fragte sich, wie sie Viktor zu verstehen geben konnte, dass sie gerne heimwollte, ohne unhöflich zu erscheinen.

Allerdings hatte sie sich umsonst Sorgen gemacht.

Viktor stand auf, kam zu ihr herüber und reichte ihr auffordernd die Hand. „Meine Liebe, wenn es dir nichts ausmacht, werde ich dich zum Wagen geleiten. Ich muss noch einmal ins Büro, aber mein Fahrer wird dich nach Hause bringen."

Erleichtert nahm sie seine Hand und erhob sich. Er führte sie zurück in das Innere des Restaurants. Die Tische waren noch besetzt, und es war unangenehm still, als sie den Gang entlang Richtung Ausgang liefen. Die ganze Zeit lag Viktors Hand sanft auf ihrem Schulterblatt. Immer wieder nickte er jemandem grüßend zu, und sie konnte sich den Gedanken nicht verkneifen, dass er gerade seinen Besitz präsentierte. Am Wagen stand bereits der Fahrer und hielt ihr die Tür auf. Viktor ließ die Hand an ihrem Rücken hinabgleiten, neigte sich vor und hauchte ihr einen Kuss auf die Wange. Ihr ganzer Körper verkrampfte sich, und es kostete sie alles an Beherrschung, nicht zurückzuweichen.

„Ich danke dir für diesen wunderbaren Abend. Das werden wir bald wiederholen."

Mit einem aufgesetzten Lächeln verabschiedete sie sich und stieg ein. Auf der Rückfahrt ließ sie sich in die weichen Polster sinken und schloss die Augen. Viktors letzte Worte geisterten ihr im Kopf herum. Es war keine Frage gewesen, sondern eine Feststellung.

8

Zu Hause hatte sie es nicht mehr ausgehalten. Ihr Kopf schwirrte von dem Abend mit Viktor, sie musste sich unbedingt ablenken. Das Einzige, was funktionieren würde, war ihre Arbeit. Also hatte sie den Sonntag genutzt, um auch die restlichen Daten auszuwerten. Ihre Vermutung bestätigte sich leider. Alle Bienen aus der dritten Beute wiesen die Mutation auf. Und nach wie vor hatte sie keine Ahnung, warum diese genetische Veränderung in freier Wildbahn auftrat. Es wurde Zeit herauszufinden, wie die Mutation das Labor hatte verlassen können.

Am Montagmorgen versuchte sie daher als Allererstes, jemanden bei der Bienenaufzucht zu erreichen. Schließlich wollte sie sich absichern, dass im Vorfeld bei der Auswahl der Bienenköniginnen für dieses Projekt nichts schiefgegangen war. Aber es war niemand für sie zu sprechen. Weder bei den Zuchtstellen noch bei den Vergabestellen fand sich jemand, der ihr die nötigen Informationen hätte geben können. Fluchend legte sie auf.

In dem Moment erschien Mike in der Tür.

„Was ist denn mit dir los?", erkundigte er sich, während er seinen Kittel überzog.

„Ich bin gerade zum x-ten Mal weitergeleitet worden, wo es dann ins Leere klingelte!"

Verständnislos zog er die Brauen hoch.

„Ich habe versucht, bei der Zuchtstation anzurufen, aber niemand fühlt sich zuständig, ist krank oder zufällig nicht am Platz.“

„Was wolltest du denn von denen?“

„Wir müssen erst mal den Weg der Bienen zurückverfolgen, um zu sehen, wo die Mutation eventuell aufgetreten ist oder die Lieferung verunreinigt wurde. Was ist, wenn die Zuchtköniginnen durch eine alte Charge von meinen kontaminiert wurden? Das könnte dazu führen, dass weitere Königinnen ausgeliefert werden, die die Mutation vererben. Was wenn …?“

„Jaja, ist ja gut!“ Abwehrend hob er die Arme. „Ich hab verstanden. Nur warum beschäftigt dich das so, es war doch nur eine Beute. Das ist bestimmt nur Zufall.“

„Es gibt keine Zufälle“, erwiderte sie und fuhr sich durchs Haar. „Ach, ich weiß auch nicht. Dieser Fehler hätte nicht passieren dürfen, und ich kann es nicht leiden, wenn ich etwas nicht verstehe.“

„Du bist eben durch und durch Naturwissenschaftlerin.“ Mike grinste, sein Blick blieb jedoch ernst. „Ich stimme dir zu, wie ein Zufall kommt es mir ebenfalls nicht vor. Ändern kannst du es eh nicht. Lass uns an die Arbeit gehen, wir haben genügend Proben von den anderen Plantagen, die noch im Kühlraum liegen.“ Er drehte sich um und steuerte auf die Tür zum Lager zu. „Versuch es später noch mal“, rief er ihr über die Schulter zu.

Schweren Herzens musste sie ihm zustimmen. Wegen der Mutation hatte sie alle anderen Proben vernachlässigt. Sie drängte ihre Gefühle zurück und gesellte sich zu Mike.

„Da ist noch was, oder?“, fragte er, nachdem sie eine Weile schweigend gearbeitet hatten. „Und lüg mich nicht an, wir verbringen jeden Tag zusammen, ich erkenne, wenn etwas nicht stimmt.“

Von der Seite her blickte sie zu ihm und musste feststellen, dass dieser rothaarige Mann als einziger so etwas wie ein Freund für sie darstellte. Zwar unternahmen sie nichts Privates, doch er hatte ihr zugehört, als die Probleme mit Tom angefangen hatten. Sie runzelte die Stirn, vielleicht war es ganz gut, mit jemandem darüber zu sprechen. Es konnte ja sein, dass sie sich in Bezug auf Viktor und seinen Intentionen irrte. Also berichtete sie Mike von dem Abendessen. Während sie erzählte, hielt er inne und wandte sich ihr zu.

„Mann, du hast ein Problem!“, entfuhr es ihm.

Für eine Sekunde erstarrten ihre Gesichtszüge, als ihr klar wurde, dass Mike derselben Ansicht war und sie sich nicht getäuscht hatte.

„Aber das bekommen wir schon hin. Im Moment lässt er dir ja offenbar Zeit, und wir überlegen uns zusammen etwas, okay?“ Mike hatte sie an den Schultern gegriffen und sah ihr direkt in die Augen. „Versprochen, mir fällt da was ein. Irgendwie kriegen wir ihn dazu, dass er dich nicht mehr daten will.“

Obwohl sie keine Ahnung hatte, wie er das anstellen wollte, glaubte sie ihm.

„Ja, in Ordnung.“ Sie strich sich eine Strähne hinters Ohr. „Ich habe ihm von der Mutation erzählt“, gestand sie kleinlaut.

„Warum denn das? Es hat unser Projekt nicht beeinflusst. Du weißt, dass Viktor unberechenbar ist. Willst du, dass er unsere Ergebnisse anzweifelt?" Mit einem Mal wirkte er aufgebracht.

„Ich hatte einen Schwips, ich wollte ihm das gar nicht sagen, aber es ist mir so rausgerutscht", verteidigte sie sich. Dass er sich derart aufregte, wunderte sie. „Außerdem hat er selbst gesagt, dass das nicht interessant wäre, da sie die Resistenz der Bienen nicht beeinträchtigt."

Wortlos nickte er und begab sich wieder an seine Arbeit. Was immer ihn so aufbrachte, offenbar wollte er nicht darüber reden. Schulterzuckend tat sie es ihm gleich. Er würde schon damit rausrücken, wenn er sich abgeregt hatte. Das kannte sie von ihm.

Die routinierten Abläufe taten ihr gut, und nach wenigen Stunden fühlte sie sich deutlich entspannter. Für einen Moment hatte sie sich an ihren Schreibtisch zurückgezogen und wollte einige Daten überprüfen, als sie Schritte hörte. In Erwartung, Mike zu sehen, blickte sie auf. Sofort spürte sie, wie sich ihr Nacken verspannte.

„Sophie, meine Liebe, du siehst müde aus", begrüßte sie der unerwartete Besucher.

„Viktor. Was machst du hier?" Mit ihm hatte sie nicht gerechnet. Und sie wollte ihn auch nicht hier haben. Das war ihr Büro, ihr Reich. Seine Anwesenheit fühlte sich an, als würde er es entweihen.

Nachdem er die Tür geschlossen hatte, lief er mit seinen langen Beinen auf sie zu, bis er am Schreibtisch stand. Er lehnte sich gegen die Tischkante, kaum ein Zentimeter trennte Sophies Beine unter dem Tisch von seinen. Die feinen Härchen an ihren Armen richteten sich auf.

„Mir ist zu Ohren gekommen, dass sich die Zuchtstation ein wenig gestört von dir fühlt." Seine Stimme klang weich, doch sie erkannte sofort die Kritik darin.

„Ehrlich? Ich hatte nur ein paarmal versucht anzurufen. Ich wollte wegen der Mutation ausschließen, dass damals mit meiner Bienenlieferung etwas schiefgegangen ist, jedoch konnte mir keiner helfen", erwiderte sie mit gespielter Gleichgültigkeit. Es wunderte sie, dass ihre Versuche so schnell an Viktor herangetragen worden waren, und vor allem, dass es ihm wichtig genug war, deswegen zu ihr zu kommen.

„Jaja, die guten sind ziemlich unterbesetzt", entgegnete er mit einem entschuldigenden Lächeln und tätschelte ihr Knie.

Entgeistert starrte sie auf seine Hand, die förmlich durch die Kleidung hindurch auf ihrer Haut brannte. Was fiel dem Idioten eigentlich ein?

Mit dem Fuß drückte sie sich so weit vom Boden ab, dass ihr Stuhl einige Zentimeter nach hinten rollte. Seine Hand glitt von ihrem Knie, er zog die Brauen hoch, sein Lächeln hing jedoch wie eingemeißelt auf seinen Zügen.

„Am besten, du lässt sie ihre Arbeit machen, sie haben so schon genug zu tun. Keine weiteren Anrufe." Sein Tonfall war deutlich schärfer als zuvor.

Sophie musste schlucken, das klang nicht nach einer Bitte, sondern nach einem Befehl.

Sein Auge zuckte, als er sie mit seinem Blick fixierte. „Du meldest dich bei mir, wenn du etwas wegen der Herkunft der Bienen wissen willst."

„Natürlich, kein Problem."

Normalerweise gab sie nicht so schnell klein bei, aber jede Zelle ihres Körpers riet ihr, jetzt still zu sein. Alles an ihm strahlte Macht aus, auch wenn er nie seine Stimme erhob.

Plötzlich klopfte es.

„Sophie, ich brauche dich im Labor." Mike hatte die Tür zu ihrem Büro geöffnet und war eingetreten.

Als er keine Anstalten machte sich zu entfernen, sondern sich mit verschränkten Armen gegen die Wand neben der Tür lehnte, erhob sich Viktor. Aus dem Augenwinkel sah sie wieder dieses Zucken, und ihr schwante nichts Gutes. War Viktor etwa eifersüchtig?

„Schön, dass wir das klären konnten." Mit einer geschmeidigen Bewegung trat er hinter sie und legte ihr seine Hände auf die Schultern, sodass er ihren angewiderten Gesichtsausdruck nicht sah. Er begann, sie leicht zu massieren. „Nächste Woche kommt eine begnadete Sängerin in die Stadt, ich möchte, dass du mich begleitest. Ich werde dir den genauen Termin zukommen lassen", hauchte er ihr ins Ohr, bevor er von ihr abließ und den Schreibtisch umrundete.

Dann schenkte er ihr ein kaltes Lächeln und ging, ohne Mike zu beachten, aus ihrem Büro.

Mike wartete, bis Viktor im Flur verschwunden war, und schloss die Tür. „Alles okay bei dir? Ich hatte ein schlechtes Gefühl, dich mit ihm allein zu lassen."

„Ja, alles gut, aber vielen Dank, dass du dazugekommen bist. Ich glaube, er würde mir nichts tun, trotzdem, es war – unangenehm. Ich verstehe nur nicht, warum er sich ausgerechnet für mich interessiert. Es gibt bestimmt Dutzende Angestellte, die weitaus mehr zu bieten haben als ich, die sich eine Hand abhacken würden, um mit Viktor auszugehen."

Er lachte auf. „Ich habe gehört, die haben bereits genug von ihm."

„Kann ich gar nicht verstehen", entgegnete sie sarkastisch.

Grinsend öffnete er die Tür und drehte sich noch einmal zu ihr um. „War er eigentlich nur hier, um dich zu einem neuen Date einzuladen?"

„Ach, ich denke nicht. Er wollte seine Macht demonstrieren. Im Grunde hat er mich zurechtgewiesen. Ich soll die Zuchtstation und den Versand in Ruhe lassen, sie würden sich von mir gestört fühlen." Sie schnaufte. „Dass ich nicht lache. Die haben bestimmt festgestellt, dass sie bei unserer Lieferung etwas verbockt haben, und wollen es jetzt unter den Teppich kehren."

„Ja, das wird es bestimmt sein", stimmte er ihr zu und trat auf den Flur.

Verdutzt schaute sie ihm hinterher, bis sie ihm schließlich folgte. „Sollte ich dir nicht bei irgendetwas helfen?"

„Ach was, das habe ich nur gesagt, um euch zu unterbrechen." Mike winkte ab. Er zog seinen Kittel aus und hängte ihn an einen Haken neben der Tür.

„Was machst du denn? Willst du los?", fragte sie überrascht.

„Hör mal, ich habe total vergessen, dass ich verabredet bin. Kann ich dich allein lassen?"

„Äh, ja, kein Problem. Viktor wird bestimmt wieder in seinem Büro sein."

„Gut, dann bis morgen."

Bevor sie noch etwas sagen konnte, war Mike verschwunden. Sie zuckte mit den Schultern und beschloss, weder über Mike noch über Viktor nachzudenken. Mit müden Gliedern schnappte sie sich ihre Sachen. Die Handtasche unterm Arm, spähte sie durch das Sichtfenster an der Eingangstür zum Labor. Niemand war zu sehen, also wagte sie es, zum Aufzug zu gehen. Erst beim zweiten Mal akzeptierte der Sicherheitsscanner des Fahrstuhls ihren Code und brachte sie ins Parkhaus, wo ihr silberfarbener Dreitürer, ein Elektroauto, wartete.

9

Nach einer schlaflosen Nacht saß Sophie völlig gerädert im Labor und grübelte vor sich hin. Sie hatte sich an den Rechner gesetzt, den Mike meistens benutzte, weil sie so die Tür besser im Blick behalten konnte. Das Letzte, was sie wollte, war, wieder von Viktor hinterrücks überrascht zu werden.

Da ihre Doktorarbeit von *FoodTec* finanziert worden war, hatte sie von Anfang an die Rechte auf ihre Ergebnisse abgeben müssen. Sie waren geistiges Eigentum der Firma. Damit hatte sie grundsätzlich kein Problem. Sie stand voll und ganz hinter dem Unternehmen und den Zielen, die es verfolgte. Nur hätte sie nicht gedacht, dass es so schwer sein würde, an ihre eigenen Ergebnisse zu gelangen. Sämtliche Unterlagen waren archiviert und im System zusammengetragen worden.

Genervt starrte sie auf den Bildschirm. Immer wieder blinkten ihr die Worte *Der Zugriff auf den Datenserver ist derzeit eingeschränkt* entgegen. Bereits den ganzen Vormittag versuchte sie, auf den verschiedensten Wegen Zugang zu ihren eigenen Daten zu erhalten, aber es war wie verhext. Sie wurde jedes Mal darauf hingewiesen, dass der Server im Moment nicht erreichbar sei.

Wenn ich schon nächste Woche einen Abend mit Viktor verbringen muss, dachte sie, kann er mir vielleicht auch sagen, was mit dem Server nicht stimmt und wann das Problem behoben wird. Telefonisch versuchte sie, ihn zu erreichen, doch laut seiner Sekretärin war er die nächsten Tage geschäftlich unterwegs. Als sich Sophie erkundigte, wann er wieder zu sprechen sei, legte die Sekretärin auf.

„Dumme Pute", knurrte sie in den Hörer.

So leicht wollte sie jedoch nicht aufgeben. Mittlerweile hatte sie neben der wissenschaftlichen Neugier und ihrem Bauchgefühl auch der Ehrgeiz gepackt. Zu Hause waren zwar all ihre Sachen auf Sicherungskopien gespeichert, sie hatte nur wenig Lust, sie extra zu holen, geschweige denn, bis morgen zu warten.

„Wenn ihr mir nicht helfen wollt, helfe ich mir eben selbst!"

Sie öffnete die allgemein zugängliche Datenbank, auf der nur unwichtige E-Mails und Mitteilungen gespeichert wurden. Das Suchfeld blinkte ihr entgegen, und sie benutzte die Schlagwörter „Mutation", „Bienen" und ihren Namen. Man wusste nie, was die Leute versehentlich weiterleiteten. Es dauerte nicht lange und der Rechner spuckte ihr eine Liste aus – dreihundertfünfundzwanzig Treffer.

Vor Überraschung riss sie die Augen auf. Allerdings stellte sie bereits nach den ersten drei Ergebnissen fest, dass es sich nicht um die erhofften Informationen handelte. Vielmehr fand sie alte Memos von ihr oder kurze Statusinformationen. Auf der Unterlippe kauend, klickte sie sich durch die Treffer und musste feststellen, wie viel Datenmüll auf dem öffentlichen Server gespeichert war. Sie war im Begriff, den nächsten Beitrag wegzuklicken, da verharrte sie mit dem Finger über der

Maustaste, als sich ihr die beiden Worte am Ende der E-Mail ins Gehirn brannten:

Nutzung empfohlen ...

Eiskalt lief es ihr den Rücken hinunter. Rasch las sie die ganze Nachricht. Es ging um die Ablehnung zusätzlicher Forschungsgelder für die weitere Untersuchung der Mutation, die sie entdeckt hatte. Die gleiche Nachricht hatte sie damals vom Vorstand der Forschungsbereiche erhalten, erinnerte sie sich vage. Nur dass bei dieser eine Weiterleitung anhing, die mit eben jenen Worten begann:

Nutzung empfohlen.

„Was, zum Geier ...?", flüsterte sie verwirrt.
Schnell scrollte sie runter, viel stand dort nicht mehr. Dann las sie:

Einsatz vielversprechend, Problem bei Einbringung, zur Lösung schlage ich folgende Methode vor ...

Im Anschluss war ein Link eingefügt. Geschockt blieb ihr der Mund offen stehen. Sie las den Satz mindestens ein halbes Dutzend Mal. Und mit jedem weiteren zog sich ihr Brustkorb weiter zusammen, bis sie meinte, kaum Luft zu bekommen. Ihr Kopf wollte nicht glauben, dass hier die Nutzung ihrer Mutation empfohlen wurde. Tief einatmend, drückte sie auf den angezeigten Link und stöhnte frustriert auf. Auf ihrem Bildschirm flimmerte die altbekannte Information:

Sie versuchte, auf die vorherige Suchseite zurückzukehren, aber der Rechner war offenbar abgestürzt, und sie musste ihn neu starten. Mit einem unguten Gefühl lehnte sie sich in ihrem Stuhl zurück und fuhr sich mit beiden Händen übers Gesicht. Was sollte sie davon halten?

Unruhig sprang sie auf und lief im Labor hin und her. Was genau war mit einer Nutzung gemeint? Was konnte *FoodTec* mit der Mutation anfangen, beziehungsweise wozu könnte sie genutzt werden? Welchen Sinn ergab es, wenn man Bienen einsetzte, die nach einem Jahreszyklus starben, und man von vorne beginnen müsste? Was sollte das bringen? War Viktor deshalb in letzter Zeit immer wieder unangekündigt im Labor aufgetaucht? Wollte er überprüfen, ob sie etwas herausgefunden hatte? Und wieso hatten sie ihr das Projekt weggenommen?

In ihrem Kopf entwickelte sich eine vage Idee, doch sie traute sich kaum, den Gedanken zu Ende zu bringen. Was, wenn *FoodTec* es getan hatte? Wenn sie tatsächlich die mutierten Bienen weiterentwickelt hatten, dann hieße das, dass sie sie bewusst außen vorgelassen hatten. Und im selben Atemzug wusste sie, warum. Schockiert hielt sie inne. Sie hätte niemals eine Forschung unterstützt, die die Nutzung der resistenten Biene einschränkte, dessen war sich *FoodTec* im Klaren. Eine Biene, die nur eine einzige Saison lang emsig ihre Arbeit verrichtete und danach starb, würde es *dem Kon-*

zern erlauben, jedes Jahr aufs Neue Bienen an Landwirte auszugeben. Und sie zweifelte keinen Augenblick daran, dass sie sich das äußerst gut bezahlen lassen würden. *FoodTec* würde aus rein kommerziellen und machtpolitischen Gründen handeln.

Was bedeutete das für ihr eigenes Projekt? Wahrscheinlich brauchten sie ihre resistenten Bienen. Die multiresistenten Bienen, die sie erschaffen und erfolgreich getestet hatte, stellten perfektes genetisches Ausgangsmaterial für weitere Versuche dar. Es war ein Leichtes, aus ihnen gesunde Königinnen zu ziehen, die dann mit der Mutation modifiziert wurden. Man könnte die mutierte DNA-Sequenz in das Genom der resistenten Bienen einbringen. Das hätte zur Folge, dass die Bienen einen Sommer lang aktiv wären und zum Ende des Jahres starben. Schlecht für die Landwirte, die mit den neuen Bienen arbeiten sollten, aber gut für *FoodTec*, überlegte sie.

Mit einem Mal wurde ihr schlecht. Sie versuchte, langsam und gleichmäßig zu atmen, um die aufsteigende Panik zu unterdrücken, doch es gelang ihr nicht. Im Grunde wurde ihr aktuelles Projekt dafür genutzt, um in Zukunft den Nachschub an Nahrungsmitteln zu kontrollieren und die Landwirte und damit auch die Bevölkerung finanziell zu schröpfen. Das stellte plötzlich alles vollkommen infrage, wofür sie gearbeitet, sich eingesetzt und so hart gekämpft hatte.

Ihr Herz fing wie wild an zu klopfen. Wie konnte diese Firma sie so hintergehen, wo sie sogar ihr Privatleben aufs Spiel gesetzt hatte, um etwas zu erreichen, etwas Gutes voranzutreiben für die Menschen und das Unternehmen? Es war ihr durchaus bewusst, dass ein riesiger Konzern wirtschaftliche Interessen vertreten musste, jedoch hatte sie bisher immer fest daran geglaubt, dass das nicht auf Kosten der Bevölkerung geschehen würde. *FoodTec* kannte ihre Intentionen und hatte sie stets in dem Glauben gelassen, diese zu unterstützen.

Wut brandete durch ihre Adern, ihre Hände begannen zu zittern. Sie musste dringend hier raus, bevor sie etwas Unüberlegtes tat. Sophie warf einen Blick auf die Geräte, die problemlos ohne sie weiterlaufen konnten. Im Laufschritt verließ sie das Labor und stieß mit Mike zusammen.

„Hey, was ist denn mit dir los? Du bist ja bleich wie ein Gespenst." Er hielt sie an den Schultern fest, damit sie nicht das Gleichgewicht verlor.

„Ich ... mir geht's nicht gut", stammelte sie und machte sich frei. Unwillkürlich zog das Bild, wie er an ihrem Computer stand, als sie vom Mittagessen zurückgekehrt war, an ihr vorbei. War er eingeweiht? „Ich glaube, der Magen, ich gehe lieber nach Hause."

Ohne eine Erwiderung abzuwarten, stürmte sie nach draußen. Sie dachte gerade noch daran, ihre Tasche mitzunehmen, und lief zum Fahrstuhl. Hörbar atmete sie auf, als der Scanner ihren Sicherheitsausweis schon beim ersten Mal erkannte und sie das Gebäude so schnell es ging verlassen konnte.

Als sie zu Hause ankam, konnte sie nicht mehr sagen, wie sie die Strecke zurückgelegt hatte. Die abgeflaute Wut hatte eine dumpfe Leere zurückgelassen, und ihr ganzer Körper schmerzte, als wäre sie den Weg zu Fuß gegangen. Völlig erschöpft schleppte sie sich zu ihrem Bett und ließ ihre Kleidung bis auf die Unterwäsche auf den Boden fallen. Obwohl die Sonne noch hoch am Himmel stand, verkroch sie sich unter die Decke.

Sie haben mich und meine Forschung verraten, war ihr letzter Gedanke, bevor ihr Körper das Not-Aus veranlasste.

Als Sophie erwachte, fühlte sie sich keinen Deut besser. Ein Seitenblick auf die Uhr auf dem Nachttisch sagte ihr, dass es erst drei Uhr morgens war. So oft sie sich auch hin und her drehte, einschlafen konnte sie nicht mehr. Nach einer Stunde gab sie es auf und schob kraftlos die Decke zur Seite. Sie schlurfte ins Bad, entledigte sich der restlichen Wäsche und stellte sich unter die Dusche. Sie stützte sich an den Fliesen ab und ließ den heißen Wasserstrahl über den Rücken prasseln. Langsam kehrten ihre Lebensgeister zurück, was allerdings nicht hieß, dass sich ihr Gefühlsleben verbesserte. Tatsächlich fühlte sie sich von *FoodTec* verraten. Wenn es tatsächlich stimmte und die Firma ohne ihr Wissen die Mutation erforscht, ach was, nicht nur erforscht, sondern weiterentwickelt hatte, dann hatten sie sie hintergangen. Andererseits besagte der Vertrag, den sie mit *FoodTec* abgeschlossen hatte, dass all das geistige Eigentum, das sie in der Zeit entwickelte, an das Unternehmen überging. Also konnten sie damit machen, was sie wollten.

Mittlerweile fühlte sie sich, als würde sie glühen, und sie drehte hastig die Temperatur herunter. Nachdem sie sich gewaschen hatte, stieg sie aus der Dusche und trocknete sich grob ab. Bis auf ihre Haare, die sie in ein Handtuch wickelte, ließ sie den Rest Wasser an der Luft trocknen. Mit der Rechten wischte sie den feuchten Dunst vom Spiegel.

Wütend ballte sie die Hände zu Fäusten. Soweit sie wusste, war *PowerBee* die einzige Forschungsgruppe weltweit, die in der Bienenzüchtung Erfolg gehabt hatte. Damit gab es keine anderen Züchter, was bedeutete, dass die Landwirte jedes Jahr aufs Neue bei *Power-Bee* Bienen anfordern mussten. Was sie sich bestimmt gut bezahlen lassen würden, davon ging Sophie aus. Das würde sich im Lebensmittelpreis widerspiegeln. Nur die Reichen konnten sich die so wichtigen Ressourcen leisten. Also würde sich nichts ändern. Und nicht nur das, es würde *FoodTec* als Mutterkonzern noch mehr Einfluss geben, als er sowieso schon besaß.

„Hier geht es nur um Macht und Geld", flüsterte sie ihrem Spiegelbild zu.

Sie hatte sich für jemanden gehalten, der Gutes tat. Insbesondere mit ihrer Forschung, auf die sie bisher unheimlich stolz gewesen war, glaubte sie sich auf Seiten der gesamten Menschheit. Wie oft hatte sie mit ihrer Schwester zu Beginn ihrer Karriere gestritten. Becka hatte immer zu ihr gesagt, sie würde ihre Seele an den Teufel verkaufen. Kopfschüttelnd dachte sie zurück an eine dieser Diskussionen. Sophie fand, dass ihre Schwester maßlos übertrieb, jedoch fragte sie sich nun, ob nicht doch ein Funken Wahrheit in den Vorwürfen steckte. Bisher hatte es für sie keinen Grund gegeben, an der Integrität von *FoodTec* zu zweifeln. Sie waren die Guten und würden durch ihre Arbeit den Hunger besiegen.

„Und weißt du, was das jetzt aus dir macht?", fragte sie sich selbst. „Zu einer der Bösen."

Sie hatte die Mutation entwickelt. Auch wenn es ein Zufallsprodukt gewesen war, ging es aus ihrer Arbeit hervor. Hätte sie sie nicht entdeckt und der Firma Zugang zu diesem Wissen ermöglicht, hätten sie die Mutation nicht nutzen können. Und jetzt endlich verstand Sophie, warum ihr niemand genauere Informationen über den weiteren Vertrieb geben wollte.

Hilflose Wut stieg in ihr hoch, da sie nicht wusste, was sie tun sollte. Gegen jemanden wie *FoodTec* konnte sie als kleine Wissenschaftlerin nichts ausrichten. Obwohl sie sich mittlerweile eine sehr gute Reputation aufgebaut hatte, konnte ein mächtiger Konzern wie dieser sie regelrecht vernichten, wenn sie versuchte, an die Öffentlichkeit zu gehen. Und ab nächstem Jahr würde *FoodTec* mit ihrer Hilfe noch mehr Macht besitzen.

Ohne den Hauch einer Ahnung, wie sie damit umgehen sollte, kehrte sie zurück ins Schlafzimmer und zog sich an. Auf jeden Fall musste sie erst einmal mehr Beweise zusammentragen. Dazu bräuchte sie jedoch Zugang zu ihren eigenen Forschungsergebnissen. Außerdem blieb die Frage, wieso die Mutation bei einem ihrer Völker aufgetreten war. Möglicherweise hatte jemand beim Versand einen Fehler gemacht. Vielleicht könnte sie auch versuchen, aus Viktor einige Informationen herauszukitzeln. Offenbar hatte er ein Auge auf sie geworfen, und sie wäre dumm, wenn sie diesen Umstand nicht ausnutzte. Mit einem mulmigen Gefühl machte sie sich auf zur Arbeit. Immerhin hatte sie jetzt so etwas wie einen Plan.

Als sie diesmal ihren silberfarbenen Dreitürer in die Parkgarage für Mitarbeiter steuerte, fehlte ihr die übliche Leichtigkeit. Je näher sie ihrem Laborbereich kam, desto bedrückter war sie. Es fiel ihr schwer, nicht die Schultern hängen zu lassen und geradeaus zu schauen, anstatt auf den grauen Linoleumboden zu starren. Als sie aus dem Fahrstuhl stieg, zwang sie sich, locker über den Flur zu gehen, doch sie kam sich vor wie eine hölzerne Marionette. Da es noch früh war, lief ihr niemand über den Weg.

Steif setzte sie sich auf ihren Bürostuhl und verharrte. Es fühlte sich unecht an, hier zu sein. Dennoch machte sie sich ein paar Notizen.

Um acht Uhr griff Sophie nach dem Telefon, es wurde Zeit, ihren Plan in die Tat umzusetzen. Sie atmete tief durch und versuchte erneut, über Viktors Sekretärin herauszufinden, wann er wieder im Haus sein würde. Diesmal erhielt sie wenigstens die kurze und knappe Antwort: morgen. Immerhin, das war nicht mehr lange. Sie schrieb ihm eine Nachricht, dass er sich bei ihr melden sollte, sobald er wieder da sei. Nachdenklich wippte sie mit ihrem Bürostuhl nach hinten. Es wäre keine gute Idee, ihm auf einmal vorzugaukeln, sie hätte ihre Meinung geändert, dafür war er zu klug. Ihr schwante, dass ihr Vorhaben, schnell an Informationen zu gelangen, wahrscheinlich mehr Zeit in Anspruch nehmen würde. Wenn sie es jedoch geschickt anstellte, könnte sie ihn vorher dazu bringen, unbedacht einige Details auszuplaudern.

Sie tröstete sich mit dem Gedanken, dass das Datenarchiv möglicherweise weitere Beweise enthielt, doch den Rest des Tages fand sie keine ruhige Minute, um danach zu suchen. Ein Labormitarbeiter erschien nicht zur Arbeit, und sie musste einspringen. Außerdem hatte sich so viel Arbeit angesammelt, um die sie sich zuerst kümmern musste.

Nicht ein einziges Mal erhielt sie die Chance, an Mikes Rechner nach Hinweisen zu suchen. Sie hatte nicht vergessen, wie er überrascht, fast schon erschrocken reagiert hatte, als sie ihn an ihrem Rechner entdeckt hatte. Unfähig, sich selbst daran zu hindern, sah sie ständig zu ihm rüber, als könnte sie ihm an der Nasenspitze ansehen, dass er sie hinterging. Er schien allerdings nichts zu bemerken. Hinzu kam, dass sie das erste Mal, seitdem sie hier arbeitete, keine Lust hatte, etwas zu tun. Darum zog sich der Tag trotz der vielen Arbeit wie Kaugummi.

Am späten Nachmittag verabschiedete sie sich von Mike und machte sich auf den Weg zum Fahrstuhl. Sie zog die Sicherheitskarte über den Scanner. Nach einem Signalton wechselte die Kontrolllampe von Rot zu Grün. Überrascht trat sie durch die aufgleitende Tür, sie konnte an einer Hand abzählen, wann ihre Karte gleich beim ersten Mal funktioniert hatte. Wenigstens etwas Nettes heute, dachte sie, als sich die schweren Stahltüren leise schlossen.

10

Auf der Parkebene ging Sophie nach links zwischen geparkten Autos hindurch. Alle Ebenen hatten einen identischen Aufbau: eine große quadratische Fläche, versehen mit einer im Kreis verlaufenden Fahrspur. Dazwischen lagen die nummerierten Plätze für die Fahrzeuge. Eingebettet in der Ecke, befand sich ein Rondell, das einem erlaubte, nach unten oder oben zu fahren. Zusätzlich konnte man das Parkhaus über einen Notausgang in Form eines Treppenhauses auf der gegenüberliegenden Seite des Rondells verlassen. Ihr zugewiesener Parkplatz lag mittig dazwischen an einer Außenwand.

Ihre Schritte hallten von den kahlen Mauern des Parkhauses wider und erzeugten ein Echo. Es gab keine Fenster, ihr Schatten wanderte im Rhythmus der angebrachten LED-Strahler an der Wand entlang. Jedes Mal, wenn sie das Parkhaus zu später Stunde betrat, beschlich sie ein ungutes Gefühl. Sie wusste, dass es albern war. Schließlich kam hier niemand ohne Sicherheitsausweis hinein. Trotzdem hatte diese kalte Halle etwas Unheimliches an sich.

Bereits auf dem Weg zu ihrem Fahrzeug suchte sie in ihrer Tasche nach der Schlüsselkarte, fand sie jedoch nicht gleich. Sie beeilte sich und überquerte mit großen Schritten den Fahrstreifen. Ihr Wagen stand neben einer Säule, an der sie stehen blieb. Sophie kramte weiter in ihrer Handtasche nach der Karte und befürchtete schon, dass sie ihr im Büro aus der Tasche gefallen war.

„So ein Mist", fluchte sie verärgert über sich selbst.

Die Deckenlampe über ihr flackerte. Jedes Mal vergaß sie, die Hausverwaltung um die Reparatur zu bitten. Sophie hob die Tasche näher ans Gesicht, um im Halbschatten der Säule mehr erkennen zu können. Sie war im Begriff zurückzugehen, als sich ihre Finger endlich um die Karte schlossen. Gerade wollte sie das Stück Plastik herausziehen, als sie im Augenwinkel eine Bewegung wahrnahm. Hastig wandte sie sich um. Ihr Herz machte einen Satz, und sie schrie laut auf. Vor Schreck entglitt ihr der Schlüssel. Etwa ein Meter von ihr entfernt stand Mike.

„Hast du sie noch alle, musst du mich so erschrecken?", ereiferte sie sich und presste die Hand auf die Brust. „Du kannst doch nicht ..." Sie unterbrach sich. Er sah seltsam aus. Irgendwie gehetzt und hektisch. Schweiß glänzte auf seiner Stirn. „Was ist los mit dir?"

Anstatt ihre Frage zu beantworten, griff er nach ihrer Hand und legte etwas hinein. „Ich habe keine Zeit mehr." Wieder blickte er sich um. „Sie sind da!"

„Was? Warum? Und wer ist da?"

In diesem Moment heulte ein Motor auf, gefolgt von quietschenden Reifen.

„Du musst es jetzt zu Ende bringen!" Mike drückte ihre Finger zu einer Faust zusammen und rannte ohne ein weiteres Wort die Fahrbahn entlang Richtung Ausgang.

Sie wollte ihm etwas hinterherrufen, kam jedoch nicht mehr dazu. Mit durchdrehenden Reifen schoss ein schwarzer SUV um die Ecke. Kurz brach das Fahrzeug aus und drohte, gegen die parkenden Autos zu knallen, bis der Fahrer die Kontrolle wiedererlangte. Der Wagen raste an ihr vorbei, direkt auf Mike zu. Auf den letzten Metern beschleunigte der SUV und holte ihn ein. Er sprang zwischen die Fahrzeuge, doch das schien dem Verfolger wenig zu stören. Mit voller Wucht rammte der Fahrer die stehenden Autos.

Hastig presste sie sich die Faust vor den Mund – vor Entsetzen und damit sie nicht losschrie. Zitternd drückte sie sich an die Säule und kauerte sich zusammen. Sie konnte hören, wie der Motor erstarb. Eine Wagentür klappte, kurz darauf vernahm sie Schritte. Instinktiv machte sie sich noch kleiner.

„Schau nach, ob er noch lebt", erklang eine dunkle männliche Stimme.

Diesen bestimmenden, strengen Ton kannte sie. Angst durchströmte ihren Körper, und sie weigerte sich zu glauben, dass Igor dort stand. Eine leise Stimme in ihrem Hinterkopf sagte ihr, sie solle sich hier verstecken und warten, bis die Verfolger fort waren. Aber da war etwas Drängenderes, etwas, das wissen musste, ob Mike noch lebte. Er hatte zwischen den Fahrzeugen gestanden, als der SUV hineingekracht war. Vielleicht hatte er ja rechtzeitig zur Seite springen können. Sie schob sich langsam an der Säule entlang, sie musste es mit eigenen Augen sehen.

Bitte, bitte, leb noch!, schoss es ihr durch den Kopf, während sie vorsichtig um die Ecke schaute. Entsetzt starrte sie auf das Trümmerfeld aus Autos, das nur knapp zwanzig Meter entfernt von ihr lag. Eiseskälte durchströmte sie. Mikes Rumpf war eingekeilt zwischen zwei Autos. Er lag vornüber auf einer Motorhaube und rührte sich nicht. Seine leblosen Augen brannten sich in ihr Gehirn.

Ein dunkel gekleideter, untersetzter Mann beugte sich über ihn und überprüfte den Pulsschlag an seinem Hals.

„Nee, der ist hin", wandte er sich mit gleichgültiger Stimme an den Mann neben dem SUV.

Immer mehr gewann die Panik die Oberhand, und Sophie merkte, wie sich ein Schrei in ihrer Kehle bildete. Langsam stieg er nach oben, erst in letzter Sekunde konnte sie ihn zurückhalten. Sie hatte nie zuvor einen Toten gesehen, erst recht keinen, den sie kannte, geschweige denn jemanden, der gerade ermordet worden war. Sie spürte, wie sie die Kontrolle verlor.

Ich muss ruhig bleiben, mahnte sie sich und richtete ihre Konzentration auf die beiden Mörder. Wer wusste schon, was die Männer mit ihr machen würden, wenn sie Sophie entdeckten?

„Dann ruf in der Zentrale an, die sollen hier saubermachen. Ich werde den Wagen entsorgen", sagte der Kerl mit dem Rücken zu ihr, der neben dem SUV wartete. „Und sie sollen all seine Sachen zusammenpacken, ich will sie später durchsehen." Er wandte sich um und ging zur Fahrertür.

Igor. Bestürzt erkannte sie, dass sie sich nicht geirrt hatte. Vor Schreck ließ sie ihre Handtasche fallen. Mit einem leisen Klatschen landete sie auf dem Boden. Instinktiv griff sie danach und drückte sie an ihre Brust. Der Aufprall war nicht laut gewesen, doch es reichte, um die Aufmerksamkeit auf sich zu lenken. Igor wandte sich zur Säule, sein Blick wanderte langsam nach unten. Für einen kurzen Moment schauten sie sich direkt in die Augen. Deutlich sah sie das Erkennen in seinem Gesicht und das darauffolgende Bedauern.

Ohne weiter nachzudenken, sprintete sie los.

Hinter ihr wurde etwas gebrüllt, aber sie achtete nicht darauf. Ihr einziges Ziel war es, vor den Männern einen der Ausgänge zu erreichen. Bereits nach wenigen Schritten brannte ihre Lunge wie Feuer, doch die Geräusche in ihrem Rücken veranlassten sie, noch schneller zu laufen. Die Panik mobilisierte ungeahnte Kraftreserven. Nur wenige Meter trennten sie von einem seitlichen Treppenhaus, das direkt nach draußen führte. Sophies Herz setzte einen Schlag aus, als ihr schon von Weitem das rote Lämpchen des Türscanners entgegenblinkte. Wo war ihre Schlüsselkarte?

Im Laufen fasste sie an ihren Hosenbund. Ein riesiger Stein fiel ihr vom Herzen, als sie die Karte ertastete. Für Sekundenbruchteile erfüllte sie die Hoffnung, hier heil herauszukommen. Nach zwei weiteren Schritten erreichte sie endlich die Tür. Die Schritte der Verfolger wurden lauter. Mit zitternden Fingern presste sie das Plastik gegen den Scanner. Ein Piepton erklang, die Kontrolllampe blieb jedoch rot.

„Scheiße, Scheiße, Scheiße!" Erneut hielt sie die Karte gegen den Sensor, wieder piepte es. Die Lampe weigerte sich umzuspringen. „Du Scheißteil!", brüllte sie den Scanner an.

Erst nach dem dritten Versuch leuchtete die ersehnte grüne Lampe auf. Tränen stiegen ihr in die Augen, als sie die schwere Stahltür ein kleines Stück aufschob. Mit weichen Knien zwängte sie sich hindurch und ließ sie hinter sich ins Schloss fallen, in der Hoffnung, dass ihre Verfolger ihre Karte nicht gleich zur Hand hatten.

Sophie stolperte die Stufen mehr hinab, als dass sie lief. Ihre Atmung ging keuchend, in ihrer Kehle brannte es. Ihr Körper war so viel Bewegung nicht gewohnt, und sie fragte sich, wie lange sie das Tempo halten konnte. Es waren nur zwei Etagen bis zu dem Ausgang, der zur angrenzenden Hauptstraße führte. Das Zuschlagen der Eisentür über ihr brachte sie zum Straucheln. Im letzten Moment bekam sie den Handlauf zu fassen und fing den Sturz ab.

Immer wieder blickte sie panisch zurück, bis sie endlich vor der letzten Tür stand, die sie von der Außenwelt trennte. Das Herz schlug ihr bis zum Hals, ihre Bluse klebte an ihrem Rücken. Neben dem Ausgang flackerte ihr ebenfalls ein rotes Lämpchen entgegen. Laut verfluchte sie das ausgeklügelte Sicherheitskonzept von *FoodTec*. Hastig presste sie die Sicherheitskarte gegen den Scanner, ihre Finger zitterten dabei so sehr, dass sie ihr beinahe entglitt. Mit angehaltenem Atem rechnete sie fest damit, dass die Tür verschlossen blieb. Die rote Lampe sprang piepend um. Diesmal erkannte das System ihre Karte bei der ersten Berührung und entriegelte das Schloss. Triumphierend brüllte sie sie auf und lehnte sich mit ihrem ganzen Gewicht gegen das Metall. Die Tür schwang nach außen, und sie stolperte auf den Gehweg.

Das natürliche Licht blendete sie. Mit bebendem Brustkorb verharrte sie orientierungslos auf dem Bürgersteig.

Erst eine männliche Stimme, die aus dem Treppenhaus hallte, brachte sie zurück in die Wirklichkeit. Hastig lief sie weiter. Um diese Uhrzeit waren nicht mehr genug Menschen in der Nähe der Firmengebäude unterwegs, als dass sie in der Menge hätte untertauchen können. Einige Straßen weiter gab es jedoch ein Einkaufszentrum, das noch geöffnet hatte.

Sie traute sich nicht sich umzudrehen, aus Angst, der Sicherheitchef würde direkt hinter ihr sein. Die Vorstellung von seiner Hand, die nach ihr griff, ließ sie an Geschwindigkeit zulegen. Es dauerte nur wenige Minuten, bis sie durch den Eingang zur Mall hetzte, doch es kam ihr vor wie eine Ewigkeit. Fluchend schaute sie sich um. Selbst hier waren nicht annähernd genügend Menschen unterwegs, die ihr die Flucht hätten erleichtern können. Ihr Blick blieb an einem Symbol über einer Rolltreppe hängen, ein U-Bahn-Schild.

Natürlich! Sie hatte ganz vergessen, dass im Untergeschoss eine U-Bahn-Station lag. Mit großen Schritten lief sie darauf zu und schließlich die Treppe hinunter, ungeachtet der Passanten, die sie dabei zur Seite stoßen musste. Vorbei an Trödelhändlern und einigen wenigen Essensständen führte ein Gang gut einsehbar bis zum Zugang des Tunnelsystems. Einen Haken schlagend, stieß sie beinahe einen Aussteller mit Sonnencreme um. Gerade rechtzeitig wich sie aus und versteckte sich hinter seinem Stand.

Sie rang nach Luft, sah nach oben und bemerkte runde Deckenspiegel. Die Spiegelung zeigte ihr den Sicherheitchef bereits am Ende der Rolltreppe. Sie fuhr zusammen. Er schaute sich suchend um. Sophie wollte nicht warten, bis er sie aufspürte. Wenn sie die Spiegel nutzte, würde er es ebenfalls bald tun. Geduckt schlängelte sie sich an dem dünn bestückten Regal vorbei Richtung Bahnsteig. Der Weg lag offen vor ihr. Verzweifelt setzte sie alles auf eine Karte und rannte los.

Der Duft von frittierten Teigfladen hüllte sie ein, als sie in den Zubringer der Bahn sprang. Mittlerweile brannte nicht nur ihr Brustkorb, auch ihre Beine taten höllisch weh, aber sie konnte es sich nicht leisten stehen zu bleiben. Die leblosen Augen von Mike vergifteten ihre Gedanken und trieben sie an. Direkt am Anfang des Bahnsteigs standen Trauben von Wartenden, sodass sie sich durch die Menschenmasse schieben musste. In der Mitte befanden sich weniger Leute, daher hielt sie sich im Schatten der Pfeiler, die den gesamten Bahnsteig in regelmäßigen Abständen teilten.

Ein lauter werdendes Rauschen, das mit einem Windstoß einherging, kündigte die einfahrende U-Bahn an. Hinter einem der Pfeiler ging sie in Deckung und wagte einen Blick zurück, während der Zug einfuhr, anhielt und mit einem Warnton die Türen öffnete. Die aussteigenden Menschen strömten Richtung Rolltreppe.

Die beiden dunklen Gestalten, die sich durch den entgegenkommenden Strom kämpften, waren leicht auszumachen. Verängstigt beobachtete sie ihre Verfolger, die anfingen, den Bahnsteig abzusuchen. Sie hatte gehofft, einen größeren Vorsprung herauszuholen. Die meisten Wartenden waren bereits in den Zug gestiegen, aber anstatt ebenfalls einzusteigen, blieb sie in ihrem Versteck. Auf keinen Fall durften ihre Verfolger sie zu früh aufspüren. Unter allen Umständen musste sie verhindern, dass einer der beiden die Möglichkeit erhielt, in einen der Waggons zu steigen. Mit klopfendem

Herzen wartete sie auf das Signal der schließenden Türen. Nur noch etwa zwanzig Meter trennten sie, als es endlich piepte.

Jetzt oder nie!, schoss es ihr durch den Kopf. Ihr Herz schlug wild in ihrer Brust. Mit langen Schritten hechtete sie über den Bahnsteig und auf einen der Waggons zu. Die Türen begannen sich zu schließen. Sie hörte Igor ihren Namen rufen, sie würde jedoch einen Teufel tun, jetzt zu verharren. Das Blut rauschte in ihren Ohren, als sie einen Satz machte. Mit der Schulter prallte sie gegen die Tür und verlor beinahe das Gleichgewicht. Im letzten Moment drängte sie sich mit einem Aufschrei durch die Öffnung. Hinter ihr schlossen sich die Türen und verriegelten sich zischend. Ein leichter Ruck ging durch den Wagen, und die Bahn setzte sich in Bewegung.

Schwer atmend starrte sie durch die Scheibe in der Tür. Bevor die Tunnelwände ihr die Sicht nahmen, erhaschte sie einen letzten Blick auf die Umrisse der beiden Sicherheitsleute, die auf dem Bahnsteig zurückblieben. Unendliche Erleichterung, gemischt mit Unglaube und Adrenalin, überfiel sie. Ohne dass sie es verhindern konnte, fing sie an zu kichern. Tränen liefen ihr übers Gesicht, doch sie konnte nicht aufhören. In ihren Ohren klang sie irre, und auch die umstehenden Fahrgäste musterten sie verstohlen. Es war ihr egal, sie war nur froh entkommen zu sein.

11

Mit leerem Blick betrachtete Sophie die Tunnelwände, die an ihr vorbeizogen. Nachdem ihr Körper das Adrenalin abgebaut hatte, forderte er seinen Tribut. Erschöpft ließ sie sich auf einem freien Platz nieder. Nur vage nahm sie die Stationen wahr, an denen sie hielten. Wie lange sie unterwegs war, konnte sie nicht genau sagen. Es hatte eine Weile gedauert, bis ihr Gehirn aus dem Fluchtmodus zurück in Normalfunktion geschaltet hatte, wobei sie sich fragte, was noch normal war. Sie dachte an Mike, schob diesen Gedanken jedoch schweren Herzens beiseite, zum Trauern blieb ihr keine Zeit.

Fieberhaft überlegte sie, was sie jetzt tun sollte. Der Sicherheitschef hatte sie erkannt, und sie zweifelte nicht daran, dass sie das gleiche Schicksal ereilen würde wie Mike, wenn Igor oder irgendwer von *FoodTec* sie in die Finger bekäme. Damit war klar, dass sie nicht zurück zum Labor konnte und schon gar nicht in ihre Wohnung, die ihrem Arbeitgeber gehörte. Verflucht, alles in ihrem Leben hing irgendwie mit der Firma zusammen.

Sie schloss die Augen und lehnte den Kopf gegen die kühle Scheibe. Ihre Hand ballte sich wie von allein, und der kleine, kantige Datenträger von Mike schnitt schmerzhaft in ihre Handfläche. Sophie öffnete die Lider und besah ihn sich genauer. Es war ein unauffälliger Stick aus glänzendem Metall, nicht länger als eine Fingerkuppe. Sie drehte ihn zwischen Zeigefinger und Daumen und kniff die Augen zusammen. Auf der Rückseite stand eine Ziffernfolge. Sie musste schnellstens herausfinden, was es damit auf sich hatte und warum Mike offenbar deshalb hatte sterben müssen. Es gab nur eine einzige Person, bei der sie wahrscheinlich niemand von *FoodTec* vermuten würde, hoffte sie.

Zum Glück hatte sie ihre Tasche mitgenommen. Sie kramte nach ihrem Handy, um nach der Adresse zu suchen. Sie erstarrte, als sie ihre Schlüsselkarte zu fassen bekam. Das Elektroauto war ihr von *FoodTec* zu Verfügung gestellt worden, ebenso ihr Mobiltelefon. Was, wenn sie sie über den Chip in der Karte oder über das Telefon ihren Standort ermitteln konnten? Sie verfluchte sich selbst, als ihr bewusst wurde, dass der Sicherheitsdienst sie wahrscheinlich geortet hatte. Der Zug wurde spürbar langsamer. Nachdem sie sich hastig die Adresse eingeprägt hatte, stopfte sie das Telefon zwischen Sitz und Wand. Die Schiebetüren öffneten sich. Zögernd trat sie hinaus. Verstohlen schaute sie sich um, ob hier vielleicht längst jemand auf sie wartete, aber niemand verhielt sich auffällig.

Auf dem Weg nach oben musterte sie wachsam die Personen um sich herum. Der Stationsname sagte ihr, dass sie sich ziemlich weit von der Innenstadt entfernt hatte, hinzu kam, dass die neue Wohnung von ihrem zukünftigen Ex-Mann fast auf der anderen Seite der Stadt lag. Es nutzte nichts. Sie versuchte, sich so gut wie möglich zu orientieren, und lief los. Im Gehen durchwühlte sie ihre Tasche, um zu sehen, was ihr noch helfen oder sie im Zweifel verraten könnte. Ihre Geldkarte, Essensmarken und ein, zwei Bonbons sowie ein Notizblock und ein Halstuch. Solange sie kein Geld abhob, würde wohl nichts davon ihren Standort preisgeben.

Alles nicht besonders hilfreich, dachte sie. Allerdings nahm sie das Halstuch, das sie sonst nur im kühlen Labor benutzte, und wickelte es sich um Kopf und Schultern, in der Hoffnung, so nicht auf den ersten Blick erkannt zu werden.

Es kam ihr vor, als wäre sie seit Stunden unterwegs. Ihre Beine schmerzten, und ihre Füße fühlten sich dick und geschwollen in den Schuhen an. Da sie sich selten in anderen Stadtteilen als in ihrem eigenen aufhielt, kannte sie sich hier nicht aus und musste einige Male nach dem Weg fragen. Dabei fürchtete sie sich ununterbrochen davor, mit ihrer hochwertigen Kleidung aufzufallen. Zwar bewegten sich die Menschen in diesem Viertel nicht unmittelbar an der Armutsgrenze, als „reich" konnte man sie jedoch auch nicht bezeichnen. Obwohl sie sich nicht sicher fühlte, war sie froh darüber, nicht mit dem Zug in der Unterstadt gelandet zu sein.

Als sie nach zweieinhalb Stunden endlich in die Straße einbog, in der Thomas wohnte, ging bereits die Sonne unter. Völlig ausgelaugt, lief sie an den nummerierten Eingängen der quaderartigen Gebäude vorbei. Auf schmalen, aber massiven Fundamenten ruhten gläserne Komplexe, die sie vage an einen Zauberwürfel erinnerten, den sie vor Jahren im Museum bestaunt hatte. Jede Wohnung wurde offenbar von einer anderen Farbe abgegrenzt. Vor der Dreizehn blieb sie stehen und studierte die Namen an den Klingelschildern. Da war er, Tom Bergmann, Apartment 7d. Sie stieß einen Seufzer aus. Jetzt konnte sie nur hoffen, dass er auch zu Hause war. Es wäre durchaus möglich, dass er längst wieder unterwegs war, um irgendwo in der Welt einen Anlagenbau zu beaufsichtigen.

Sie klingelte und wartete. Unwillkürlich trat sie von einem Bein aufs andere. Die Sekunden verstrichen. Nichts passierte. Erneut drückte sie auf den Knopf neben Toms Namen. Kurz darauf knackte es in der Gegensprechanlage.

„Ja?", drang es aus dem Lautsprecher.

Sophies Herz machte einen Satz.

„Ich bin's."

Ohne weitere Nachfrage sprang der Türsummer an. Hastig drückte sie die Klinke. Ein Fahrstuhl brachte sie in den fünften Stock. Sie brauchte nicht lange zu suchen, Tom stand in der geöffneten Tür zu seiner Wohnung. Er hatte die Arme vor der Brust verschränkt und betrachtete sie misstrauisch. Als sie nähertrat, runzelte er die Stirn und ließ die Arme sinken.

„Was ist denn mit dir passiert? Du siehst schlimm aus." Er nahm ihr Gesicht in beide Hände und musterte sie genauer.

Tränen stiegen ihr in die Augen. Die Hilflosigkeit, die sie die ganze Zeit mit sich herumgeschleppt hatte, löste sich, und sie war dankbar, dass da jemand war, dem sie vertrauen konnte. Ohne ein weiteres Wort zog er sie in das Apartment und schloss die Tür. Das Einrasten des Schlosses ließ alle Dämme brechen, jetzt wo sie eine sichere Zuflucht erreicht hatte. Kraftlos sackte sie in sich zusammen. Er fing sie auf und rutschte mit ihr zu Boden.

Ein Zittern erfasste Sophie, und sie bekam kaum noch Luft. All die Angst, die sie heruntergeschluckt hatte, und das Bild von Mikes zerquetschtem Körper, seine starren Augen ließen sie hemmungslos weinen. Tom hielt sie einfach fest. Es dauerte lange, bis die Tränen versiegten und das Zittern nachließ. Trotzdem klammerte sie sich noch eine Weile an ihn, und er ließ sie gewähren. Irgendwann schob er sie sanft von sich und zog sie mit sich hoch.

Er führte sie zu einer alten Ledercouch. Wie in Trance ließ sie sich dirigieren, ihr Kopf fühlte sich seltsam dumpf an. Behutsam drückte er sie auf die Sitzfläche. Ohne ein weiteres Wort ging er in einen Nebenraum. Leises Wasserrauschen und Geklapper drangen an ihr Ohr. Neben sich lag eine alte Wolldecke, von der sie wusste, dass Toms Großmutter sie gestrickt hatte. Ihr war nicht kalt, trotzdem wickelte sie sich die Decke um die Schultern und kuschelte sich hinein. Sofort breitete sich ein heimeliges Gefühl in ihr aus. Kurz darauf kehrte Tom zurück und stellte einen Becher mit Tee vor sie auf den Couchtisch.

Er selbst setzte sich auf die Tischecke und betrachtete sie eingehend. „Also, erzähl, was ist passiert?"

Anstatt gleich zu antworten, nahm sie den Becher in die Hand und spielte mit dem Etikett des Teebeutels. Es war schwer für sie, in Worte zu fassen, was geschehen war. Wo sollte sie bloß anfangen?

„Mike ist ... er ... er war ...", stammelte sie und starrte in den Tee.

Er zog die Brauen hoch.

„Auf dem Heimweg habe ich ihn im Parkhaus getroffen. Es redete etwas von ‚Keine Zeit‘ und ‚Sie sind gleich da‘. Und tatsächlich hörte ich einen Wagen. Er lief los, und da kam das Fahrzeug schon um die Ecke gerast. Der Fahrer hat … Gas gegeben. Zerquetscht hat er ihn, wie einen Käfer“, flüsterte sie. Der Gedanke an Mikes leblose Augen ließen sie schaudern.

Toms Gesicht verdunkelte sich. „Und du bist dir sicher, dass sie nicht hinter dir her waren?“

„Ja, absolut. Mit mir haben sie gar nicht gerechnet. Mike ist gleich weitergelaufen, als er den Wagen hörte. Igor hat mich erst“, ihre Stimme brach, „danach entdeckt. Und nun verfolgen sie mich, ich kann nicht mehr zurück. Was soll ich denn jetzt tun? Ich …“

Tom unterbrach sie, indem er ihre freie Hand packte. Erschrocken schaute sie auf.

„Du meinst Igor vom Sicherheitsdienst bei *FoodTec*?“

„Ja, er fuhr mit in dem Wagen.“ Sein Griff wurde fester. „Au, du tust mir weh.“

Sofort ließ er sie los.

Sophie setzte den Teebecher ab und rieb sich die schmerzende Stelle, wo seine Finger einen roten Abdruck hinterlassen hatten. „Ich konnte durch das Treppenhaus fliehen und habe sie im letzten Moment in der U-Bahn abgehängt.“

Wortlos sprang er auf und lief hin und her.

„Ich frage mich nur, was er bei dir wollte, wenn er wusste, dass sie hinter ihm her waren“, sagte er schließlich. „Warum ist er nicht gleich geflohen, sondern zu dir gekommen?“

Sophie griff in ihre Hosentasche und zog den Stick hervor. „Den hat er mir gegeben, bevor er weggelaufen ist. Er meinte irgendwas von ‚Jetzt bist du dran‘ oder so.“

„Was ist da drauf?“ Tom verharrte in der Bewegung.

„Ich habe keine Ahnung. Ich dachte, wir könnten zusammen nachsehen.“

Diesmal erwiderte er nichts. Irritiert beobachtete sie ihn dabei, wie er erneut auf und ab lief. Je mehr Zeit verstrich, umso ungehaltener wurde sie.

„Tom?“

Abrupt blieb er stehen und sah sie an. „Los, wir müssen gehen!“

Mit schnellen Schritten verschwand er im Schlafzimmer und erschien kurz darauf mit einer gepackten Reisetasche. Vom Schreibtisch nahm er seinen Laptop und schob ihn zwischen die Kleidung.

„Was? Wieso denn?“, entgegnete sie verwirrt. „Ich bin doch gerade erst gekommen.“ Ihr stand nicht der Sinn danach, noch einmal rauszugehen, ihre Beine schmerzten höllisch.

„Wenn sie hinter dir her sind, werden sie auch hier suchen.“

„Aber sie wissen, dass wir uns scheiden lassen. Warum sollten …?“

„Du unterschätzt deinen Arbeitgeber, Liebes. Hast du nicht selbst gesehen, wozu er in der Lage ist?“ Mit der Tasche unterm Arm kehrte er zurück und reichte ihr die Hand. „Glaub mir, sie werden dich überall suchen.“

Nach kurzem Zögern griff sie danach und ließ sich von ihm hochziehen, wobei die Decke achtlos zu Boden rutschte. Es blieb ihr nichts anderes übrig, als ihm zuzustimmen. Mike lag tot im Parkhaus von *FoodTec*. Ermordet durch ihre eigenen Mitarbeiter. Wer wusste, was als Nächstes kam?

„Wo gehen wir hin?", wollte sie wissen, als er die Wohnungstür hinter ihnen ins Schloss zog.

„Ein paar Kilometer entfernt liegt ein Hotel, da bringt meine Firma gelegentlich Kunden unter. Ich habe etwas Bargeld, das sollte für die erste Nacht reichen. Und auf dem Weg besorgen wir zwei neue Prepaidhandys mit etwas Guthaben."

„Einige Kilometer?" Entgeistert blieb sie stehen.

Wortlos schob er sie weiter zum Fahrstuhl. Im Lift drückte er das Symbol für das Erdgeschoss, während sie sich frustriert an die Wand lehnte.

Schwaches Dämmerlicht empfing sie draußen, und die merklich abgekühlte Luft strich angenehm über ihre Haut. Seufzend stieß sie den Atem aus, folgte ihrem Bald-Ex-Mann und versuchte, ihre schmerzhaft ziehenden Muskeln zu ignorieren.

Mit beiden Händen massierte sich Sophie die Waden, sie konnte spüren, wie sich ein Krampf anbahnte. Hastig sprang sie von dem durchgelegenen Bett des Hotels auf und stellte sich auf die Zehenspitzen, bis das unangenehme Ziehen nachließ. Stöhnend ließ sie sich zurückfallen.

Tom setzte sich neben sie und legte ihr behutsam eine Hand aufs Knie. „Hey. Wir kriegen das hin, in Ordnung?"

Sie nickte. Eigentlich wollte sie widersprechen, aber sie glaubte ihm.

„Okay, sollen wir schauen, was auf dem Stick ist?" Er streckte die Hand aus.

Umständlich zog sie den Datenträger aus der Hosentasche und legte ihn auf seine Handfläche. Energisch erhob er sich und ging zu dem Schreibtisch in einer Ecke des kleinen Zimmers. Sein Laptop stand bereits eingeschaltet auf der Arbeitsfläche. Zögernd folgte sie ihm, unsicher, ob sie tatsächlich wissen wollte, was auf dem Stick gespeichert war.

Doch, ich muss es wissen, stellte sie fest und ballte die Hände zu Fäusten. Um ihr logisch denkendes Wesen wieder auf die richtige Spur zu bringen, musste sie den Grund herausfinden.

Ein Signalton besagte, dass der Rechner den Datenträger erkannte.

„Lass mich mal, Tom."

Er machte ihr Platz und lehnte sich über ihre Schulter, um besser sehen zu können. „Und? Was ist drauf?"

„Jede Menge Dateien, sie sind allerdings verschlüsselt", murmelte sie. „Nur Ziffern und Buchstaben, die sich aneinanderreihen, wenn ich die Dokumente öffne."

Nichts davon ergab in ihren Augen Sinn. Sie klickte auf einen unbenannten Ordner. Nur eine Datei befand sich darin. *Beute 3* stand dort und ließ sie stutzen. Sie öffnete das Dokument, und die Simulation eines DNA-Abschnitts erschien. Hörbar sog sie die Luft ein.

„Was ist los? Erkennst du das?"

„Das ist von meiner toten Bienenkönigin." Jetzt wo sie es aussprach, hörte sie, wie unsinnig das klang.

Tom war irritiert, sagte jedoch nichts.

„Ich weiß ... es ist kompliziert."

Sie atmete tief durch, um ihre Gedanken zu sortieren, schließlich versuchte sie, ihm eine kurze Zusammenfassung der letzten Tage zu geben. Angefangen mit der toten Bienenkönigin und ihrem Volk, das vollständig eingegangen war. Sie berichtete von der auffälligen DNA-Sequenz, die Mike und sie gefunden hatten, und wie sie schließlich den Bezug zu ihrer Mutation aus der Doktorarbeit entdeckt hatten. Auch von ihrem Verdacht, dass *FoodTec* hinter ihrem Rücken an der Mutation weitergeforscht hatte, um kommerzielle Ziele zu verfolgen, erzählte sie ihm. Nur das Essen mit Viktor ließ sie aus.

„Mike hat sich in letzter Zeit seltsam verhalten. Ich dachte, er steckt mit *FoodTec* unter einer Decke, aber jetzt bin ich mir da nicht mehr so sicher", beendete sie ihren Bericht. „Nur warum hat er die Sequenz auf dem Stick? Was hatte er damit zu tun? Oder hat er mehr darüber gewusst, was *FoodTec* vorhat? War das der Grund, weshalb er sterben musste? Wenn ja, muss es um viel Geld gehen."

„Das werden wir wohl nur erfahren, wenn wir auch die anderen Dateien lesen können."

„Kennst du jemanden, der so was entschlüsseln kann?", fragte sie.

Er schüttelte den Kopf und entfernte den Stick vom Rechner. Nachdenklich betrachtete er ihn. Mit einem Mal nahm er den Datenträger zwischen die spitzen Finger und schaute von der Seite darauf.

„Was ist denn?", wollte sie wissen und folgte seinem Blick, da fiel es ihr wieder ein. „Die Ziffernfolge. Stimmt, die hatte ich ganz vergessen."

„Das sieht aus wie eine Telefonnummer."

„Ja, das habe ich auch schon gedacht.“

„Das lässt sich leicht herausfinden.“ Er holte sein Mobiltelefon hervor, tippte die Nummer ein, stellte den Lautsprecher an und legte das Telefon zwischen sie.

Sofort sprang eine Mailbox an, auf der man eine Nachricht hinterlassen konnte.

Hastig beendete sie das Telefonat. „Und nun? Soll ich da einfach draufsprechen?“

„Warum nicht?“

„Und was soll ich sagen? Hi, Leute, ich hab den Stick von meinem Kollegen gekriegt, der daraufhin umgebracht wurde. Ich hab hier eure Nummer gefunden und dachte, ich ruf mal an.“

„Ja, so was in der Art.“

„Ich weiß nicht, wir wissen doch gar nicht, wen wir da anrufen.“

„Vielleicht ist das aber jemand, der den Stick entschlüsseln kann und mehr darüber weiß, warum gerade Mike getötet wurde.“ Er nahm sein Telefon und drückte auf die Wahlwiederholung.

„Tom, hör auf“, forderte sie.

Er ignorierte sie.

Wieder sprang gleich die Mailbox an. Sie wollte den Anruf beenden, er kam ihr jedoch zuvor und hielt ihre Hand fest.

„Hi, wir haben einen Datenstick, den Sie vielleicht vermissen. Ihre Nummer steht jedenfalls darauf. Wir wissen, was mit seinem Besitzer passiert ist. Wenn Sie die Daten haben wollen, melden Sie sich.“ Er ließ ihre Hand los und legte auf.

„Warum hast du das gemacht?“, blaffte sie ihn an.

„Hast du etwa eine bessere Idee?“

„Vielleicht hätten wir uns erst mal überlegen sollen, was wir sagen. Uns absprechen, wie wir weiter vorgehen."

„Also hast du eine bessere Idee?", wiederholte er seine Frage.

Sophie presste die Lippen zusammen. Natürlich hatte sie keine bessere Idee. Sie seufzte, darum war sie ja hier, damit er ihr half.

„Und was jetzt?", fragte sie.

Er zuckte mit den Schultern und lehnte sich gegen die Wand. „Warten. Und du solltest dich ausruhen, du siehst aus, als würdest du gleich umkippen."

Nur ungern gab sie zu, dass es stimmte. Ihr ganzer Körper schmerzte, und sie war erschöpft. Unwillkürlich musste sie gähnen. So wie sie war, legte sie sich aufs Bett. Bleierne Schwere machte sich in ihr breit, doch ihre Gedanken kamen nicht zur Ruhe. Immer wieder ging sie die ihr bekannten Informationen durch, ohne weiterzukommen. Es dauerte lange, bis sie endlich wegdämmerte.

Ein Brummen weckte sie. All die Geschehnisse vom Vortag drängten sich in ihre Gedanken, und sie öffnete abrupt die Augen. Die Morgendämmerung tauchte den Raum in rosafarbenes Licht. Ihr Blick streifte Tom, der mit ausgestreckten Beinen in einem Sessel schlief. Am liebsten hätte sie sich unter der Decke versteckt, aber der Hunger trieb sie hoch. Sie konnte nicht sagen, wann sie das letzte Mal etwas gegessen hatte.

Sophie schwang die Füße aus dem Bett und unterdrückte ein Stöhnen. Ein heftiger Muskelkater durchzog ihre Beine. Trotzdem stand sie auf und streckte sich. Auf der anderen Seite des Zimmers lag eine kleine Küchenzeile mit Getränken, Tee- und Kaffeeimitaten, sowie einem Wasserkocher und Bechern. Vielleicht half ein Glas Wasser gegen den drängendsten Appetit. Auf dem Schreibtisch entdeckte sie Toms Handy. Ein blau blinkendes Licht zeigte, dass eine Nachricht eingegangen war. Jetzt wusste sie, was sie geweckt hatte. Es war das Vibrieren des Telefons gewesen. Ihr Hunger war vergessen. Hastig griff sie danach und rief die Nachricht auf. Gleichzeitig rüttelte sie mit der freien Hand an Toms Schulter.

„Wach auf, sie haben geantwortet!"

Er setzte sich auf und rieb sich die Augen. „Was schreiben sie?", fragte er mit belegter Stimme.

„Offenbar wollen sie uns treffen und den Stick zurückhaben", stellte sie fest.

Es gab keine Anrede oder Förmlichkeiten. In der ersten Nachricht stand eine Uhrzeit, in der folgenden wurde eine Straße genannt.

„Hier, lies selbst."

Er griff nach dem Telefon, das sie ihm hinhielt, und starrte auf das Display. „Da können sie lange warten. Die glauben doch nicht, dass wir uns an eine Ecke stellen und warten, was passiert. Die Straße liegt kurz hinter der Mauer, Sophie. Das ist eine verdammt dumme Idee, da reinzulaufen und sich mit völlig Unbekannten zu treffen."

Mit einem Schlag begannen ihre Handflächen zu schwitzen. Die Leute wollten, dass sie in die Unterstadt gingen? Damit setzten sie sich einem hohen Risiko aus, überfallen zu werden. Nervös fuhr sie sich durchs Haar und beobachtete, wie Tom nach dem Handy griff. Erneut versuchte er anzurufen, diesmal hörte sie es klingeln, aber niemand hob ab. Fluchend legte er auf und tippte eine Nachricht.

„Was schreibst du?"

„Dass sie sagen sollen, wer sie sind, sonst kommen wir nicht."

Es dauerte nur einige Sekunden, bis das Telefon erneut vibrierte.

„Mist, es ist die gleiche Nachricht wie eben. Nur die Uhrzeit und die Straße." Wütend warf er das Handy aufs Bett. „Die können uns mal kreuzweise, ich laufe doch nicht ins offene Messer!"

Sophie antwortete nicht, sondern begann, im Raum auf und ab zu gehen. Ihr gefiel der Gedanke auch nicht, sie wollte jedoch unbedingt wissen, was das alles zu bedeuten hatte. Sie verharrte und verschränkte die Arme vor der Brust.

„Sophie?"

Sie blickte ihn direkt an.

„Ich kenne diesen Gesichtsausdruck. Nein, auf keinen Fall!"

Sie hatte vergessen, wie gut er sie lesen konnte. Er hatte gleich erkannt, dass sie gehen würde.

„Ich muss wissen, warum Mike sterben musste und warum ich jetzt auch auf der Flucht bin, Tom. Ich muss einfach", entgegnete sie ruhig.

Er sprang auf. „Das lasse ich nicht zu!" Er stapfte in das angrenzende Bad.

Sie folgte ihm und fand ihn vor dem Waschbecken, seine Hände krampften sich um den Porzellanrand. Langsam trat sie hinter ihn und berührte ihn sanft.

Mit einer schnellen Bewegung drehte er sich um, packte ihr Gelenk und drängte sie zwei Schritte zurück, bis sie mit dem Rücken an der Wand stand. Völlig überrascht von der Heftigkeit seiner Reaktion, starrte sie ihn mit großen Augen an. Wütend funkelte er sie an. Nicht einen Moment hatte sie Angst, sie wusste, er würde ihr niemals etwas tun. Im Gegenteil, er war ihr so nah, dass sie seine Hitze durch die Kleidung spüren konnte.

Ihr Körper fing an zu kribbeln, ihr Puls beschleunigte sich. Sie merkte, wie sie rot wurde. Kurz darauf verlosch das gefährliche Funkeln in Toms Blick, und er lehnte seine Stirn vorsichtig an ihre. Mit geschlossenen Lidern gab sie sich ganz seiner Nähe hin. Doch plötzlich ging ein Ruck durch seinen Körper, und sie öffnete überrascht die Augen. Er ließ sie los. Bevor sie wusste, was passierte, war er bereits im Türrahmen und zog sich das T-Shirt aus. Er hielt inne und schaute über die nackte Schulter zu ihr zurück.

„Worauf wartest du?"

„Wie bitte?" Sie verfluchte das Kratzen in ihrer Stimme.

Plötzlich grinste er und wandte sich ab. „Wir haben nur eine Stunde, um zum Treffpunkt zu gelangen, und wir müssen den Stick noch verstecken. Ich ziehe mir schnell was Frisches an."

Wieder merkte Sophie, wie sie rot wurde, diesmal in einer Mischung aus Wut und Scham. Dieser Blödmann, verfluchte sie ihn innerlich, schaffte es doch immer wieder.

12

Sophie fühlte sich wie auf dem Präsentierteller. Um den Treffpunkt zu erreichen, mussten sie die Mauer passieren, die die Mittelstadt von der darunterliegenden Unterstadt trennte. Zwar wurden diese nicht scharf kontrolliert, aber Kameras und Drohnen ließen die Menschen nicht aus den Augen, die sich hier aufhielten. Mit dem Tuch um den Kopf und einer Sonnenbrille von Tom lief Sophie dicht neben ihm durch eine Holzpforte. Über ihren Köpfen hielt Sophie einen grauen Sonnenschirm, den sie vorher besorgt hatten, in der Hoffnung, nicht vom System erkannt zu werden.

Die genannte Adresse führte sie an eine Ecke, die zwei Straßen unterhalb der Mauer lag. Zwar befanden sie sich noch nicht tief in der Unterstadt, doch spürte sie schon hier die Auswirkungen. Der Treffpunkt lag vor einem alten Fleischergeschäft, vernagelt mit Holzlatten und stapelweise Unrat auf dem Weg davor. Nur ein halb verwittertes Schild über dem verrammelten Eingang verriet die frühere Nutzung.

Verfallene Gebäude reihten sich entlang der Straße aneinander, einige sahen bewohnt aus, allerdings war sie sich nicht sicher, ob ihr Eindruck nicht täuschte. An manchen Häusern sicherten Gitter Türen und Fenster, niemand ließ sich jedoch blicken. Der Treffpunkt war ungeschützt, und jeder, egal aus welcher Richtung, konnte sie von Weitem entdecken.

Gegenüber zweigte eine schmale Gasse ab. Da sie nicht wussten, wer sie zu diesem Treffen aufgefordert hatte, wollten sie lieber im Schutz der Gasse beobachten, wer da kam. Also warteten sie an deren Eingang im Schatten der ersten Häuser.

Mit um den Oberkörper geschlungenen Armen hielt sie sich nah an Tom, der die Straße beobachtete. Der Gestank nach Abfall und Urin biss ihr in der Nase. Allmählich fühlte sie sich verschwitzt und schmutzig in ihrer alten Kleidung. Ein Blick auf das verwaschene Shirt erinnerte sie daran, dass sie, bis auf ihre Bluse, immer noch in der Kleidung vom Vortag steckte. Unter die Dusche zu springen, hatte sie nicht mehr geschafft, die Zeit hatte nur gereicht, um einen Teigfladen zu essen, bevor sie hatten aufbrechen müssen. Wenigstens hatte Tom ihr ein altes eingelaufenes T-Shirt geliehen, das sie vorne verknotet hatte.

Der vereinbarte Zeitpunkt verstrich, und nichts passierte. Mittlerweile nicht mehr von ihrer eigenen Idee überzeugt, fiel es Sophie schwer, untätig zu warten. Gerade wollte sie Tom fragen, ob sie nicht gehen sollten, als sie Reifen quietschen hörte. Das Geräusch erinnerte sie an den gestrigen Tag und ließ sie zusammenzucken.

Plötzlich raste ein grüner Van heran. Staub wirbelte auf, als er direkt vor der Gasse hielt. Bevor sie reagieren konnten, wurde bereits die Seitentür aufgeschoben. Vier Personen sprangen heraus, alle dunkel gekleidet, mit vermummten Gesichtern, nur die Augen waren frei.

Tom reagierte sofort. Hastig ergriff er ihre Hand und zog Sophie mit sich in die Gasse. Er war jedoch zu langsam. Ein zweiter Van schoss ihnen entgegen und schnitt ihnen den Weg ab. Hektisch schaute sie sich nach einem Fluchtweg um, aber die hohen, glatten Wände boten keinen Ausweg. Hinter ihr hörte sie, wie eine weitere Fahrzeugtür aufgeschoben wurde. Bevor sie sich umdrehen konnte, zog ihr jemand etwas über den Kopf. Sie wollte schreien, als sich eine Hand über den rauen Stoff auf ihren Mund legte und sie nur ein dumpfes Krächzen herausbekam. Ein starker Arm umfing sie. In ihrem Rücken spürte sie einen festen Körper. Mit aller Kraft versuchte sie, sich zu wehren und ihre Arme zu befreien, sie hatte allerdings keine Chance. Plötzlich verlor sie den Boden unter den Füßen.

Was hat der Kerl mit mir vor?, fragte sich sie panisch und strampelte mit den Beinen. Im nächsten Moment schlug sie hart auf, ein stechender Schmerz schoss ihr durch die Seite. Ein Stöhnen drang über ihre Lippen. Der Aufprall trieb ihr die Tränen in die Augen. Sie hörte ein Poltern neben sich, etwas stieß gegen sie. War das Tom? Jetzt da ihre Hände wieder frei waren, versuchte sie, sich den Sack vom Kopf zu ziehen. Sofort wurde sie niedergedrückt. Unsanft fiel sie zurück auf die Seite und prallte mit dem Schädel irgendwo dagegen. Ein stechender Schmerz jagte durch ihre Schläfe, und sie stöhnte erneut auf. Gleichzeitig machte sich jemand an ihren Händen zu schaffen. Das Geräusch einer Autotür erklang, die zugeschoben wurde.

Nein, nein, nein!, schoss es ihr durch den Kopf. Das durfte nicht wahr sein! Da war sie Mikes Mördern entkommen und lief dafür ihren Entführern direkt in die Arme. Hätte sie nicht solche Angst gehabt, hätte sie über ihre eigene Dummheit gelacht.

Dumpfe Geräusche drangen durch den Sack. Irgendjemand rief etwas, und sie hörte erstickte Laute von Tom. Dann war es ruhig. Je länger es still blieb, umso stärker breitete sich Panik in ihr aus. Irgendetwas bewegte sich auf der anderen Seite von ihr. Instinktiv wich sie zurück.

Plötzlich griff jemand von hinten an ihren Kopf und zog den Stoff zusammen. Der raue Sack kratzte auf ihrer Haut und schürte das Gefühl, keine Luft mehr zu bekommen. Ein Piksen an ihrem Hals ließ sie zusammenzucken. Sophie spürte, wie etwas Kaltes durch ihre Adern strömte und sich mit jedem Herzschlag verteilte. Fast augenblicklich breitete sich bleierne Müdigkeit in ihrem Körper aus. Bevor sie darüber nachdenken konnte, was die Entführer ihr verabreicht hatten, wurde es schwarz um sie herum.

13

Unsanft wurde Sophie der Sack vom Kopf gezogen. Obwohl es nicht besonders hell war, schmerzte das wenige Licht in ihren Augen. Reflexartig schloss sie die Lider. Nur langsam kämpfte sich ihr Geist aus der Betäubung. Ein ekelhafter Geschmack lag auf ihrer Zunge, der auch nach mehrmaligem Schlucken blieb. An einer Stelle auf der linken Seite pochte ihr Schädel, was sich verstärkte, als sie vorsichtig ein Auge öffnete. Man hatte sie auf einen wackeligen alten Stuhl gesetzt und ihre Hände an der Lehne festgebunden. Sie zerrte an den Fesseln, sie saßen jedoch zu fest, um mehr zu bewirken, als sich selbst in die Haut zu schneiden. Ihr wurde schwindelig, und sie glaubte, der Stuhl unter ihr würde umkippen. Sie schloss die Lider wieder, bis der Schwindel nachließ.

Das Licht fiel durch ein löchriges Dach, bei dem sie sich wunderte, dass es noch hielt. Halb zerfallene Ziegelwände umgaben sie zu drei Seiten. Die vierte stand offen und gab den Blick frei auf eine riesige Halle, deren Ende im Schatten lag. Sie musste mehrmals blinzeln, um schärfer sehen zu können, aber der Rand ihres Gesichtsfelds blieb verschwommen. Anscheinend wirkte die Betäubung nach. Im Dämmerlicht erkannte sie Maschinenteile, offenbar befand sie sich in einer alten Fabrik, einer sehr alten, wenn sie den Verfall betrachtete. Solche Gebäude gab es nur in der Unterstadt.

Tom konnte sie nirgends entdecken. Was hatten sie mit ihm gemacht?

Erst jetzt drangen von hinten gedämpfte Stimmen an ihr Ohr. Da sie noch immer benebelt war von dem Betäubungsmittel, fiel es ihr schwer, sich darauf zu konzentrieren. Von rechts trat ein Mann in ihr Blickfeld. Sie konnte die Bedrohung regelrecht spüren, die von ihm ausging. Anmutig näherte er sich, und doch schien jeder Muskel seines Körpers angespannt. Seine Kraft drang aus jeder Pore. Alles an ihm wirkte riesig. Das schwarze Shirt spannte sich über seine kräftigen Oberarme, als er einen alten Stuhl verkehrt herum vor sie hinstellte. Er setzte sich rittlings darauf und überkreuzte die Arme auf der Lehne. Erst jetzt fiel ihr auf, dass ihr Gegenüber keine Maske trug. Das war kein gutes Zeichen. Hieß das nicht, dass er sich keine Gedanken darüber machte, sie könnte ihn identifizieren, da sie das Ganze sowieso nicht überleben würde? Ein eisiger Schauer lief ihr über den Rücken, als sie in seine fast schwarzen Augen schaute. Sie waren so dunkel, dass sie keine Pupillen ausmachen konnte.

Eine ganze Weile passierte nichts, außer dass er sie fixierte. Es kostete sie einiges an Anstrengung, nicht unruhig hin und her zu rutschen. Und mit jeder Sekunde, die verstrich, kamen ihr mehr Fragen in den Sinn. Hatte sie nicht vorhin mindestens zwei Stimmen gehört? Wo war die andere Person? Hinter ihr? Aber sie beherrschte sich und drehte sich nicht um. Und ganz besonders fragte sie sich, wie es Tom ging.

„Können Sie mir sagen, was ... was mit dem Mann ist, der bei mir war?", stammelte sie schließlich. Sie ertrug dieses Gestarre nicht länger.

Im ersten Moment sagte er nichts, und als er antwortete, war sie nicht überrascht, wie unglaublich tief seine Stimme klang.

„Das wirst du später erfahren." Er legte den Kopf schräg. „Erst mal verrätst du mir, was ich wissen will."

Nach kurzem Zögern nickte Sophie. Sie glaubte nicht, dass es ihr helfen würde, jetzt auf stur zu schalten.

„Wo ist der Stick?"

„Versteckt."

„Wo?"

Sophie blinzelte. „Das sage ich, wenn mein Begleiter und ich hier lebend rauskommen." Sie versuchte, sich ihre Angst nicht anmerken zu lassen, und erwiderte seinen Blick mutiger, als sie sich fühlte. Der Schwindel kehrte zurück, doch sie tat ihr Möglichstes, ihn zu ignorieren.

„Was ist da drauf?" Noch immer starrte er sie an, und sie fragte sich, ob er schon geblinzelt hatte.

„Das weiß ich nicht, die Dateien sind verschlüsselt. Wir dachten, Sie könnten uns das sagen, darum haben wir Sie ja kontaktiert."

„Und warum sollten wir das tun?"

„Ihre Nummer stand auf dem Stick, also werden Sie ja wissen, was damit los ist."

„Woher hast du ihn?"

„Ein Freund hat ihn mir gegeben."

Ein verächtliches Schnaufen hinter ihr brachte sie aus dem Konzept.

Der Riese hob den Blick. Was immer hinter ihr passierte, es sorgte dafür, dass sich seine Augen verengten.

„Wirklich, mein Kollege hat ihn mir in die Hand gedrückt, bevor ..." Sie biss sich auf die Zunge und schaute zur Seite.

„Das ist Bullshit, ich glaube dir kein Wort!" Eine weitere Person trat in ihr Gesichtsfeld.

Automatisch ruckte Sophies Kopf in die Richtung. Die Bewegung wurde mit einem Stechen in ihrer Schläfe bestraft, und sie schloss die Augen. Als sie wieder aufsah, stand die Person einige Meter von ihrem Stuhl entfernt. Sophie war überrascht, eine weibliche Figur auszumachen. Langsam kam die Frau näher, eine weite Kapuze legte ihr Gesicht in Schatten.

„Du bist eine elende Lügnerin!"

„Was?", entgegnete sie verdattert. Nicht nur, dass diese Frau ihr nicht glaubte, irgendetwas irritierte sie an ihr. Sophies Gedanken flossen zäh wie durch Sirup, und es fiel ihr schwer zu benennen, was sie störte.

„Er hätte dir den Stick niemals überlassen!"

„Aber das hat er!", wiederholte Sophie. „Er wurde verfolgt und hat ihn mir gegeben, bevor sie ihn ... ihn gefunden haben. Er ist geflohen, da waren sie jedoch schon hinter ihm her und haben ihn mit dem Auto einfach ... einfach zerquetscht." Sie stockte.

„Du hast ihn verraten, nur deshalb waren sie hinter ihm her!" Der Tonfall der fremden Frau klang eisig, aber Sophie bemerkte, wie sie die Hände zu Fäusten ballte. „Mike wurde umgebracht wegen dem, was er wusste, und du bist schuld daran!"

Etwas an der weiblichen Stimme kratzte an Sophies Erinnerungen, nur das konnte nicht sein, oder?

„Nein ... nein, so war das nicht", stammelte sie. „Weswegen hätte ich ihn denn verraten sollen? Er war mein Assistent und hat gar nichts getan."

Ihr kam wieder die DNA-Sequenz der Bienenkönigin auf dem Stick in den Sinn. Hatte Mike doch mehr gewusst? Und was hatte er mit diesen Typen zu tun gehabt? Sophie verstand gar nichts mehr.

„Du bist schuld daran!", schrie die Frau.

„N-e-i-n!", brüllte sie zurück. „Und ich weiß auch nicht, warum *FoodTec* es getan hat!"

„Und ob du es weißt!", zischte die fremde Frau. Allerdings klang sie für Sophie nicht mehr fremd. Jetzt war sie sich sicher, wen sie vor sich hatte.

„Wir wissen, dass über seinen Computer ein Alarm ausgelöst worden ist. Mike wäre niemals so dumm gewesen, das zu tun, erst recht nicht von seinem eigenen Rechner aus! Ich denke, du warst es, du hast ihn ins offene Messer laufen lassen."

Die Frau war nur noch fünf Schritte entfernt und zog sich die Kapuze vom Kopf. Einen Schlag lang setzte Sophies Herz aus.

„Becka ...", flüsterte sie und schaute ihre Schwester mit großen Augen an. „Du steckst dahinter?" Sie konnte nicht anders, als sie anzustarren.

Die letzten Jahre hatten ihre Spuren hinterlassen. Der jugendliche Glanz, den sich Becka lange bewahrt hatte, war verschwunden, stattdessen zeichneten harte Linien ihr Gesicht. Ihre Haare besaßen noch immer die gleiche dunkle Farbe, sie trug sie jetzt allerdings anders. Auf der einen Seite fielen sie ihr bis zum Kinn, während sie auf der anderen abrasiert waren.

„Warum hast du das getan?" Inzwischen stand Becka direkt vor ihr, griff nach Sophies T-Shirt-Kragen und zog sie ein Stück zu sich heran. Es trennten sie nur noch wenige Zentimeter. „Ich will wissen, warum du das getan hast!", zischte sie.

„Ich weiß gar nicht, was ich gemacht haben soll! Was denn für einen Alarm? Ich verstehe nicht, was du willst, Becka."

„Du bist doch sonst immer so schlau!" Ein böses Lachen drang aus ihrer Kehle. „Denk nach! Warum bist du an seinem Rechner gewesen?"

„Weil wir zusammen in einem Labor gearbeitet haben ..."

Ja, sie war an seinem Rechner gewesen. Ihr wurde schlecht. Wie hatte sie so dumm sein können? Natürlich hatte *FoodTec* seine Daten abgesichert. Als sie nach der Mutation gesucht hatte, musste sie mit dem Klick auf den Link aus der E-Mail das Sicherheitssystem alarmiert haben. Offenbar hatte sie damit eine Firewall aktiviert. War das schon genug, um jemanden zu töten?

„Ich war auf der Suche nach Informationen, aber warum sollten sie Mike deswegen gleich umbringen?"

„Weil du seinen Rechner benutzt hast, haben sie ihn neu überprüft. Und diesmal haben sie eine Verbindung zum Widerstand gefunden, die sie früher nicht entdeckt haben. Er musste sterben, weil du *FoodTec* auf seine, auf *unsere* Spur geführt hast. Und deine ach so tolle Firma lässt keinen Feind in ihren Reihen zu. Gegner, die ihnen in die Quere kommen, werden eliminiert." Das letzte Wort spuckte Becka ihr regelrecht ins Gesicht.

Geschockt von den Vorwürfen ihrer Schwester, konnte sie nichts erwidern.

Es war doch nur eine Datenrecherche gewesen. Wie hätte Sophie wissen sollen, dass sich hinter der Mutation solch ein mächtiges Geheimnis verbarg? Und dass Mike mit dem Widerstand zusammengearbeitet hatte, hatte sie nicht ahnen können. Erst jetzt drang diese Tatsache in ihr Bewusstsein. Mike war Mitglied beim Widerstand gewesen! Insgeheim hatte er die ganze Zeit für die Gegenseite gearbeitet, und sie hatte nichts gemerkt.

„Ich habe nicht einmal ansatzweise geahnt, dass er beim Widerstand gewesen ist, ich dachte, er würde mit mir zusammenarbeiten", flüsterte sie.

Erst *FoodTec* und nun auch noch Mike. Dieser Verrat schmerzte sie mehr, als sie zugeben wollte, selbst wenn sie jetzt wusste, dass sie mit *FoodTec* als ihrem Arbeitgeber nicht gerade auf der Seite der Guten stand.

„Ich weiß nicht, ob ich dir glauben soll, vielleicht hast du ihn ja mit Absicht verraten."

„Das hätte ich nie getan!" Sophie war geschockt, dass ihre Schwester glaubte, sie wäre zu so etwas Schlimmem in der Lage. „Mike hat das zumindest nicht gedacht, sonst hätte er mir wohl kaum den Datenstick gegeben, oder?"

„Wo ist er?"

„Wie ich schon gesagt habe: versteckt. Hältst du uns für so dämlich, dass wir ihn mitbringen? Dann kennst du mich wirklich schlecht."

„Ich kenne dich gut genug, um zu wissen, dass für dich die Arbeit über allem steht."

Sophie biss sich auf die Unterlippe. Sie konnte es nicht bestreiten. Stets hatte sie ihre Arbeit mit den Bienen gegenüber ihrer Schwester verteidigt. Auch Tom konnte ein Lied davon singen.

„Ach, sieh an, Fräulein Neunmalklug ist sprachlos." Ein kaltes Lachen umspielte Beckas Mundwinkel. „Vielleicht magst du recht haben und Mike hat daran geglaubt, dass du etwas Gutes bewirken kannst, aber mich musst du erst überzeugen."

„Ich muss dir gar nichts beweisen! Sag mir lieber, wo mein Mann ist!"

„Wo ist der verdammte Stick?", brüllte Becka, doch Sophie presste die Lippen zu einem schmalen Strich zusammen und funkelte sie schweigend an.

Die Frau vor ihr war Sophie völlig fremd, also konnte sie ihr nicht vertrauen. Unbewusst fragte sie sich, wozu ihre Schwester noch alles fähig wäre. Was würde passieren, wenn sie ihr den Stick aushändigte?

Ein, zwei Sekunden verharrte Becka und wich dann zurück. An ihrer verspannten Haltung erkannte Sophie, wie wütend sie war.

„Echt? Du willst mich anschweigen? Kannst du haben!" Abrupt drehte sie sich zu dem Typen auf dem Stuhl um und gab ihm einen Wink. „Ich gebe dir so viel Zeit zum Schweigen, wie du willst."

Ohne ein weiteres Wort ging sie Richtung Lagerhalle davon. Mühsam unterdrückte Sophie den Impuls, ihr hinterherzurufen.

Mit zusammengezogenen Brauen beäugte sie skeptisch den Riesen, der aufstand und sich auf sie zu bewegte. Jedoch ging er an ihr vorbei, in den hinteren Teil des Raums. Etwas raschelte hinter ihr, und ihre Nackenhaare stellten sich auf. Es machte sie nervös, dass sie nicht sah, was er dort trieb.

„Hey, was passiert jetzt? Was hat Becka damit gemeint?"

„Tut mir leid", dröhnte seine tiefe Stimme nah an ihrem Ohr.

Vor Schreck zuckte sie zusammen und zerrte an ihren Fesseln. Mit sanfter Gewalt packte er ihren Kopf und bog ihn zur Seite. Jeder Versuch sich zu wehren war zwecklos. Ein Stich in ihren Hals war der Vorbote der düsteren Schleier, die sie zurück in die Dunkelheit zogen.

14

Keuchend lehnte sich Becka an die Wand und legte die Hände vors Gesicht. Es hatte sie viel Kraft gekostet, Sophie nicht die Faust ins Gesicht zu rammen. Aber sie konnte sich diese Wut nicht leisten. Mike war nicht nur ein Teil des Widerstands gewesen. Sie hatte ihn geliebt, und ihre eigene Schwester hatte ihn ihr genommen. Der Gedanke an ihn trieb ihr Tränen in die Augen, und sie wischte sie hastig fort.

Gedämpfte Stimmen drangen durch den Gang aus Backstein. Am Ende trennte eine schwere Holztür den Flur vom Speisesaal. Rasch blickte sie zur Tür, niemand sollte sie so sehen. Sie musste stark sein als Anführerin. Wer würde einer verweichlichten Frau folgen wollen? Ein letztes Mal fuhr sie sich über die Augen. Bevor sie die Klinke betätigte, straffte sie die Schultern und atmete tief durch. Mit entschlossenem Gesicht trat sie über die Schwelle.

Schwüle Wärme umfing sie sowie der Geruch nach Schweiß und Zwiebeln. Der Raum war gefüllt mit unterschiedlichen Tischen und nicht dazu passenden Stühlen. So zusammengewürfelt das Mobiliar war, so verschieden waren die Menschen hier. Zwar schlossen sich ihnen nur wenige aus der Oberstadt an, einige aber taten es, ungeachtet ihres höheren Status. Sie alle hatten ihre eigene Geschichte, die sie dazu bewegt hatte, sich mit dem Widerstand zu verbünden. Die Leute schauten auf und grüßten sie, als sie an ihnen vorbei zur Essensausgabe ging. Der Geruch nach Zwiebeln wurde stärker, als sie vor den großen Töpfen Halt machte, aus denen Zwiebelsuppe ausgegeben wurde. Sie seufzte, die gehörte nicht gerade zu ihren Leibspeisen, dennoch war es ein glücklicher Zufall gewesen, als sie festgestellt hatten, dass der Lkw, den sie geklaut hatten, Tonnen von Zwiebeln transportiert hatte. Seit Wochen gab es die Knolle in den verschiedensten Variationen.

„Hanna, hast du kurz Zeit?"

Eine stämmige, kleine Frau an den Töpfen nickte und gab die Suppenkelle an ein junges Mädchen weiter. Gemeinsam liefen sie ein paar Schritte.

„Wie weit kommen wir noch mit unseren Vorräten?", fragte Becka gedämpft.

Sie wusste, dass die Zwiebeln fast verbraucht waren. Hanna war in dieser Unterkunft für Vorräte und die Versorgung der „Gäste", wie Becka sie gerne nannte, zuständig.

„Eine Woche maximal, ich strecke die Suppe schon, wie ich kann, aber bald koche ich nur noch Leitungswasser auf." Mit besorgter Miene sah Hanna zu ihr auf. „Ich habe über hundert Mäuler zu stopfen, wir brauchen dringend mehr Lebensmittel."

„Ich weiß, ich weiß. Ich werde mich darum kümmern." Aufmunternd drückte sie die Schulter der kleinen Frau.

Mit einem letzten Blick auf die Töpfe verabschiedete sie sich und machte sich auf den Weg in ihre Privaträume. Das war der Vorteil, wenn man beim Widerstand weit oben in der Hackordnung stand, man hatte sein eigenes Zimmer. Die meisten Räume der alten Drahtzieherei waren zu Schlafsälen umfunktioniert worden, zumindest diejenigen, bei denen das Dach noch intakt war. Es waren nicht immer alle hundert Leute da, doch es konnte mitunter ziemlich eng werden.

Am Ende des Quartiers lag ein langer Flur, von dem mehrere Türen abzweigten. Das waren die alten Büroräume, die jetzt als Besprechungsräume dienten. Am Ende des Gangs hatte sie einen für sich beansprucht. Er war nicht groß, es war jedoch purer Luxus, allein sein zu können. Ein Bett und ein abgenutzter Schreibtisch waren die Möbelstücke, die den meisten Platz benötigten. Ihre Kleidung hatte sie in einer Kommode verstaut, ihre wenigen persönlichen Habseligkeiten in einem schmalen Wandregal. Unter anderem eine Schneekugel, die sie noch von ihren Eltern hatte. Mit wenigen Schritten durchquerte sie das Zimmer und blieb vor einer Schale mit roten Äpfeln stehen. Ihr Herz krampfte sich zusammen, als sie daran dachte, wie Mike ihr die saftigen Früchte zugesteckt hatte. Sein verschmitztes Lächeln ...

Um ihn aus ihren Gedanken zu verscheuchen, ballte sie die Hände zu Fäusten und hieb gegen die Wand. Der stechende Schmerz, der durch ihre Fingerknöchel schoss, ließ sie nach Luft japsen. Trotzdem half er ihr, sich zu sortieren.

Mit der Schale unter dem Arm ging sie zum Besprechungsraum. Gleich sollte wegen der Lebensmittelknappheit ein extra einberufenes Treffen stattfinden. Die Reduzierung der Essensmarken, die an jeden Einwohner ausgegeben wurden, war eine Unverschämtheit. Kaum jemand, der sich keine zusätzlichen Lebensmittel kaufen konnte, wurde satt. Besonders die Armen der Unterstadt hungerten mehr denn je.

Auf demselben Flur, auf dem sich ihr Zimmer befand, lag ein großer Raum, in dem der Rat von F. T. R. für Shelter 1 zusammenkam. Der Widerstand durchzog mittlerweile das ganze Land. In jeder größeren Stadt war ein Kreis aus Mitgliedern entstanden, die im Untergrund gegen die Regierung und für ihre Einwohner kämpften. Alle Widerstandszellen standen in Kontakt zueinander und liefen in Shelter 1 als Hauptsitz unter der Leitung von Becka zusammen. Den Kern ihres Rats bildete sie als Anführerin der F. T. R. Hinzu kamen Leo für die Sicherheit und zwei weitere Personen. Hanna, die sich mit Ressourcen aller Art beschäftigte, und Kilian, der Kontaktmann zum Widerstand in den anderen Städten.

Shelter 1 war den Himmelsrichtungen nach in vier Bereiche aufgeteilt. Regelmäßig erstatteten die Vorsteher der Bezirke ihr und dem inneren Kreis Bericht. Sie waren unverzichtbar, wenn es um die Belange der Stadt ging. Sie war zu groß, als dass sich Becka um jedes einzelne Viertel hätte kümmern können. Die Vorsteher sammelten Informationen über ihren Bezirk und hielten Becka auf dem Laufenden. Sie rekrutierten, beobachteten die Sicherheit und versorgten diejenigen, die sich selbst nicht mehr helfen konnten, so gut es ging.

Am Eingang zum Besprechungsraum lehnte ein junger Mann an der Wand. Die Jüngeren wurden regelmäßig für Botengänge abgestellt. Sie drückte ihm die Schale mit Äpfeln in die Hand und schickte ihn damit zu Hanna. Ein Grinsen zeigte sich auf seinem Gesicht, und sie konnte heute zum ersten Mal lächeln.

Der Besprechungsraum wurde von einem riesigen ovalen Holztisch dominiert. Jemand hatte ihn in einer verlassenen alten Villa gefunden, und es hatte mehrere Männer gebraucht, ihn hierherzutransportieren. Eine alte Karte der gesamten Stadt war darauf gepinnt. Aus Angst, dass ihr System gehackt werden könnte, verzichteten sie auf eine holografische Darstellung. Rote Markierungen zeigten die verschiedenen Positionen der Sicherheit. Für Beckas Geschmack waren es zu viele.

Etwa zehn Leute passten bequem an den Tisch. Meist waren sie nur zwischen vier und acht, je nachdem ob ihre Aufgaben es zuließen zu kommen. Heute Nachmittag hatte sie alle einberufen, aber ein Blick in die Runde zeigte ihr, dass sich längst nicht alle versammelt hatten.

Gedämpfte Rufe drangen durch die maroden Wände zu ihnen. In der Nähe eines Fensters stand Leo und beobachtete den Hinterhof, in dem einige Mitglieder gerade Fußball spielten. Mit festem Schritt durchquerte sie den Raum und gesellte sich zu dem Hünen.

„Hast du sie nach unten gebracht?", sprach sie ihn leise an.

Mit verschränkten Armen vor der breiten Brust drehte er sich zu ihr um. Nicht zum ersten Mal fragte sie sich, wie sich ein solch großer Mensch so geschmeidig bewegen konnte.

„Ja, das habe ich." In seiner tiefen Stimme hörte sie Zorn mitschwingen. Das überraschte sie. Sonst liebte er es, Leute ins Loch zu stecken. „Denkst du wirklich, das ist der richtige Weg? Das ist nicht deine Art, die Dinge zu regeln, und sie ist Familie."

„O ja, sie wird da unten schmoren, bis wir den Stick haben."

„Bist du dir sicher, dass es nur darum geht?"

Wie immer hatte er sie sofort durchschaut. Er kannte sie besser, als Mike es je getan hatte. Leo war es gewesen, der ihr die Nachricht von Mikes Tod überbracht hatte. Und er war es gewesen, der dafür gesorgt hatte, dass niemand sonst in der Nähe gewesen war, bis sie sich beruhigt hatte. Ohne zurückzuweichen, hatte er ihre verzweifelten Schläge ausgehalten und sie aufgefangen, als sie zusammengebrochen war. Er war bei ihr geblieben, bis sie sich so weit gefasst hatte, dass sie wieder als Anführerin auftreten konnte. Und sie wusste, niemand würde je davon erfahren.

Ihr Vertrauen ihm gegenüber war absolut, und das beruhte auf Gegenseitigkeit. Es war kein Geheimnis, dass Leo früher für die Fremdenlegion tätig gewesen war und nicht davor zurückschreckte, Gewalt anzuwenden, wenn es nötig wurde. Viele hatten einen gehörigen Respekt vor ihm, da sie sich vorstellen konnten, dass er bei der Legion nicht nur Waffen sortiert hatte. Aber kaum jemand wusste, was es bedeutete, heutzutage in einem richtigen Krieg zu kämpfen. Schon vor Jahren waren die Regierungen aller Länder zerfallen und das, was übrig geblieben war, kämpfte hart um die Gegenden, in denen noch etwas gedieh.

Bei einem Streifzug durch die Außenbezirke hatte sie ihn entdeckt. Wie ein verletzter Hund versteckte sich dieser riesige Mensch in einer Gasse. Die chemischen Giftstoffe, denen er im Kampf ausgesetzt gewesen war, hatten sein Gehirn angegriffen und ihm einen Teil seiner Menschlichkeit genommen. Doch sie sah etwas in seinen Augen, das sie zögern ließ, ihn seinem Schicksal zu überlassen. Sie wusste, wenn sie ihn zurückließ, würde irgendjemand ihn abstechen, in der Hoffnung auf Beute, und wenn es nur seine Schuhe waren. Das brachte sie nicht übers Herz. Es dauerte Monate mit viel Arbeit und Geduld, bis er wieder ins Leben zurückfand. Sie hatte in seinen schlimmsten Stunden an seiner Seite gestanden. Im Gegenzug war er für sie wie ein großer Bruder geworden, der jeden vernichtete, der ihr Böses wollte, auch wenn er ihr nicht blind folgte. Er hielt nicht mit seiner Meinung hinterm Berg, wenn er glaubte, er läge richtig. Seine Meinung hatte großes Gewicht, obwohl es sie zur Weißglut brachte, stellte er sich gegen sie. Als sie ihm jetzt in die Augen blickte, wusste sie, dass er irgendetwas vorhatte.

„Hast du eine bessere Idee?“

„Wenn dem so wäre, würdest du sie hören wollen?“

„Nein, würde ich nicht.“ Mit einem Grinsen im Gesicht wandte sie sich um und rief ihre Leute zusammen. Sie spürte, wie sich sein Blick in ihren Rücken brannte, aber sie wollte ihm keine Gelegenheit geben, sie umzustimmen. Sie würde früh genug erfahren, was er im Schilde führte.

Solange ihre Schwester so bockig war und ihnen nicht verriet, wo sich der Stick befand, sollte sie da unten verrotten. Vielleicht würde sie dann endlich ihr Näschen nicht mehr so hoch tragen. Außerdem sollte sie für Mike büßen. Egal was sie getan hatte, es hatte dazu geführt, dass er aufgeflogen war.

Mittlerweile waren alle eingetroffen, auch Hanna. Allerdings musste Becka feststellen, dass die meisten Anwesenden mit sich selbst beschäftigt waren. Breitbeinig stellte sie sich, die Hände in die Hüften gestemmt, an den Tisch.

„Können wir dann?", fragte sie in die Runde.

Die Gespräche erstarben. Die meisten nickten und ließen sich nieder. Auch Leo verließ seinen Fensterplatz und setzte sich zu ihrer Linken. Er war nicht nur für ihre persönliche Sicherheit zuständig, sondern für die der gesamten Sektion. Außerdem kümmerte er sich um die Waffen, sowohl um den Bestand und deren Ausgabe als auch um die der Gegner.

Erst als alle saßen, nahm sie selbst Platz.

„Wir brauchen dringend Lebensmittel", sprach sie den drahtigen älteren Mann zu ihrer Rechten an, der den Westen der Stadt kontrollierte. „Eike, haben deine Leute etwas entdeckt, bei dem es sich lohnt zuzuschlagen?"

Er stöhnte auf und fuhr sich durch sein kurzes graues Haar. „Nein. Alles, was für uns von Interesse ist, wird streng bewacht. Im letzten Monat wurden die Sicherheitsvorkehrungen verschärft, und wir haben bis jetzt keine Lücke gefunden."

Bjarne aus dem Norden und Finn, der den Osten überwachte, stimmten Eike zu.

Überall waren mehr Sicherheitsleute im Einsatz, die oft mit neuester Technik arbeiteten. Mit der konnten sie nicht mithalten. Es wurden Pläne ausgebreitet, auf denen sie die genauen Standorte von Lagerhallen und deren Sicherheitskonzepte einzeichneten.

Ihre Augen wanderten zu der jungen Frau, die den Süden unter sich hatte. Während der ganzen Diskussion war sie still geblieben und kaute auf einer ihrer blonden Strähnen herum.

„Und was meinst du, Sun?“, wollte Becka wissen.

Sun biss sich auf die Unterlippe und wurde rot, doch sie hielt ihrem prüfendem Blick stand. Nach kurzem Zögern antwortete sie. „Im Süden existiert ein Lager, das vielversprechend ist. Ich habe einen Informanten vor Ort. Es gibt dort tonnenweise Lebensmittel sowie Hausrat, Kleidung und Waffen. Wir sollten dort zuschlagen!“

„Hast du die Infos überprüft?“

„Ja, aber nur grob. Der Tipp kam erst heute Nacht, und ich bin gleich hin. Im Moment ist die Bewachung eingeschränkt wegen einer Umstrukturierung beim Personal. Wir sollten sofort handeln.“

„Wo soll das Lager sein?“

Sun stand auf und zeigte auf einen Punkt auf der ihr zugewandten Seite der Karte.

„Nicht so schnell!“, mischte sich Finn ein. Der Ort lag nahe an der Grenze zum östlichen Territorium. „Ich kenne das Lager, ich weiß ja nicht, was dir dein Informant erzählt hat, meine Leute haben dort in letzter Zeit eine hohe Aktivität der Sicherheit beobachtet.“

„Warum beobachtest du Objekte in meinem Gebiet?“, fuhr Sun auf und wurde noch röter.

Finn sprang auf, seine Lippen waren nur noch dünne Striche.

Langsam reichte es Becka, sie verlor die Geduld mit den beiden. Die zwei waren jung und aufbrausend, allerdings konnten sie sich das in ihren Positionen nicht erlauben.

„Hört auf damit! Wir sind keine Kindergartenkinder, die sich um Sandhaufen streiten. Wir arbeiten zusammen für die gesamte Stadt." Becka sprach leise, ihre Stimme schnitt jedoch wie ein Messer durch die Luft. Ihr Ton duldete keinen Widerspruch. „Finn, wie bist du auf diesen Standort im Süden gekommen?"

„Meine Leute haben den Abtransport von Personal und Waffen von einem Standort beobachtet, den ich für ein interessantes Ziel gehalten habe. In meinem Bereich, wohlgemerkt. Wir sind dem Transport lediglich bis zu diesen Hallen gefolgt." Er warf Sun einen beleidigten Seitenblick zu und setzte sich wieder.

„Danke, Finn. Ich denke, wir sollten das Ziel erst weiter beobachten, bevor wir angreifen."

„Aber wenn wir nicht handeln, geht uns das Essen aus. Die Menge der Lebensmittelmarken für die Menschen in der Unterstadt ist eine Beleidigung. Wie lange müssen wir das noch über uns ergehen lassen? Warum greifen wir nicht an? Wir haben doch die Waffen, setzen wir sie ein und holen uns was von dem Zeug, das die Reichen für sich beanspruchen!", platzte es aus Sun heraus, und sie stützte sich auf dem Tisch ab.

„Und was ist mit den Leuten, die dafür verletzt, sogar sterben werden? Die Sicherheit hat aufgerüstet, und ich bin überzeugt, dass wir nicht ohne Verluste aus diesem Kampf hervorgehen würden, Sun", entgegnete Becka ruhig. „Willst du die Männer und Frauen dafür auswählen, mit der Gewissheit, dass viele nicht zurückkehren werden, auch wenn es Freiwillige sind?"

Für einen Moment sah es so aus, als wollte die junge Frau widersprechen. Mit geballten Händen funkelte sie Becka an, blieb jedoch still. Sie schaute auf den Tisch vor sich und ließ sich wieder nieder.

„Sun, ich weiß, du bist anderer Meinung, der Einsatz ist allerdings zu hoch."

„Es gibt eine weitere Möglichkeit", fuhr Leo dazwischen. „Was ist mit den Feldern außerhalb der Mauern? Die Ernten werden nicht immer sofort in die Stadt gebracht, sondern zwischengelagert."

„Ja, aber wir haben nicht genügend Informationen darüber. Jetzt wo wir keinen Insider mehr bei *FoodTec* haben, ist es schwierig, da ranzukommen", warf Bjarne aus dem Norden ein. „Die Standorte wechseln ständig. Mike hatte uns bereits einige Lager genannt, ich habe sie überprüfen lassen. Entweder sie sind leer oder mit Sprengfallen gespickt, wie die vom letzten Monat. Niemand will das wiederholen."

Ungern dachte sie daran zurück. Zwei gute Leute waren gestorben, weil sie beim Auskundschaften offenbar eine Lichtschranke durchbrochen hatten. Die Explosion hatte ihre Kundschafter und die Hälfte der Lagerhalle pulverisiert.

„Es gibt noch eine Quelle, die wir vielleicht anzapfen könnten." Obwohl Leo leise sprach, richteten sich alle Blicke auf ihn.

Auch sie starrte ihn entgeistert an.

„Wovon sprichst du?", hakte Bjarne nach.

Unterm Tisch krampften sich ihre Hände um die Stuhlkante. Der Bastard nutzte Sophie tatsächlich gegen sie, stellte Becka fest. Und sie wusste genau, was er dazu sagen würde: Du wolltest ja nicht zuhören …

„Becka hat Gäste im Keller, die eventuell mehr über erfolgversprechende Standorte wissen könnten", antwortete Leo.

Jetzt wanderten die Blicke erwartungsvoll zu Becka. Sie biss sich auf die Zunge. Eigentlich wollte sie den Rat erst über ihre Schwester informieren, wenn sie den Stick rausgerückt hätte. Niemand wusste, dass Mikes Arbeit und der erhoffte Erfolg für die Rebellen von diesem verdammten Datenträger abhingen. Zu ihrem Ärger musste Becka zugeben, dass Leos Idee gut war. Die Alternative wäre Suns Vorschlag. Obwohl sie ihn vorhin niedergeredet hatte, befürchtete sie, dass ihnen bald nichts anderes mehr übrig bleiben würde, als mit Gewalt und den einhergehenden Verlusten zu überleben.

Becka kannte Leo gut genug, um zu wissen, dass er sie nie hintergehen würde und absolut von seiner Idee überzeugt war, wenn er sie gegen ihren Willen hervorbrachte.

Gemurmel wurde laut.

Schnell hob sie die Hand, bevor jemand etwas entgegnen konnte. „Ihr alle wisst, woran Mike gearbeitet hat. Wir haben ja schon lange vermutet, dass *FoodTec* die Bienen nutzen will, um seine Monopolstellung auf dem Nahrungsmittelmarkt ein für alle Mal zu festigen, und das weltweit. Mike war kurz davor, endlich die für uns wichtigen Informationen zu erhalten, die wir dringend benötigen, um *PowerBee* zu sabotieren, bevor *FoodTec*

ihn ermordet hat. Was ihr noch nicht wisst, ist, dass er
offenbar vorher seine gesamte Arbeit hat retten und
auf einem Datenträger hat speichern können."

„Tut mir leid, Becka, ich weiß, wie ihr zueinander
standet, und auch mich schmerzt sein Verlust, aber das
ist eine gute Nachricht. Dann können wir mit der Um-
setzung des Plans beginnen!", warf Bjarne ein.

„Ich weiß nicht, ob er die Information erhalten und
auf dem Stick gespeichert hat", gestand sie.

„Warum nicht?", wollte Eike wissen.

„Wir haben den Stick nicht."

Alle verstummten.

„Was heißt das? Wo ist er?", hakte Bjarne nach.

„Mike hat ihn jemandem gegeben, bevor er gestorben
ist." Sie seufzte. „Unsere Gäste im Keller sind meine
Schwester und ihr Mann. Nur die beiden wissen, wo
der Stick ist."

Mehrere Stimmen wurden laut und redeten durcheinander.

„Wie kannst du sie hier reinlassen? Was, wenn sie uns
verrät?", ereiferte sich Sun.

Eike hingegen blieb ruhig und betrachtete sie aus seinen dunklen Augen. „Sie ist deine Schwester, was willst
du tun, wenn sie ihn nicht rausrückt?"

„Hört auf! Sophie hat beobachtet, wie er getötet
wurde, und musste dann anscheinend mit dem Stick
fliehen. Unabhängig davon, wer sie ist, weiß sie, wo
sich der Stick befindet. Leo wird sich darum kümmern,
dass sie uns verrät, wo sie ihn versteckt hat und wo es
lohnende Lager mit Lebensmittel gibt. Und dabei spielt
es keine Rolle, dass sie meine Schwester ist. Wichtig
sind die Informationen, die sie hat, und dass wir sie

kriegen. Ich vertraue darauf, dass er die richtigen Wege und Mittel finden wird, um zu einem Ergebnis zu kommen.“

Sie blickte Leo direkt in die Augen und reckte das Kinn. Wenn sie es nicht besser wüsste, würde sie meinen, ein Lächeln auf seinen Lippen zu sehen. Dieser Mistkerl! Jetzt kriegte er doch noch, was er wollte. Sie hatte jedoch keine Zeit, sich über ihn zu ärgern. Sie hatte einen weiteren Punkt auf der Agenda.

„Da *FoodTec* nun weiß, dass Mike für uns gearbeitet hat und die zweite Wissenschaftlerin auf der Flucht ist, werden sie versuchen, alle Beweise und Forschungsergebnisse wegzuschaffen. Außerdem können sie es sich nicht leisten, überlebensfähige Bienen in der freien Wildbahn zu lassen. Dazu gehören die Bienen, mit denen Mike gearbeitet hat. Wenn wir etwas an Beweisen sichern wollen, müssen wir schnell sein und die Bienen holen.“

„Klingt für mich plausibel“, meinte Eike. „Aber wer soll das übernehmen? An meinem Standort kann ich keine Insekten halten. Überhaupt würde es in der Stadt sofort auffallen, wenn in den Straßen plötzlich wieder Bienen rumsummen würden.“

„Wir bringen sie zum Internat, da gibt es rundum niemanden, der einen Biene bemerken könnte“, erwiderte sie. „Hanna, du hast Erfahrungen mit den Tieren, oder?“

„Wenn du meinst, ob ich weiß, wie ich an den Honig komme, ohne gestochen zu werden und ohne den Bienen Schaden zuzufügen, ja. Sollte nicht so schwer sein, dann auch die ganzen Bienenstöcke mitzunehmen.“

„Ich kann das mit meinen Leuten übernehmen!", meldete sich Sun wieder zu Wort.

Irritiert wandte sich Becka an die blonde Frau. „Kannst du denn mit Bienen umgehen?"

„Das wird schon nicht so schwer sein. Ich schaffe das."

„Sun, diese Tiere sind zu wichtig für uns. Ich weiß, du meinst es gut, aber Hanna wird das machen. Außerdem weiß sie, wo das Internat ist." Sun wollte widersprechen, doch Becka brachte sie zum Schweigen. „Es reicht, Sun. Hanna wird den Job erledigen, sie ist die logischere Wahl."

Becka konnte förmlich die zornigen Funken sehen, die Sun versprühte, sie sagte jedoch nichts mehr.

Dein Glück, dachte Becka. Langsam nervte sie die junge Frau aus dem Süden.

„Hanna, nimm dir einen der Wagen, die zur Fahrerkabine geschlossen sind, und so viele Leute, wie du brauchst. Ich sage Elena, dass du kommst."

„Wunderbar!", stimmte die ältere Frau zu und rieb sich die Hände.

„Täusch ich mich oder freust du dich etwa darauf?", fragte Becka überrascht.

„Pft, nicht auf die kleinen stechenden Viecher. Ich freue mich auf den Honig, der bald auf meinem Teigfladen landen wird."

15

Es war noch nicht oft vorgekommen, dass Sophie fror, darum machte ihr die Kälte jetzt besonders zu schaffen. Sie war nicht daran gewöhnt, genauso wenig wie an das stechende Ziehen in ihrem Magen und das unerträgliche Brennen in ihrem Hals.

Ob es Tom ähnlich geht?, fragte sie sich ängstlich. Das Schlimmste war die Dunkelheit. Ihre Fantasie spielte ihr Streiche. Ständig sah sie sich nach allen Seiten um, weil sie dachte, sie hätte etwas gehört. Wieder ein leises Rascheln. Angewidert schüttelte sie sich. Bitte lass es Mäuse sein und keine Ratten. Mit Mäusen kam sie klar, sie hatte in ihrem Grundstudium an ihnen experimentiert und wusste, sie waren harmlos, aber Ratten? Ratten waren nicht gut. Sie hatte mal gelesen, dass diese Viecher auch lebende Menschen angriffen, wenn ihr Hunger groß genug war. Nicht zum ersten Mal zog sie die Beine an, bis sie ihre Füße auf die Sitzfläche stellen konnte. Lange würde sie das nicht mehr aushalten, es kostete sie viel Kraft, dabei nicht mit dem Stuhl umzukippen. Und die bleierne Müdigkeit in ihren Gliedern machte es nicht leichter. Etliche Male nickte sie ein, schreckte jedoch immer wieder hoch. Zu groß war ihre Angst, vornüber zu fallen. Der Gedanken, dass Ratten an ihrer Nase knabbern könnten, ängstigte sie zu Tode.

Sie wusste nicht, wie lange sie schon hier war. Einen Tag oder vielleicht nur einige Stunden? Ihrem Durst nach zu urteilen, musste es länger sein. Der riesige Typ, der sie in der Lagerhalle verhört hatte, war einmal da gewesen. Er hatte sie losgebunden und kurz auf die Toilette gelassen. Auch etwas zu trinken im Austausch für die Information, wo sich der Stick befand, bot er ihr an. Sie hatte sich geweigert. Fast wünschte sie, sie hätte es ihm gesagt, auch wenn ihre Schwester offenbar hier etwas zu sagen hatte, war sie sich nicht sicher, dass sie heil aus der Sache rauskam, wenn sie das Versteck verriet.

Ihre eigene Schwester hatte sie in dieses Loch werfen lassen. Die Wut, die sich bei dem Gedanken in ihr ausbreitete, half, ihre aufkommende Panik zu vertreiben. Allerdings nur für wenige Augenblicke. Schon wieder hörte sie ein Rascheln, das sie zusammenfahren ließ. Sie musste sich irgendwie anders ablenken, sie hatte bereits versucht, Kinderreime aufzusagen, nachdem das Aufzählen von Primzahlen nicht geholfen hatte. Das Einzige, was ihr blieb, war, darüber nachzudenken, wie sie hier unten gelandet war.

Alles in ihr sträubte sich dagegen, über Mike und die Ursache für seinen Tod zu grübeln, doch ständig hatte sie das anklagende Gesicht ihrer Schwester vor Augen. Voller Hass hatte Becka sie angeblickt, und Sophie konnte den Grund dafür nachvollziehen. Wenn es stimmte, dass sie bei ihrer Datenrecherche im Netz von *FoodTec* ein Alarmsystem ausgelöst hatte, war sie tatsächlich schuld daran, dass die Sicherheitskräfte auf Mikes Spur gekommen waren. Aber woher hätte sie wissen sollen, dass er für den Widerstand arbeitete? Sie hätte niemals seinen Rechner benutzt. Und hätte sie gewusst, dass er für die Rebellen spionierte, hätte er gar nicht in ihrem Team gearbeitet. Sie fragte sich, ob sie ihn selbst bei der Sicherheit gemeldet hätte und diese Möglichkeit sie erst recht schuldig machte.

Ihr Stuhl wackelte und knackte bedrohlich. Widerwillig ließ sie ein Bein sinken, um ihn zu stabilisieren. Sophie atmete tief durch und bereute es sofort. Sie rümpfte die Nase und wusste nicht, was abscheulicher roch, sie selbst oder der Raum. Plötzlich hörte sie ein Summen. Jemand öffnete die Tür. Ein langer Spalt, durch den gedämpftes Licht drang, blendete sie kurz. Eine Mischung aus Erleichterung und Angst durchströmte sie. Endlich ein menschliches Wesen. Viel konnte sie nicht sehen, sie blinzelte, es blieb jedoch bei der Silhouette, die sich von dem Licht abhob. Wer auch immer da vor ihr stand, er kam näher. Automatisch drückte sie sich nach hinten gegen die Lehne, um ihm auszuweichen. Plötzlich spürte sie einige Tropfen auf ihren Lippen, ein Glas wurde ihr an den Mund gehalten. Mit gierigen Schlucken trank sie das kühle Nass. Selten hatte sie etwas so Köstliches getrunken, dabei war es nur Wasser, und es roch ein wenig schal. Viel zu schnell zog er das Glas wieder weg.

„Bitte!“, rutschte es ihr heraus.

„Alles, was ich dir mehr gebe, ziehe ich deinem Mann ab.“

„Was? Wo ist Tom? Wie geht es ihm?“

„Es ist deine Entscheidung.“ Er ging nicht auf ihre Fragen ein und hielt ihr das Glas hin, aber sie starrte ihn nur entgeistert an.

„Das kannst du nicht machen“, krächzte sie.

„Deine Entscheidung“, wiederholte er.

Hastig schüttelte sie den Kopf. Bei dem Gedanken an Tom und daran, dass er ebenso durstig sein musste wie sie, konnte sie nicht weitertrinken. Er zuckte desinteressiert mit den Schultern und verließ den Raum.

„Hey, was soll das? Ich will mit meiner Schwester sprechen. H-e-y!"

Das Schloss rastete hörbar ein und sperrte damit jeden Funken Licht aus. Frustriert brüllte sie auf.

„Du verdammtes Arschloch!", schrie sie Richtung Tür. „Du verfluchter Hurensohn! Schweinepriester!"

Sophie hatte keine Ahnung, ob ihr Peiniger sie hörte, es war ihr jedoch egal. Erneut kreischte sie enttäuscht auf und stemmte die Füße in den Boden, sodass der Stuhl bedrohlich kippelte. Ihr Herz pochte wie wild, und je länger sie sich vorstellte, wie Tom irgendwo in einer Ecke lag und vor Durst fast umkam, desto mehr regte sie sich auf. Sie zwang sich, tief durchzuatmen, doch es half nicht. Etwas anderes musste her, um sich wieder zu beruhigen, und sie begann die Elemente im Periodensystem nach ihrer Ordnungszahl aufzuzählen. Als ihr Herzklopfen nachließ, fiel ihr auf, dass er sie gar nicht auf die Toilette gelassen hatte. Sobald sie diesen Gedanken im Kopf hatte, fing ihre Blase an zu drücken.

16

Den nächsten Tag vermied Becka es, an ihre Schwester zu denken, sie versuchte, sich mit Arbeit abzulenken. Und davon gab es genug. Bei so vielen Menschen musste immer etwas organisiert, Streit geschlichtet oder ein Machtwort gesprochen werden. Sie ging Berichte durch und die Einteilung der Wachen. Trotzdem kehrten ihre Gedanken ständig zurück zu Sophie.

Die ganze Zeit über hatte Mike sie mit Informationen versorgt, obwohl sie nicht danach gefragt hatte. Und sie musste sich eingestehen, sie war neugierig auf den Mann ihrer Schwester. Er hielt zu ihr, obwohl sie sich gerade scheiden ließen. Das beeindruckte Becka. Entweder war er ein zutiefst loyaler Mensch, liebte ihre Schwester abgöttisch – oder er war einfach nur dumm. Sie entschied sich, ihm ein Besuch abzustatten. Immerhin saß er ebenfalls schon seit zwei Tagen da unten und war vielleicht gesprächsbereiter als seine Frau.

Der Keller, in dem sie Gefangene unterbrachten, hatte zwei Ebenen. Im ersten Teil befanden sich Lagerräume, die sie nutzten, um Waffen und Lebensmittel zu verstauen. Zurzeit waren nur die Waffenschränke gefüllt.

Am Eingang zur Treppe standen zwei Wachen, die sie nickend grüßte, ehe sie hinablief. Ihre Absätze verursachten ein leises Klacken auf den metallenen Stufen. Sie ging durch einen Flur, der die Lagerräume miteinander verband. Am Ende des Gangs öffnete sie eine schmale Tür und betrat einen dunklen Raum. Direkt vor ihr baumelte ein Band, an dem sie zog. Eine nackte Glühbirne warf kaltes Licht auf die weißen Wände. Der Raum war leer, bis auf einen alten Einbauschrank, der in die Wand eingelassen war. Sie schob die Schiebetür zur Seite. Vor ihr erstreckte sich eine dünne Rückwand, die bei ihrer Berührung nachgab und aufschwang. Steinstufen führten nach unten und brachten sie in die zweite Kellerebene.

Hier verbreiteten LED-Lichter in regelmäßigen Abständen kaltweißes Licht, dicht an der Decke verlaufende Drähte und Kabel bildeten ein bizarres Muster. Sie hatten den Bereich entdeckt, als sie einen Notfallfluchtweg gesucht hatten. Wofür die Zimmer früher genutzt worden waren, hatten sie nicht herausgefunden, und sie wollte es auch gar nicht so genau wissen. Jetzt wurden die meisten Räume, die nur aus kahlem Backstein bestanden, von Sicherheitsschlössern gesichert. Nur wenige aus ihren Reihen wussten davon, und noch weniger hatten Zugang. Hier lagerten die Waffen, von denen sie sich nicht einmal vorstellen konnte, sie zu verwenden. Es waren Waffen, die sie bei Beutezügen oder Überfällen auf Forschungsbereiche ergattert hatten. Aus seiner Zeit bei der Legion wusste Leo, womit sie es zu tun hatten, und er sorgte dafür, dass sie niemandem in die Hände fielen. Es war besser, sie lagerten hier, als dass ihre Gegner sie gegen sie einsetzen konnten.

Und wenn es hart auf hart kommt ... Becka brachte den Gedanken nicht zu Ende. Sie müssten in ernsten Schwierigkeiten stecken, bevor sie auch nur darüber nachdenken würde, die Waffen zu benutzen.

„Das hat aber nicht lange gedauert“, begrüßte Leos tiefe Stimme sie.

Der gelbe Sessel, auf dem er saß, wirkte in diesem kalten dunklen Gang deplatziert. Er blickte von der Waffe auf, die er gerade reinigte. Auf einem kleinen Tisch neben ihm standen eine Flasche mit Wasser und einige Metallbecher. „Ich habe nicht so früh mit dir gerechnet.“

„Und? Gibt es etwas Neues?“, erkundigte sie sich und ignorierte seine Bemerkung.

Als Antwort zuckte er nur mit den Schultern. „Willst du sie sehen?“

„Eigentlich möchte ich ihn sprechen.“

Mit hochgezogenen Brauen deutete er auf eine Tür schräg hinter sich. „Bitte, tu dir keinen Zwang an.“

Als sie an ihm vorbeiging, widmete er sich wieder der Waffe auf seinem Schoß, jedoch war ihr klar, dass er jedes Wort mit gespitzten Ohren verfolgen würde.

Sie gab den fünfstelligen Code ein, wartete auf das Summen des Schlosses und öffnete die Tür. Vor ihr lag ein zwei mal zwei Meter großer dunkler Raum. Nur das Licht in ihrem Rücken spendete einen schwachen Schein. Gefesselt auf einem Stuhl saß Tom in der Mitte. Seine Arme waren nach hinten gebogen und an der Lehne festgebunden. Bis auf eine in die Wand eingelassene Kloschüssel aus Metall war der Raum leer.

Sein Kopf ruckte in ihre Richtung, als sie eintrat. Der Boden bestand nur aus festgetretener Erde. An der Kleidung und den nackten Armen des Gefangenen haftete jede Menge dieser Erde. Offenbar saß er nicht immer so brav auf seinem Stuhl wie jetzt. Es stank nach Körperausdünstungen. Naserümpfend überlegte sie kurz, ob sich ihre Schwester in einem ähnlichen Zustand befand.

Er blinzelte ihr entgegen. Sie betrachtete ihn genauer. Die schulterlangen Haare hingen ihm strähnig ins Gesicht, dunkle Ringe lagen unter seinen Augen. Becka konnte sich denken, dass er nicht viel geschlafen hatte.

Seit sie das erste Mal ein Bild von Tom gesehen hatte, wunderte sie sich über den Typ Mann, den ihre Schwester offenbar bevorzugte. Vor ihrem inneren Auge hatte sie früher immer einen Klischeewissenschaftler gesehen. Unsportlich, weich, nerdig, aber auf keinen Fall diesen blonden Sonnyboy. Sie musste zugeben, dass er sogar verdreckt gut aussah. Der Männergeschmack ihrer Schwester war gar nicht so schlecht.

Mit zusammengepressten Lippen schaute er sie an und wippte mit dem rechten Bein.

„Was habt ihr mit dem Stick gemacht?“, fragte sie ihn ohne Umschweife.

„Wo ist Sophie?“, antwortete er mit einer Gegenfrage.

„Oh, sie ist gleich nebenan, und da bleibt sie auch, bis ihr mir verratet, wo sich der Stick befindet. Es ist ganz einfach: Gebt mir, was ich will, und ihr könnt gehen.“

„Ja, alles klar, ihr lasst uns frei, und wir spazieren hier raus.“

„Weißt du, wer ich bin?“, fragte sie, er starrte sie jedoch nur weiter an. „Mein Name ist Becka.“

Es dauerte nicht lange und er begriff.

Ungläubig weiteten sich seine Augen. „Becka? Sophies Schwester?“ Offenbar hatte sie von ihr erzählt. Wieder etwas, womit sie nicht gerechnet hatte. „Warum tust du das dann?“

„Ich will den Stick.“

Er ließ den Kopf hängen, seine Schultern begannen zu zucken. Verwundert beobachtete sie ihn, bis sie verstand, dass er lachte.

„Echt jetzt? Weil ihr Schwestern euch gezankt habt, steckst du uns in dieses Loch?" Schlagartig sah er auf und funkelte sie an. „Was stimmt denn bei dir nicht, hä? Sie ist deine Schwester, verflucht!", spie er ihr entgegen. „Klärt das, verdammt noch mal! Wir sind nicht eure Feinde! Warum sonst haben wir wohl diese Nummer angerufen? Und wenn du denkst, ich gebe dir einfach so den Stick, ohne dass ich weiß, dass es ihr gut geht, dann bist du noch durchgeknallter, als ich dachte. Von mir erfährst du jedenfalls nichts." Er senkte den Kopf und starrte auf den Boden.

Einen Moment lang war sie verdattert. Was fiel ihm ein, so mit ihr zu reden? Wütend verließ sie den Raum und warf die Tür hinter sich ins Schloss. Im Gang wartete Leo bereits auf sie. Grinsend lehnte er an der Wand.

„Was?", fauchte sie.

„Ach, nichts."

„Schlau von dir", knurrte sie und stapfte Richtung Treppe, ohne ihn eines weiteren Blickes zu würdigen.

„Ich finde, er hat es sich gerade verdient, auf die Toilette zu gehen", rief er ihr lachend hinterher, und sie hörte das Summen des Sicherheitsschlosses.

Das tiefe Bedürfnis, etwas zu zerschlagen, brodelte in ihr, aber hier unten gab es nicht viel. Und als sie oben im Durchgangszimmer ankam, konnte sie nichts entdecken, das sich zum Werfen eignete.

Nach einigen Minuten verrauchte die erste Wut, und als sie wieder in ihrem Zimmer war, empfand sie eine seltsame Ruhe. Toms Worte geisterten ständig in ihrem Kopf herum.

„Sie ist deine Schwester …“

Es blieb ihr nicht viel Zeit, um intensiver darüber nachzudenken. Die nächsten Streifzüge mussten organisiert werden, damit sie im Gedächtnis der Menschen blieben, besonders in denen der mächtigen. Das hieß, sie brauchten ein neues Ziel, eines, das *FoodTec* wehtat, ohne ihre eigenen Leute allzu großer Gefahr auszusetzen. Aber sie konnte sich nicht konzentrieren, egal was sie tat, sie war nicht bei der Sache. Immer wieder dachte sie an ihre Schwester und ihr entsetztes Gesicht, als Becka ihr die Schuld an Mikes Tod gegeben hatte. Konnte ihre Sophie so gut schauspielern, oder glaubte sie tatsächlich, dass sie nichts damit zu tun hatte?

Am Abend klopfte es an ihrer Tür. Widerwillig öffnete Becka, denn sie konnte sich denken, wer das war.

Mit zwei Tellern Suppe in den Händen stand Leo vor ihr. „Hanna hat mir verraten, dass du heute noch nicht zum Essen da gewesen bist.“

„Sie soll lieber zusehen, dass die Kinder was zu essen bekommen“, knurrte sie, drehte sich um und ließ ihn im Türrahmen stehen.

Es gab zwar nicht viele Kinder im Lager, doch mittlerweile waren es immerhin etwa ein Dutzend, die hier mit ihren Eltern lebten. Es lag ihr am Herzen, dass es ihnen nicht so erging wie ihr damals. Sie konnte sich gut an die Zeit nach dem Tod ihrer Eltern erinnern. Der hohle Schmerz in ihrem Magen war ein ständiger Begleiter gewesen. In ihrer schicken Schule erhielt ihre Schwester alles von ihren Gönnern, wonach ihr der

Sinn stand, und kam fast gar nicht mehr zu Besuch. Sie selbst musste in der runtergekommenen Bude ihrer Großtante leben und zusehen, wie sie klarkam. Schnell lernte sie, wie ungerecht das System in dieser Stadt war. Wer Geld besaß oder von jemandem wie *FoodTec* unterstützt wurde, dem ging es gut. Alle anderen mussten um alles kämpfen, was sie zum Leben benötigten. Bereits nach kurzer Zeit hatte sie angefangen, sich ihr Essen selbst zu besorgen, und das nicht auf legalem Weg. So lange es ging, sollten die Kinder in Shelter 1 nicht darüber nachdenken müssen, wie sie satt wurden.

Leo folgte ihr und stellte einen der Teller auf ihrem Schreibtisch ab. „Du solltest essen. Es liegt in deiner Verantwortung als Anführerin, einsatzfähig zu bleiben."

Er zog zwei Löffel aus der Gesäßtasche und drückte ihr einen davon in die Hand. Mit seinem Teller machte er es sich auf ihrem Bett gemütlich und fing an, die Suppe zu löffeln. Pro forma wollte sie widersprechen, ihr Magenknurren verriet sie jedoch. Seufzend setzte sie sich und begann ebenfalls zu essen.

„Wie macht sie sich da unten?", fragte sie zwischen zwei Löffeln Suppe.

„Erstaunlich gut. Es macht ihr zwar ganz schön zu schaffen, doch nach dem, was du über sie erzählt hast, habe ich gedacht, sie liegt schon am ersten Abend wimmernd am Boden", entgegnete er, ohne von seinem Teller aufzuschauen.

Eine Zeit lang aßen sie schweigend, bis sie es nicht mehr aushielt. Sie wollte genauer wissen, wie es ihrer Schwester ging.

„Und wie sehr macht es ihr zu schaffen? Hat sie was erzählt?“

„Erst hat sie nichts weiter gesagt, sie hat mich nur böse angestarrt. Heute hat sie angefangen zu jammern, sie habe Durst, ihr sei kalt, sie habe Hunger. Falls es dir hilft.“

„Ja, das tut es.“ Sie war erleichtert, dass es Sophie den Umständen entsprechend gut ging, dennoch plagte sie ihr Gewissen. „Mehr hat sie nicht gesagt?“

„O doch, aber selbst ich würde rot werden, wenn ich wiedergeben müsste, womit sie mich alles bezeichnet hat. Anscheinend habt ihr mehr Gene gemeinsam als gedacht.“

Bei seinen Worten musste sie lächeln und sich einge-stehen, dass sie das gerne gehört hätte. Als sie den Kopf hob, blickte sie direkt in seine Augen.

„Und sie hat nach dir gefragt, Becka. Sie will mit dir reden.“

Erstaunt ließ sie den Löffel sinken. „Will sie uns sagen, wo der Stick ist?“

Zur Antwort zuckte er nur mit den Schultern und schlürfte weiter seine Suppe. Vielleicht sollte sie runtergehen und Sophie die Möglichkeit geben sich zu erklären. Was nicht hieß, dass Becka sie rauslassen würde, sie wollte nur hören, was ihre Schwester zu sagen hatte.

Kurz darauf verabschiedete er sich und blieb im Türrahmen stehen. „Und? Was wirst du tun?“

„Ich spreche mit ihr. Morgen. Die Nacht kann sie da unten noch schmoren.“

Kopfschüttelnd schloss er die Tür hinter sich.

17

Becka hatte vermutet, dass sie etwas wie Genugtuung verspüren würde, das tat sie jedoch nicht. Als sie das kleine Display betrachtete, das Leo neben der Tür installiert hatte, bekam sie Gewissensbisse. Eine Infrarotkamera registrierte jede Bewegung in dem Raum. Die Arme nach hinten an den Stuhl gebunden, saß Sophie in der Mitte. Sie hatte ein Bein hochgenommen und auf der Sitzfläche abgestellt. Auf diesem abstrakten Bild sah sie fremd für Becka aus. Nein, fremd war nicht das richtige Wort. Es sah falsch aus. Absolut falsch.

„Verdammt!", fluchte sie leise und wandte sich von der Tür ab. Sie wollte ihre Schwester hassen, aber sie konnte es nicht.

„Vielleicht solltest du mit ihr reden." Leo saß in seinem gelben Sessel und blieb in sein Buch vertieft.

Ja, vielleicht sollte sie das. Sie gab den Zahlencode ein, und das Schloss entriegelte sich summend. Sophies Kopf ruckte herum, und sie nahm hastig den Fuß vom Sitz. Obwohl es hier unten kalt war, klebten die dunklen Haare wirr an Sophies Schädel. Bei dem plötzlichen Licht senkte sie den Blick und blinzelte. Becka wartete, bis ihre Schwester sie wieder anschaute.

„Hallo, Schwesterherz."

„Becka", knurrte sie. „Bist du verrückt geworden? Warum tust du das?"

„Falls es dir nicht bewusst ist, du bist bei den Rebellen. Und du als Angestellte von *FoodTec* stehst im Grunde für das Böse, das die Welt beherrschen will. Glaubst du wirklich, dass ich dich frei herumlaufen lassen kann? Du könntest uns alle umbringen, indem du unseren Standort an deinen Boss verrätst."

Becka rechnete damit, dass Sophie wie früher anfing, mit ihr über die politische Gesinnung von *FoodTec* zu diskutieren, sie tat es jedoch nicht.

Eine Weile schwieg ihre Schwester, bis sie den Kopf abwandte. „Ich arbeite nicht mehr für *FoodTec*", sagte Sophie leise. „Oder vielleicht doch, denn offenbar endet ein Arbeitsverhältnis dort mit dem Tod, und noch haben sie mich nicht erwischt. Ich habe den Stick nur, weil Mike ihn mir zugesteckt hat. Jetzt wollen sie mich ebenfalls tot sehen, und ich weiß nicht mal, was da drauf ist." Sie blickte wieder auf. „Ich habe nichts mit dem Tod von ihm zu tun."

Wortlos drehte sich Becka um und wollte zur Tür gehen. Diese Ausflüchte konnte sie nicht mehr hören.

„Warte! Ich wusste es nicht, also, dass er für euch gearbeitet hat, und ich kann nicht sagen, dass ich ihn dann nicht vielleicht gemeldet hätte. Dennoch habe ich ihn nicht bewusst in Gefahr gebracht! Das musst du mir glauben!"

„Fakt ist, du hast sie offenbar aus irgendeinem Grund auf seine Spur gesetzt, und das hat ihn das Leben gekostet."

„Ja, stimmt, trotzdem habe nicht ich Mike getötet." Sophies Stimme nahm einen harten Klang an. „Es war *FoodTec*. Ich war dabei, ich habe es gesehen, und wenn es mir möglich gewesen wäre, hätte ich ihm geholfen.

Aber das war es nicht. Und jetzt ist *FoodTec* auch hinter mir her. Also, was hätte es mir genutzt, ihn zu verraten?"

„Vielleicht ist das alles nur von dir und *FoodTec* inszeniert?"

„So ein Bullshit! Du kennst mich. Du weißt, wie schlecht ich lügen kann, ich würde es gar nicht lange genug schaffen, eine falsche Geschichte aufrechtzuerhalten."

Da hatte sie nicht unrecht. Becka konnte sich noch gut erinnern, dass nichts, was sie und ihre Schwester angestellt hatten, lange geheim geblieben war. Es wirkte immer, als würde ihr solch ein Geheimnis körperliche Schmerzen bereiten.

Becka atmete tief ein und stieß die Luft hörbar wieder aus. Wenn sie ehrlich war, musste sie ihrer Schwester zustimmen. Eine Mörderin war sie nicht, und sie glaubte ihr, dass sie nichts damit zu tun hatte. Doch sie blieb der Auslöser, und es fiel ihr schwer, sich von dem Gedanken zu trennen. Wenn sie Sophie nicht die Schuld geben konnte, wollte sie wenigstens wissen, weshalb Mike aufgeflogen war.

„Warum warst du an seinem Rechner?"

„Ich war ständig an seinem Computer, immerhin ist es ja der Laborrechner. Ich habe eine Vermutung, wie ich den Alarm ausgelöst habe, bin mir jedoch nicht sicher."

„Spuck es aus."

„Dann sag mir erst, was auf dem Stick ist."

„Dir ist schon klar, dass du nicht in der Position bist, um Bedingungen zu stellen."

„Ich verhandle."

Unwillkürlich musste Becka lachen. „Wenn du meinst. Vielleicht verrate ich es dir, sobald ich den Stick habe, vorher wirst du nichts von mir darüber erfahren."

„Ich werde niemandem sagen, wo genau der Datenträger ist, ich will ihn selbst holen."

„Ich hoffe, dir ist klar, dass du auf diesem Weg niemals herausfinden wirst, was darauf ist. Für den unwahrscheinlichen Fall, dass du entkommen solltest, bleibt da noch die Verschlüsselung der Dateien. Es ist eine der besten der Welt, es wird schwer werden, jemanden zu finden, der sie knacken kann."

„Sind es Informationen über *FoodTec*, die sie angreifbar machen? Ich habe eine DNA-Sequenz von meinen Bienen gesehen, hat es etwas damit zu tun? Wenn ja, was hat das zu bedeuten? Und wie wollt ihr das gegen *FoodTec* einsetzen?"

„Ich gebe dir zwei Infos zu den Dateien, erhalte von dir ebenfalls zwei, unabhängig vom Stick. Um uns entgegenzukommen."

„Du willst testen, ob du mir vertrauen kannst", stellte Sophie fest. „Und wie soll ich wissen, ob du die Wahrheit sagst?"

„Kannst du nicht. Du wirst mir einmal in deinem Leben blind vertrauen müssen." Im schummrigen Licht sah Becka, wie Sophie auf ihrer Unterlippe kaute. Sie konnte sich gut vorstellen, dass sie jetzt gerade eine Risikobewertung berechnete.

„Okay, was willst du von mir wissen?"

„Sag mir zuerst, was du an Mikes Rechner gemacht hast."

Ihre Schwester seufzte. „Ich habe eine Unstimmigkeit bei den Kontrollen meiner Bienen entdeckt. Es ist eine Mutation aufgetreten, die dort nicht hingehörte, gar nicht hätte existieren dürfen. Ich habe versucht herauszufinden, ob *FoodTec* etwas damit zu tun hat. Offenbar habe ich dabei den Alarm ausgelöst.“

Becka wusste bereits, um welche Sequenz es sich handelte. Noch am selben Abend hatte Mike sie darüber informiert und voller Hoffnung verkündet, jetzt den Plan zu kennen und wie man *FoodTec* aufhalten könnte. Leider wusste niemand, ob er es tatsächlich geschafft hatte. Das würde sie erst erfahren, wenn sie den Stick in Händen hielt. Doch das musste warten. Wenigstens wusste sie nun, dass ihre Schwester sie nicht belog.

„Als Zweites will ich wissen, wo *FoodTec* Lebensmittel lagert.“

„Wieso? Es gibt offizielle Ausgabestellen.“

Sie fing an zu kichern. „Du bist süß. Wir haben nicht vor, unsere Essensmarken einzulösen. Wir wollen uns das Essen nehmen, schon vergessen, wir sind die Bösen.“ Mit einem Schlag wurde sie wieder ernst und lehnte sich mit verschränkten Armen an die Wand. „Wir brauchen Nahrungsmittel, und zwar viele. Von den Marken kann man mittlerweile kaum mehr überleben. Ich trage die Verantwortung meinen Leuten gegenüber, und ich werde alles dafür tun, damit sie nicht hungern müssen.“

Sophie zog die Nase hoch.

„Die Standorte innerhalb der Stadt, von denen wir wissen, sind zu stark gesichert. Nur im äußersten Notfall werde ich sie angreifen. Ich benötige also dringend eine Alternative." Auffordernd schaute sie auf ihre Schwester hinab.

Sophies Stirn war gerunzelt, sie behandelte Becka, als wäre sie Luft. Becka war sich nicht sicher, ob sie ihr antworten würde, und langsam wurde sie ungeduldig. Gerade wollte sie den Mund öffnen, als ihre Schwester den Blick wieder auf sie richtete.

„Du meinst außerhalb?"

„Wenn du etwas kennst. Vor Monaten haben wir die Lagerhallen in kurzer Entfernung geplündert, dann wurde es ihnen wohl zu bunt. Viele Hallen in der Nähe sind mit leeren Containern gefüllt, und wir mussten feststellen, dass *FoodTec* sie mit Sprengfallen ausgestattet hat. Beim letzten Versuch haben wir zwei Leute verloren, als wir herausfinden wollten, ob Lebensmittel darin gelagert werden. Wir brauchen also dringend Informationen über einen Standort, bei dem ich niemandem solch einer großen Gefahr aussetze."

„Okay, ich verstehe. Ich denke, ich wüsste da ein oder zwei Orte", erwiderte Sophie und nannte ihr eine Adresse. „Ich habe die Lagerhalle vor einem Monat selbst begutachtet, damit meine Äpfel gut untergebracht sind. Letzte Woche ist geerntet worden, also sollte die Halle gefüllt sein. Ich weiß, dass im hinteren Teil des Lagers immer wieder Getreide zwischengelagert wird."

„Und wie ist das Gebäude gesichert?"

„Mit einem Starkstromzaun, der mit einem Zahlencode abgeschaltet wird."

„Wie lautet der Code?"

„Zuletzt war es dreizehn-dreizehn. Ich weiß aber nichts von Fallen, und es ist schon etwas her, seit ich da war."

Ohne ein weiteres Wort löste sich Becka von der Wand und eilte mit ausholenden Schritten zur Tür.

„Warte!", rief ihre Schwester. „Du hast mir zwei Infos versprochen! Was sind das für Dateien?"

Mit gerunzelter Stirn hielt Becka inne. Es stimmte, das war der Deal gewesen. Allerdings wurmte es sie, nicht gleich handeln zu können. Doch sie hielt ihr Wort, immer.

„In den verschlüsselten Dateien ist deine ganze Arbeit enthalten und hoffentlich die Lösung, um sie rückgängig zu machen."

Ohne auf eine Reaktion von Sophie zu warten, verließ Becka den Raum. Sollte sie ruhig über diese Informationen nachdenken. Leo, der die ganze Zeit über an der Tür gewartet hatte, folgte ihr nach oben.

„Lass die Leute von Team eins und vier zusammenrufen, die müssten alle hier sein. Komm dann in den Besprechungsraum, damit wir das weitere Vorgehen besprechen können. Ich will wissen, wer vom inneren Kreis da ist", wies Becka ihn an, ohne innezuhalten, sie wollte nicht noch mehr Zeit verlieren. „Jeder, der vor Ort ist, soll sich dort einfinden."

Obwohl er ihre Befehle sofort ausführte, dauerte es über eine Stunde, bis sie zusammengefunden hatten, und eine weitere, bis sie sich auf eine Vorgehensweise einigen konnten. Waffen wurden ausgegeben und die Wagen startklar gemacht. Alles lief ruhig und gesittet ab. Leo hatte seine Leute bestens unter Kontrolle. Es war bereits nach Mittag, als sich die beiden Teams mit ihren Instruktionen auf den Weg machten. Hoffentlich kommen alle heil zurück, dachte Becka, als sie die zwei

Jeeps dabei beobachtete, wie sie durch eines der Rolltore des Lagerhauses davonfuhren. Jedem war bewusst, dass diese Aktion scheitern konnte. Darum fuhren nur die beiden Teams los, um die Lage zu checken und Bericht zu erstatten. Sollte sich herausstellen, dass sich Sophie nicht irrte, würden Lastwagen folgen, um die Lebensmittel abzutransportieren. Sehnlichst hoffte sie, dass sie erfolgreich sein würden. Um ihrer Schwester willen – und weil sie einen Erfolg bitter nötig hatten.

Es würde etwas mehr als anderthalb Stunden dauern, bis die Teams ihr Ziel erreichten. Also hieß es warten.

Alle Vorsteher von Shelter 1 bis auf Sun saßen mit Becka, Hanna und Leo im Besprechungsraum und starrten auf das Empfangsteil ihres Kommunikationsgeräts. Es handelte sich um ein altmodisches kastenförmiges Teil. Zurzeit arbeiteten ihre Technikleute an einem Gerät, das nicht geortet werden konnte. Bis zu seiner Fertigstellung mussten sie auf dieses alte Funkgerät zurückgreifen. Die Sicherheit durfte auf keinem Fall von ihrem Standort erfahren.

Als nach endlosen Minuten ein Knistern aus den Lautsprechern ertönte, hielt Becka gespannt die Luft an.

„Ziel ist sauber. – Zugang gesichert. – Keine Verletzten. – Schickt die Wagen. – Ende", kam es abgehackt aus dem Verstärker.

„Verstanden, sind auf dem Weg. Ende", antwortete Leo und schaltete das Gerät aus. Fragend schaute er zu ihr.

Da Becka ihn gut kannte, wusste sie, dass er gerne bereits bei der Vorhut dabei gewesen wäre. Aber er war zu wichtig, als dass er eventuell bei einer Erkundung verletzt oder gefangen genommen wurde. Doch jetzt war das Risiko gering, und sie nickte ihm zu. Er schob seinen Stuhl zurück und verließ eilig den Raum.

Bevor sich die anderen Anwesenden zurückziehen konnten, ergriff Becka das Wort. „Ich möchte mit euch besprechen, wie es mit meiner Schwester weitergehen soll.“

„Was meinst du damit?“, hakte Finn nach.

„Sie hat uns bereitwillig die Informationen gegeben, die wir benötigen. Und sie ließ durchblicken, dass sie eventuell noch mehr Standorte kennt. Jetzt ist die Frage, wie weit wir ihr entgegenkommen sollen.“

„Entgegenkommen?“, rief Finn. „Verdammt, ist sie nicht diejenige gewesen, die die Bienen entwickelt hat, mit denen *FoodTec* den Nahrungsmittelmarkt noch mehr einschränken will? Und den Stick haben wir nach wie vor nicht.“

„Ich bin ganz deiner Meinung. Ihre Forschung ist der Grund, warum *FoodTec* bald noch mächtiger sein wird“, erwiderte sie und hob die Hand, um Finn daran zu hindern, sie zu unterbrechen. „Ich bin aber auch der Meinung, dass ihr nicht bewusst war, was sie da angerichtet hat. Außerdem ist sie bereit, uns den Stick zu geben, wenn sie ihn selbst holen kann.“

„Das ist ein schlechter Witz. Glaubt sie, wir lassen sie einfach hier rausspazieren? Was ist, wenn sie uns verrät?“

„Leo wird mit ihr gehen, Finn, einerseits um sicherzustellen, dass sie nicht abhaut, andererseits steht Sophie selbst in der Schusslinie.“

„Becka hat recht“, mischte sich Bjarne ein. „Meinen Informanten zufolge steht ihr Name auf der Todesliste.“

Davon hörte Becka zum ersten Mal. Das war keine gute Nachricht, und ihr lief ein Schauer über den Rücken. Auf der Liste standen Personen, die von der Sicherheit gesucht wurden. Nur tauchten die Menschen nie wieder auf, wenn sie einmal gefunden worden waren.

„Noch ein Grund mehr, ihr eine Chance zu geben“, meldete sich Hanna zu Wort.

„Jetzt wartet mal“, ereiferte sich Finn. „Versteh das nicht falsch, Becka, ich vertraue dir als Anführerin. Für deine Schwester gilt das allerdings nicht.“

„Ich danke dir für dein Vertrauen. Und sei gewiss, es braucht noch einiges, bis Sophie meines bekommt. Deswegen gehen Leo und ein Team mit. Aber lasst mich ehrlich sein, ich denke, sie könnte hilfreich für uns sein. Wir dürfen nicht vergessen, dass Mike hier der Wissenschaftler war. Niemand von uns hat die Kompetenzen, unsere Pläne umzusetzen, und es könnte lange dauern, aus den anderen Rebellenlagern jemanden zu finden.“

„Was schlägst du also vor?“, fragte Bjarne.

„Wir lassen Sophie zu unseren Bedingungen den Stick holen. Sobald wir ihn haben, sollten sie und ihr Mann die Chance erhalten, sich in unseren Reihen zu rehabilitieren. Unter Beobachtung natürlich. Alles andere müssen wir entscheiden, wenn wir den Stick gesichtet haben und wissen, wie weit Mike gekommen ist.“

„Damit kann ich leben“, entgegnete Bjarne.

„Ich auch", stimmte Hanna zu und gähnte ausgiebig. „Entschuldigt, das war ein langer Tag."

„Finn?", fragte sie den jungen Mann. Sie hoffte inständig, er würde sich jetzt nicht querstellen.

„Wenn ihr alle damit ein gutes Gefühl habt, schließe ich mich an. Aber nur, wenn die beiden unter Aufsicht bleiben."

„Ich denke, das ist für alle akzeptabel. Eike, was ist mit dir?"

Mit einem Nicken gab er seine Zustimmung.

„Hat jemand etwas von Sun gehört?", wollte Becka wissen.

Alle verneinten. Niemand wusste, wo sie steckte.

„Gut, dann sind wir uns einig. Ich wünsche euch eine geruhsame Nacht."

18

Es waren viele sorgenvolle Stunden vergangen, bis ihre Schwester zurückkehrte. Sophie hatte sich gefragt, was wohl mit ihr passieren würde, wenn die Lagerhalle leer war, versuchte jedoch, sich die Konsequenzen nicht auszumalen. Außerdem hatte sie lange über Beckas letzten Satz gegrübelt. Die Rebellen hatten also vor, ihre Arbeit zu zerstören, nur was genau? Sie würden doch nicht die für die Zukunft der Menschen so wichtigen Bienen vernichten? Und was hatte Mike entwickelt, um was auch immer umzusetzen? Egal wie sehr sie darüber nachdachte, sie kam zu keinem Ergebnis. Ständig nickte sie ein und schreckte kurz darauf hoch. Nicht nur aus Angst, mit dem Stuhl umzukippen, sondern auch weil immer wieder verstörende Bilder von Mike mit seinen toten Augen und ihrer Schwester, die sich an DNA-Strängen entlanghangelte, durch ihre Träume zogen.

Endlich hörte sie Stimmen, und das vertraute Summen erklang. Mit undurchdringlichem Gesicht stand Becka in der Tür. Kurz verharrte sie, bevor sie eintrat. Mit großen Schritten umrundete sie Sophie und durchtrennte ihre Fesseln. Aufgrund des plötzlichen Blutflusses fingen ihre tauben Hände an zu pochen.

Verwirrt blickte sie zu Becka auf. „Was ist passiert?" Mit klammen Fingern massierte sie ihre Handgelenke.

„Ich will mich nicht beschweren, aber wieso machst du mich los?"

„Weil deine Angaben richtig gewesen sind. Jetzt gerade füllen meine Leute das Vorratslager und freuen sich auf eine Mahlzeit, die zur Abwechslung nicht aus einer Zwiebel hergestellt wurde. Es waren nicht nur Äpfel dort, sondern tatsächlich auch Getreide und eine kleine Ausbeute an frischem Gemüse."

Sie ging aus dem Raum, kam wenig später mit einem Metallbecher in der Hand zurück und reichte ihn ihr. Beinahe entfuhr Sophie ein Seufzer, als sie das klare Wasser darin gierig austrank.

„Dein Hinweis hat sich als richtig herausgestellt. Gratuliere, damit hast du dich und deinen Mann vorerst gerettet", informierte ihre Schwester sie.

„Ernsthaft? Warte, was meinst du mit ‚vorerst'?"

„Wir lassen dich den Datenträger holen, du wirst allerdings nicht allein gehen. Leo wird dich begleiten, ihr habt euch die letzten Tage ja bereits besser kennengelernt."

Sophie wollte Becka unterbrechen, doch sie hob die Hand und schüttelte den Kopf. „Das ist nicht verhandelbar. Entweder du akzeptierst die Bedingungen, ihr holt zusammen den Stick und du und dein Mann kommen frei, oder ihr bleibt hier unten."

Sophie brauchte nicht lange, um zuzustimmen. In diesem Loch wollte sie keine Sekunde länger bleiben. Und ihr war klar, dass sie ihrer Schwester und den Rebellen den Stick geben musste, sonst würden sie sich in einer Dauerschleife bewegen. Becka hatte ihr eine Chance gegeben, also hatte sie auch vor, sie zu nutzen.

Steif stand sie auf und trat aus dem kleinen Raum auf den Flur. Zuerst fiel ihr der gelbe Sessel auf, auf dem sich der Riese breitgemacht hatte. Tom konnte sie nirgends entdecken.

„Was ist mit meinem Mann?" Besorgt schaute sich Sophie um.

„Keine bange, es geht ihm gut. Du siehst ihn, sobald du wieder da bist."

„Warum kommt er nicht mit?"

„Es ist leichter, nur eine Person zu bewachen – und unauffälliger. Außerdem ist er ein guter Grund für dich, mit dem Stick zurückzukehren. Also hör auf zu trödeln. Je schneller ihr wieder da seid, umso eher kannst du ihn sehen."

„Ich soll jetzt gleich los?"

Ihre Schwester ließ den Blick über Sophie wandern. „Ich denke, du solltest duschen und was anderes anziehen. So wirst du überall auffallen, und dann war's das mit dem Stick."

Eine heiße Dusche später und mit neuer Kleidung ausgestattet, verließ Sophie mit ihrem Begleiter – oder sollte sie Bewacher sagen? – zu Fuß die Zentrale der Rebellen. Der Mond stand am Himmel, und die warme Nachtluft hüllte sie ein. Sie hatte noch nie so gefroren wie in den letzten drei Tagen und spürte, wie sich ihre Glieder langsam entspannten.

Nach einem Blick auf ihre Umgebung war sie froh, nicht allein unterwegs zu sein. Ausgebrannte Autowracks und Müllhaufen prägten das Bild, nur ein schmaler Streifen auf der Straße war befahrbar. Erstaunlich viele Leute hielten sich hier auf. Verdreckte

Leute saßen neben Einkaufswagen, vollgestopft mit löchrigen Plastiktüten, die seit Jahren nicht mehr produziert wurden, oder lungerten vor den Häusern herum. Die Wände waren fast alle mit Graffiti beschmiert und viele Fenster mit Bohlen vernagelt. Unwillkürlich fragte sie sich, wer zu den Rebellen gehörte und wer auf der Straße lebte. Sie konnte sich nicht vorstellen, dass Becka ihr Gebäude unbewacht ließ, nachdem sie schon im Inneren so viele Wachen gesehen hatte.

Es fiel Sophie schwer, mit Leo Schritt zu halten, sie musste sich beeilen. Hin und wieder fasste der Hüne sie am Ellenbogen und schob sie in die ein oder andere Richtung.

Nach wenigen Straßen spürte sie bereits ihren geschundenen Körper, alles tat ihr weh, und sie hoffte, dass sie nicht mehr lange würde laufen müssen. Die Frage lag ihr auf der Zunge, doch nach einem raschen Seitenblick auf ihren unheimlichen Begleiter schluckte sie sie herunter. Unterwegs redeten sie nicht miteinander, und auch sonst sprach sie keiner an. Gelegentlich nahm sie ein Nicken wahr von jemandem, der an einer Ecke stand. Sophie vermutete, dass sie so etwas wie Kontrollpunkte passierten. Plötzlich fragte sie sich, an wie vielen solchen Punkten sie mit Tom vorbeigekommen war, ohne es zu ahnen. Im Nachhinein musste sie feststellen, dass sie ziemlich naiv an die Sache herangegangen waren.

Nach zwei weiteren Kreuzungen trafen sie auf die Grenze zwischen Arm und Reich. Leo machte sich an einer unscheinbaren Tür in der Farbe der Mauer zu schaffen. Leise schwang sie auf, und er ließ Sophie zuerst hindurchtreten. Schlagartig veränderte sich ihre Umgebung. Nicht nur dass plötzlich die Bretter an den Fenster fehlten, es hingen Gardinen davor. Von hier aus liefen sie noch einige Blocks weiter, bis sie an einem Kleinwagen Halt machten. Eigentlich hatte sie gedacht, dass ihr Begleiter die Tür aufbräche, stattdessen zog er eine Chipkarte aus der Hosentasche und entriegelte die Tür. Er ließ sie hinten einsteigen und setzte die Kindersicherung in Kraft, bevor er die Tür schloss.

„Ernsthaft?“, rief sie entrüstet.

Er ignorierte sie.

Sophie wunderte sich, wie er mit seiner Körpergröße in diesen Wagen passen wollte, aber er glitt mit einer überraschenden Geschmeidigkeit hinters Steuer. Ein Grinsen konnte sie sich dennoch nicht verkneifen, es sah schon seltsam aus, wenn ein mächtiger Typ wie er in solch einem kleinen Fahrzeug steckte.

Sophie ließ die Fensterscheibe herunter und streckte die Nase in den Wind. Vor ihr knurrte der Riese etwas von Klimaanlage und Energieverschwendung, sie hörte jedoch nicht hin. Nach dem Gestank der letzten Tage hatte sie das dringende Bedürfnis nach frischer Luft.

Einen Moment genoss sie das Gefühl ihrer sauberen Haut. Mit dem schwachen Rinnsal, das aus Beckas Dusche gekommen war, hatte es eine Weile gedauert, sich den Schmutz und den Schweiß vom Körper zu waschen. Noch etwas, das anders war als in der Oberstadt. Vieles hatte sie für selbstverständlich gehalten. *FoodTec* sorgte gut für seine Mitarbeiter, solange sie loyal hinter der Firma standen. Früher hatte sie sich oft mit Becka über solche Dinge gestritten, und sie hatte ihr nie geglaubt, wie unterschiedlich die beiden Welten waren und dass *FoodTec* einer der Verursacher für diese tiefe Kluft war. Den Kopf an den Fensterrahmen lehnend, spürte sie die Müdigkeit, die in ihren Knochen steckte. Die Rebellen hatten sie zwar aus dem Loch geholt und duschen lassen, doch sie gewährten ihr keinen Schlaf. Der Stick sollte so schnell wie möglich beschafft werden. In den letzten drei Tagen hatte sie kaum ein Auge zugetan. Nach wenigen Sekunden schlief sie ein.

Sophie blinzelte in das schwache Licht einer Straßenlaterne und versuchte sich zu orientieren. Eine dunkle Silhouette hob sich draußen gegen das Dämmerlicht ab. Abrupt setzte sie sich auf, weil sie für einen Herzschlag glaubte, wieder im Loch zu sein. Es dauerte, bis sie realisierte, wo sie sich befand, und seufzte auf. Neben ihr wurde die Tür geöffnet, und Leo machte ihr Platz, sodass sie aussteigen konnte. Ein kurzer Blick verriet ihr, dass sie in der Nähe der Straße parkten, an der das Hotel lag. Sie selbst war den Weg vor einigen Tagen entlanggelaufen. War das wirklich erst wenige Tage her? Es kam ihr eher vor wie Wochen. Eine Handvoll Leute waren unterwegs. Offenbar genossen sie die niedrigeren Temperaturen der Nacht.

Leo legte ihr einen Arm um die Schulter. Sie verkrampfte sich und wollte instinktiv zurückweichen, beherrschte sich jedoch. Bis jetzt hatte sie ihn nur als ihren Gefängnisaufseher betrachtet, und seine Nähe machte sie nervös. Ohne Zweifel ging sie davon aus, dass er ihre Abneigung spürte, trotzdem ließ er sie nicht aus seinem Griff.

„Schatz, lass uns eine Runde spazieren gehen“, sagte er laut, als eine Frau mit Kinderwagen an ihnen vorbeilief. Kein seltenes Bild, seitdem es tagsüber so heiß war.

Mit sanft, aber nachdrücklich schob er sie in Richtung der gläsernen Wohnbauten, in dem sich in einem davon das Hotel befand. Ihre Schultern lockerten sich etwas, als sie begriff, dass sie sich als Pärchen tarnten, um nicht aufzufallen.

„Was für eine wundervolle Idee“, entgegnete sie mit einem gezwungenen Lächeln.

Gemeinsam schlenderten sie den Wohnkomplex entlang.

Sophie wunderte sich nicht, dass Leo wusste, wohin sie mussten. Ein Mann wie er informierte sich vorher genau über die Gegebenheiten, die ihn erwarteten. Statt bei der Eingangstür Halt zu machen, liefen sie zwischen zwei Häusern hindurch und erreichten einen Innenhof. In der Mitte war ein runder Steingarten angelegt worden, rundherum standen Bänke. Kleine Solarlampen erhellten den steinernen Pfad entlang des Gartens.

Durch den Körperkontakt zu Leo spürte Sophie deutlich, wie er sich anspannte. Und mit einem Mal wurde sie ebenfalls nervös. Hatte er etwas gesehen, oder war es nur die normale Vorsicht? Ab hier musste sie die Führung übernehmen. Sie und Tom hatten den Rebellen zwar den ungefähren Standort verraten, aber nicht, wo der Datenträger exakt versteckt lag.

„Komm, lass uns einen Augenblick setzen.“ Sie zeigte auf eine der Bänke und zog Leo mit sich.

Zusammen ließen sie sich nieder. Unauffällig schaute sie sich um, konnte jedoch niemanden im Hof entdecken. Vorsichtig tastete sie nach einer der Lampen neben der Bank. Alle hatten eine runde Abdeckung, die über den Rand ragte und dafür sorgte, dass sich das Licht auf den Boden richtete. Behutsam drehte sie die obere Haube der Beleuchtung ab, lüftete sie ein Stück und verharrte.

„Mist", flüsterte sie.

Schon durch die kleine Bewegung hatte sich das Licht der Lampe verändert. Anstatt auszugehen, wie sie gehofft hatte, leuchtete es weiter und würde damit direkt in den Himmel strahlen.

„Was ist das Problem?"

„Wenn ich den Deckel abnehme, haben wir ein Spotlight, das jedem in den Gebäuden ringsum unseren Standort verraten wird."

Unerwartet beugte er sich zu ihr herüber, sodass er sie umarmte, und legte den Kopf an ihre Wange. Für einen Betrachter musste es so aussehen, als würde er sie küssen. Sie spürte, wie er nach dem Spalt in der Lampe tastete. Zaghaft hob sie die Abdeckung an, während er seine große Hand über die Öffnung schob. Er schirmte tatsächlich einen Teil des Lichts ab. Hastig griff sie an die Unterseite und zog den Stick ab, den sie dort mit Klebeband befestigt hatte. Sofort schloss sie den Deckel wieder. Einen Moment verharrte er in der Umarmung, und sie spürte seinen warmen Atem an ihrem Ohr.

„Wir sollten gehen", raunte er, und sie hatte das ungute Gefühl, dass etwas nicht stimmte.

Anstatt wie vorhin den Arm um sie zu legen, zog er sie an der Hand hinter sich her. Sie stolperte mehr, als dass sie ging. Statt denselben Weg zu nehmen, den sie gekommen waren, führte er sie auf den schmalen Pfad zwischen zwei anderen Gebäuden. Als sie auf den Gehweg an der Straße traten, empfing sie das Licht von Straßenlaternen. Leo fluchte, und sie hatte ebenfalls das Gefühl, im Scheinwerferlicht zu stehen.

Hastig lief er zurück in den Schatten und drückte sie hinter sich.

„Was ist los?", fragte sie alarmiert.

„Wir sind nicht allein", sagte er leise und ließ die Umgebung nicht aus den Augen. Plötzlich sprintete er los.

Sie musste sich anstrengen, ihn nicht zu verlieren und dabei nicht zu fallen.

Er ließ den Weg außer Acht und lief nach rechts, quer über den Rasen zur Straße. Jetzt sah auch sie ein Scheinwerferpaar. Und sie rannten direkt darauf zu.

Reifenquietschen verrieten einen Wagen, der von hinten um die Ecke bog. Ängstlich warf Sophie einen Blick über die Schulter. Ihr stockte der Atem. Ein weißer Lieferwagen raste heran. Aber das war nicht das, was sie erschreckte. Es war der Mann, der sich aus der geöffneten Seitentür herauslehnte, mit einer riesigen Waffe in der Hand. War das ein Raketenwerfer?

19

Sophies Kopf war wie leer gefegt, sie konnte nur das schnell wachsende Geschoss beobachten, das auf sie zuraste. Das war's, dachte sie und schloss die Augen.

Etwas Schweres prallte gegen sie und warf sie um. Der harte Aufschlag auf dem Boden riss sie aus ihrer Lethargie, und sie fing an zu schreien. Sie wollte sich aufrappeln, doch starke Arme hielten sie fest.

Tausend Nadelstiche brannten sich in die ungeschützte Haut ihrer Arme. Sie wartete auf den alles vernichtenden Schmerz, aber er blieb aus.

Mit einem Ruck wurde Sophie auf die Beine gerissen, dass ihre Arme schmerzten. Bunte Flecke tanzten vor ihren Augen, und nur vage erkannte sie einen brennenden Busch direkt neben sich. Offenbar hatte die Rakete sie verfehlt. Bevor sie länger darüber nachdenken konnte, wurde sie weitergezogen.

Hustend lief sie mit Leo auf einen dunklen Jeep zu, der neben ihnen auf der Straße hielt. Zwei bewaffnete Personen sprangen heraus und eröffneten das Feuer auf den weißen Lieferwagen.

Plötzlich strauchelte Leo und sackte zu Boden. Damit hatte sie nicht gerechnet. Wertvolle Sekunden lang starrte sie auf die reglose Gestalt vor ihr. Ein weiterer Feuerball schlug direkt neben dem Jeep ein. Ihre Starre löste sich, und sie brüllte auf. Sophie kniete sich hin und schrie Leo an, rüttelte an ihm, er reagierte jedoch kaum.

Sie griff unter seinen Arm und bot all ihre Kräfte auf, um ihn hochzuziehen. Langsam kam er auf die Beine, und sie zerrte ihn unerbittlich zum Jeep. Die beiden Männer mit den Waffen schrien ihr etwas entgegen, der Lärm der Schüsse dröhnte dermaßen laut in ihren Ohren, dass sie sie nicht verstehen konnte. Mit einem Brausen zischte ein neues Geschoss über sie hinweg. Er kam so nah an ihnen vorbei, dass ihre Haut an den Armen und im Gesicht von der Hitze versengt wurde. Sie schrie auf, dennoch ließ sie Leo nicht los. Mittlerweile kam er ohne ihre Hilfe voran, dennoch hielt sie seine Hand fest umklammert. Der beißende Geruch von heißem Teer stach ihr in der Nase.

Am Wagen angekommen, riss er die hintere Fahrzeugtür auf und stieß sie hinein. Perplex, wo er plötzlich die Kraft hernahm, wehrte sie sich nicht. Mit seinem ganzen Gewicht drückte er sie auf den Sitz. Instinktiv wollte sie ihn wegschieben, doch er hielt sie eisern unten. Vielleicht war es auch nur sein Eigengewicht, das sie an Ort und Stelle hielt. Über seine Arme hinweg erkannte sie verschwommen, wie der Fahrer, der sich als Frau entpuppte, hinters Steuer sprang. Sie trat das Gaspedal durch, und der Wagen raste los. Der andere hängte sich gerade rechtzeitig an die Türöffnung und schoss dabei fortwährend über das Autodach Richtung Lieferwagen. Erst als sie um eine Ecke gebogen waren, hangelte er sich auf den Sitz und zog die Tür zu.

„Alles klar dahinten?", rief eine Stimme.

Leo knurrte eine unverständliche Antwort. Das Gewicht auf ihr verschwand, und Sophie sah, wie er sich gegen die Rücklehne sinken ließ. Kurz zuckte es in seinem Gesicht.

Stirnrunzelnd setzte sie sich auf und beobachtete ihn.

„Ist alles okay?", fragte sie und wurde im selben Atemzug zur Seite geworfen.

Ungebremst rasten sie in eine Kurve. Ungeschickt rappelte sie sich wieder auf und wiederholte ihre Frage.

„Haben wir den Stick?", antwortete Leo mit einer Gegenfrage.

Sie hob die Faust und öffnete sie. Der kleine Datenträger lag auf ihrer Handfläche.

Ohne sie aus den Augen zu lassen, beugte er sich zu ihr rüber und nahm ihr den Stick ab. Während er zurück auf seinen Platz rutschte, schob er ihn in seine Hosentasche.

Irritiert starrte sie auf die Rückenlehne neben Leo. Dunkle Flecke schimmerten auf der Oberfläche und reflektierten das Licht der Straßenlaternen. Vorsichtig legte sie einen Finger auf die Stelle, an der er eben noch gelehnt hatte, und zog ihn wieder zurück. Etwas Feuchtes benetzte ihre Fingerspitzen.

„Du blutest!", rief sie.

„Ist nur ein Kratzer", erwiderte er mit zusammengebissenen Zähnen.

Sie fasste ihn an der Schulter, und er zuckte zusammen. Kleine rote Tropfen flossen an ihrem Handgelenk hinab.

„Verdammt", murmelte sie und wandte sich nach vorne an die Fahrerin. „Gib Gas", brüllte sie, „er verliert viel Blut!"

Die Fahrerin schaute in den Rückspiegel zu ihnen. „Ich tu, was ich kann, aber ich muss sichergehen, dass uns niemand folgt."

Sophie schwieg, ihr Augenmerk lag auf Leo. Mit geschlossenen Lidern atmete er flach und schnell.

„Hey, wage es ja nicht einzuschlafen!", fuhr sie ihn an, schüttelte ihn leicht und ohrfeigte ihn schließlich.

Sophie versuchte gar nicht erst, sich seine Wunde anzusehen. Sie war Wissenschaftlerin und hatte zwar einen Doktor der Biologie und Mikrobiologie, von fließendem Blut hatte sie allerdings keine Ahnung. Ihr war nur klar, dass er nicht einschlafen durfte.

„Mach die Augen auf!" Wieder ohrfeigte sie ihn.

Mit einem Knurren schlug er ihre Hand weg.

Anscheinend hatte das Geschoss sein Ziel doch nicht ganz verfehlt. Als er sie zu Boden geworfen hatte, musste es seinen Rücken gestreift haben. Verwirrt betrachtete sie den Mann, der sie in diesem dunklen Loch eingesperrt hatte. Er hatte ihr zwar nie körperlich wehgetan, dennoch war es Folter gewesen. Und jetzt hatte er, ohne zu zögern, sein eigenes Leben riskiert, um sie zu schützen. Egal wie sie es drehte, sie verstand es nicht. Mit beiden Händen schlug sie erneut abwechselnd auf seine Wangen. Sie würde nicht zulassen, dass er ihr wegstarb.

„Wenn ich meine Augen öffne, hörst du dann damit auf?", knurrte er.

„Mal sehen", entgegnete sie herausfordernd. Sie konnte erkennen, dass es ihn viel Kraft kostete, trotzdem hob er die Lider und schaute sie aus schmalen Augen an. „Geht doch", sagte sie und grinste. „Warum hast du das getan? Ich bin so was wie euer Feindbild."

Es dauerte einen Moment, bis er antwortete. „Du bist Familie."

„Vorsicht dahinten!", rief die Fahrerin, bevor Sophie reagieren konnte, wurden sie jedoch bereits zur Seite geworfen.

Gemeinsam mit Leo rutschte sie auf der Rückbank entlang. Halb auf ihr lehnend, kamen sie zum Liegen. Ein leises Ächzen drang über seine Lippen, und es war das erste Mal, dass sie einen Schmerzenslaut von ihm hörte.

„Verdammt, was soll das?", brüllte sie nach vorne.

„Mülltonnen auf der Straße. Eigentlich hätte hier alles frei sein sollen, sorry. Aber wir sind gleich da."

Hoffentlich ist es nicht zu spät, schoss es Sophie durch den Kopf. So gut es ging hielt sie Leo fest, damit er nicht noch weiter bewegt wurde. Doch er war verdammt schwer.

In der Dunkelheit hätte Sophie das Haus nicht wiedererkannt, vor dem sie kurz darauf hielten. Ein Rolltor wurde gerade so weit hochgefahren, dass der Jeep hindurchpasste. Hinter ihnen schloss es sich scheppernd wieder.

Mit einem Mal wurde es laut um sie herum. Rufe und Gebrüll waren zu hören. Jemand riss die Fahrzeugtür auf, und mit mehreren Männern hoben sie Leo vorsichtig aus dem Wagen. Er verschwand aus ihrem Gesichtsfeld, plötzlich saß sie allein im Fahrzeug. Niemand achtete auf sie, und sie war froh darüber. Alles war so schnell gegangen. Eine Zeit lang blickte sie auf ihre blutigen Finger und dachte zurück an den Innenhof in der Nähe des Hotels. Langsam ließ sie die Geschehnisse vor ihren inneren Augen ablaufen.

Irgendwo hatte *FoodTec* auf sie gelauert, egal wie oft sie es durchging, sie fand jedoch keinen Hinweis. Im Grunde hätten sie überall sein können, in den Wohnungen, vielleicht war es die Frau mit dem Kinderwagen gewesen, oder versteckte Kameras hatten sie entdeckt. Immer wieder fragte sie sich, ob sie etwas anders hätte machen können, aber sie kam stets zur selben Lösung. Hätte sie den Rebellen gleich verraten, wo der Stick gewesen war, hätte *FoodTec* womöglich noch nicht herausgefunden, wo sie mit Tom untergekommen war. Es wäre keine Überwachung veranlasst worden und keine Sicherheit, die mit tödlichen Waffen auf sie geschossen hätte. Und es wäre niemand verletzt worden.

Eine Welle von Schuldgefühlen brandete über Sophie hinweg, und sie schlug die Hände vors Gesicht. Der metallische Geruch von Blut stieg ihr in die Nase. Abrupt ließ sie die Arme sinken. Nicht nur ihre Hände, auch ihre Kleidung waren blutverschmiert. Langsam öffnete sie die Jeeptür auf ihrer Seite und stieg aus. Leos Blut klebte auf ihrer Haut, und sie hatte das unbändige Bedürfnis, es abzuspülen.

Hilflos sah sie sich um, sie hatte keine Ahnung, wohin sie sollte, also blieb sie stehen, wo sie war. Vorhin hatte Leo sie durch einen Flur hinausgeführt, der in eine Haustür mündete. Jetzt stand sie neben dem Auto inmitten einer großen Halle, vollgestellt mit Fahrzeugen. Sie erinnerte Sophie an eine Werkstatt. Überall liefen Leute umher, niemand nahm jedoch Notiz von ihr. Sie fuhr über ihre Kleidung, als könnte sie das Blut abwischen. Immer wieder strich sie über die Flecke, doch sie verschwanden nicht. Ihre Hände zitterten.

Sie wusste nicht, wie lange oder wie oft sie es versuchte, irgendwann kam jemand, der ihre Hände ergriff und sie festhielt. Sophie schaute auf und direkt in die Augen ihrer Schwester. Sophie blinzelte. Wo kam Becka jetzt her? Noch immer stand sie in der Fahrzeughalle. Bis auf einige Wachen und zwei Leute, die irgendwelche Sachen wegräumten, waren alle verschwunden.

„Wie geht's Leo?", fragte Sophie verwirrt. „Ist er …?" Sie traute sich nicht weiterzusprechen.

„Er lebt. Sein Rücken ist stark in Mitleidenschaft gezogen, wir haben allerdings einige gute Ärzte. Er wird es schaffen."

„Es tut mir leid, ich wollte nicht … ich habe …" Das Zittern breitete sich von ihren Händen über ihren ganzen Körper aus.

„Anja, die Fahrerin, hat mit mir gesprochen. Sie hat erzählt, du hast ihn nicht aufgegeben. Dafür danke ich dir." Becka zog sie in ihre Arme.

Es dauerte nur wenige Sekunden, dann ließ sie Sophie wieder los. Völlig verdattert starrte sie Becka an. Damit hatte sie nicht gerechnet. Vorhaltungen oder Schuldzuweisungen, ja, aber nicht das.

„Komm, sehen wir zu, dass du dich irgendwo waschen kannst."

Becka führte sie durch die Anlage, über mehrere Flure, bis sie vor einem ihr bekannten Raum stehen blieben. In dem Waschraum hatte sie bereits zuvor geduscht. Ihre Schwester half ihr aus den Klamotten und schob sie unter das warme Rinnsal aus dem Duschkopf. Sie genoss es einen kurzen Moment, bis sie merkte, dass nicht Leos Blut auf ihrer Haut gebrannt hatte. Ihre

Arme waren übersät mit tiefen Schnittwunden, unter dem Wasser fingen sie an zu schmerzen. Mit etwas Seife, die auf einer Ablage lag, wusch sie sich vorsichtig das Blut ab. Tropfend stieg sie aus der Dusche, als ihre Schwester mit frischer Kleidung in den Raum trat.

„O verdammt", fluchte Becka bei ihrem Anblick. „Das muss behandelt werden."

„Ach was, das ist nicht so schlimm", widersprach Sophie schwach.

Das Adrenalin war aus ihrem Körper gewichen, und sie konnte sich kaum mehr aufrecht auf den Beinen halten. Als Becka ihr half, sich abzutrocknen und die Kleidung anzuziehen, wehrte sie sich nicht. Kommentarlos führte ihre Schwester sie wieder auf den Flur und tiefer in das Gebäude hinein. Es kostete Sophie ihre gesamte Konzentration, einen Fuß vor den nächsten zu setzen, sodass sie nicht mitbekam, wohin sie gingen.

Plötzlich waren sie vor einer hellen Tür, die Becka öffnete, ohne anzuklopfen. Wie aus einem Traum erwachend, blinzelte sie und schaute sich um. Soweit sie erkennen konnte, waren zwei oder drei Zimmer miteinander verbunden, darin bezogene Betten und an den Wänden Schränke mit Verbandsmaterial, Medikamenten und Spritzen. Das war ein Krankenzimmer.

„Becka, was soll …?" In diesem Moment entdeckte sie in dem anderen Zimmer eine riesige Gestalt in einem der Betten.

Mit einem Mal war ihre Müdigkeit wie weggewischt. Der Mann lag auf dem Bauch, sein blutiger Rücken leuchtete ihr entgegen. Mehrere Menschen standen mit seltsamen Geräten in den Händen bei ihm, doch sie begriff nicht, was sie damit taten.

„Ist das Leo?"

Bevor sie näher treten konnte, gesellte sich eine Frau zu ihnen und verfrachtete sie zusammen mit Becka in ein anderes Zimmer.

„Ist er das? Was machen die mit ihm?"

„Sie stillen die Blutungen und schließen seine Wunden", antwortete die Frau und drückte sie sanft, aber bestimmt auf ein Bett außer Sichtweite von Leo. „Er ist in guten Händen. Jetzt solltest du dich erst mal beruhigen. Ich werde deine Wunden inspizieren."

Sophie bemerkte, wie Becka mit der Frau einen Blick wechselte, und ihre Schwester nickte.

„Es geht mir gut, ich brauche ..." Ohne Vorwarnung drückte ihr die Frau eine Spritze in den Oberarm. „Hey, was war das?"

Sie brauchte keine Antwort. Ein wattiges Gefühl durchströmte ihren Körper, und sie war froh, auf einem Bett zu sitzen. Es fiel ihr schwer bei Bewusstsein zu bleiben, und sie legte sich widerwillig hin.

„Das ist unfair", flüsterte sie, bevor sie ganz wegdämmerte.

Nur allmählich tauchte Sophie aus ihren trüben Träumen auf. Ihr ganzer Körper schmerzte, ein Gefühl, das sie in letzter Zeit häufiger verspürte. Vorsichtig richtete sie sich auf und sah, dass ihre Arme und Schultern mit großflächigen Pflastern bedeckt waren. Neben ihrem Bett saß Tom. Sein Kopf war vornüber gesackt, das Kinn ruhte auf seiner Brust. Vorsichtig schwang sie die Beine aus dem Bett und ließ ihre nackten Füße auf den Boden gleiten. Die Socken hatten sie ihr genommen, doch jemand hatte ihr ein kurzärmeliges, weites

Shirt übergezogen. Leise tapsend lief sie zur Tür und spähte in den Nebenraum. Niemand zu sehen.

Schnell huschte sie durch die Tür auf der gegenüberliegenden Seite. Dämpfe von Desinfektionsmittel stiegen ihr in die Nase. Wie gestern lag der Mann bäuchlings auf dem Bett. Nur dass diesmal eine dicke Bandage seinen Oberkörper umschlang. Ein Arm hing seitlich aus dem Bett, die Fingerspitzen berührten den Boden. Er hatte die Augen geschlossen, doch sein Brustkorb hob und senkte sich regelmäßig. Sein Gesicht war seitlich zu ihr gerichtet. Seine Augen bewegten sich unter den Lidern, als würde er träumen. Einen Moment lang stand sie unschlüssig neben ihm und fragte sich, was sie hier machte. Nach einem letzten Blick auf sein blasses Gesicht kehrte sie zurück in ihr Zimmer und legte sich leise wieder ins Bett. Nur kurz wollte sie die Augen zumachen und schlief wieder ein.

Als sie das nächste Mal wach wurde, saß Tom immer noch neben ihr.

Diesmal lächelte er erleichtert. „Ich habe mir Sorgen gemacht."

„Hättest du nicht tun müssen, mir geht es gut, wirklich."

Ungläubig zog er die Brauen hoch und deutete auf ihre Arme. „Ja, richtig, die sind nur modische Accessoires."

„Haha. So schlimm ist es nicht. Siehst du?" Mit dem Finger drückte sie auf eines der Pflaster und bereute es sofort. Verdammt, das tat mehr weh, als sie gedacht hatte. Tom sparte sich einen Kommentar, schenkte ihr jedoch einen Blick, der sagte „Hab ich's nicht gesagt?".

„Wie kommst du eigentlich hierher?", fragte sie, um vom Thema abzulenken.

„Irgendwann hat mich jemand aus dem Loch geholt. Ich durfte duschen, essen und endlich in einem Bett schlafen. Becka hat mir erst hinterher erzählt, dass du mit dem Typen los warst, um den Stick zu holen." Er erhob sich und trat an das Fußende des Betts. Mit den Fingern umklammerte er das Gestell so fest, dass seine Knöchel weiß hervortraten.

Irritiert bemerkte sie, dass er sauer war.

„Hätte ich gewusst, dass du mit dem allein unterwegs bist, hätte ich niemals schlafen können. Was hast du dir nur dabei gedacht?"

„Was ich mir gedacht habe? Ich wollte, dass wir aus dem beschissenen Keller rauskommen. Es war an der Zeit, vernünftig zu sein."

„Ja, aber warum, zum Teufel, musstest unbedingt du mit ihm gehen? Ich hätte das genauso gut machen können. Stattdessen läufst du mit dem Folterknecht allein durch die Stadt und wirst angegriffen. Es hätte sonst was passieren können!"

Sie stutzte. Nicht eine Sekunde hatte sie daran gedacht, Tom gehen zu lassen. Warum sollte sie ihn auch absichtlich in Gefahr bringen? Außerdem hatte Mike ihr den Stick anvertraut, also empfand sie es als ihre Angelegenheit. Ja, sie hatte Tom damit hineingezogen, im Grunde hatte er jedoch nichts mit *FoodTec* zu tun. Mittlerweile war es persönlich für sie geworden, und sie hatte das starke Bedürfnis, Wiedergutmachung zu leisten, das behielt sie allerdings lieber für sich. Sie wollte seinen Zorn nicht noch mehr schüren.

„Tut mir leid, ich habe nicht drüber nachgedacht. Aber du solltest Leo nicht vorschnell verurteilen. Er liegt da jetzt mit schlimmen Verletzungen, weil er mich geschützt hat. Ich wäre sonst bestimmt nicht hier."

„Also Leo heißt der Typ." Wütend ließ er das Bettgitter los und trat zwei Schritte zurück. „Leo aus dem Loch hat sich für dich geopfert. Entschuldige, es fällt mir schwer, das zu glauben", knurrte er, sein Blick verfinsterte sich.

Irritiert schaute sie zu ihm. Sie wollte ihn nicht weiter aufregen und hatte das Gegenteil erreicht. Ihr war nur nicht klar, warum.

„Ich denke, er hat es für Becka getan."

„Aha, und wie kommst du darauf?"

„Na ja, auf die Frage, warum, hat er irgendetwas von Familie gesagt. Ich bin mir nicht sicher, doch ich glaube, er und Becka stehen sich nahe. Ich hoffe nur, es geht ihm gut."

Sie sah Tom an, dass er Leo gegenüber argwöhnisch blieb, nur hatte er ja auch nicht mit ihm zusammen einer um sich schießenden Meute gegenübergestanden.

Bevor sie sich weiter über Leo streiten konnten, trat eine junge Frau mit einem Tablett ins Zimmer, darauf Teigfladen sowie ein Apfel und etwas zu trinken. Sie stellte alles auf einen kleinen Tisch neben dem Bett, und sofort lief Sophie das Wasser im Mund zusammen.

Die Frau drehte sich zu Tom und deutete Richtung Ausgang.

„Eine Wache steht draußen und wird Sie zum Speisesaal begleiten. Im Anschluss werdet ihr beide dem inneren Kreis vorgestellt."

Es verstrichen einige Sekunden, in denen Tom sie böse anstarrte, bis er wortlos den Raum verließ. Mit geschlossenen Augen atmete Sophie tief durch. Wieso musste immer alles so kompliziert sein? Als sie die Augen wieder öffnete, stand die Frau immer noch neben ihrem Bett und lächelte.

„Ich muss mir kurz die Wunden anschauen, darf ich?"

Nickend stimmte sie zu und hoffte, es würde schnell gehen, damit sie endlich ihren leeren Bauch füllen konnte.

„Wie geht es Leo?", fragte sie und atmete scharf ein, als die Frau ein Pflaster abzog.

„Er wird wieder. Wir haben eine gute medizinische Ausrüstung. Die Haut wächst bereits zusammen. In einigen Tagen ist er wie neu."

Sophie fiel ein Stein vom Herzen, und sie musste feststellen, dass sie diesen wortkargen Riesen aus irgendeinem Grund mochte.

Es dauerte nicht lange und neue Wundcreme und Pflaster bedeckten ihre Haut. Die wenigen Schnitte brannten höllisch, sie würden jedoch heilen. Endlich war sie allein. Sie schnappte sich den Fladen und verschlang ihn mit wenigen Bissen. Bei dem Apfel ließ sie sich mehr Zeit und genoss die leichte Säure des Fruchtfleischs, die auf ihrer Zunge prickelte.

Auch wenn es nicht viel war, fühlte sie sich gesättigt und lehnte sich auf ihrem Bett zurück. Offenbar gewöhnte sich ihr Körper an die wenige Nahrung in den letzten Tagen. Ihr Blick fiel auf ihre nackten Füße, und sie richtete sich wieder auf. Es war bestimmt keine gute Idee, barfuß beim inneren Kreis aufzutauchen. Doch anscheinend hatte jemand mitgedacht, denn schon nach kurzem Suchen fand sie in einem kleinen Fach an der Wand frische Kleidung. Unterwäsche, ein locker sitzendes Top und eine ausgefranste Dreivierteljeans, die ihr zu weit war. Zum Schluss stieg sie in ein paar abgewetzte Leinenschuhe, die erstaunlicherweise passten.

Für den Rat bereit, setzte sie sich aufs Bett und wartete darauf, dass jemand sie abholen würde. Nervös wippte sie mit den Füßen auf und ab. Sie fragte sich, was der innere Kreis von ihnen wollte, schließlich hatten sie den Stick bekommen. Um sich die Zeit zu verkürzen, ging sie zum Verbindungszimmer, um nach Leo zu schauen. Die Tür war geschlossen. Kurz bevor sie die Klinke herunterdrückte, hörte sie Stimmen aus dem Inneren. Vielleicht waren gerade Schwestern oder ein Arzt bei ihm, also zog sie sich wieder zurück.

Schließlich geleitete Sophie eine Wache schweigend in einen großen Raum, der von einem riesigen alten Holztisch dominiert wurde. In einer Ecke stand Tom, neben ihm eine weitere Wache. Ihre Begleitung bedeutete ihr, sich zu ihm zu begeben. Langsam füllte sich das Zimmer.

Sieben Menschen saßen ihnen kurz darauf gegenüber – an der Spitze Sophies Schwester.

20

Mit einem Mal ertönte ein schriller Ton, der alles durchdrang und jede weitere Unterhaltung unmöglich machte. Sämtliche Anwesenden erstarrten für einen Moment, bis sie alle auf einmal aufsprangen. Zur gleichen Zeit wurde die Tür aufgestoßen, und Wachen strömten herein. Dann ging alles ganz schnell. Sophie erhaschte einen letzten Blick auf ihre Schwester und war erstaunt über die Person, die sie sah. Diese Frau, die Autorität und Kraft ausstrahlte, hatte nichts mehr gemein mit dem kleinen, wütenden Mädchen, das sie in Erinnerung hatte. Mit ernster Miene gab sie den Wachen Anweisungen und verließ dann im Laufschritt den Raum.

Jemand packte Sophie an der Schulter und erwischte ihre Brandwunden. Sie zuckte zusammen und stöhnte auf. Jeweils von einer Wache flankiert, wurden Tom und sie hinausgeleitet. Sobald sie auf den Flur traten, zog ihre Begleitung sie nach rechts. Tom hingegen verschwand in die andere Richtung, und sie verlor ihn aus den Augen. Immer weiter wurde sie den Gang entlanggeschoben, zwischen Bewaffneten hindurch. Sie bekam Angst. Was immer gerade passierte, es konnte nichts Gutes bedeuten. Überall begegneten ihr ernste und entschlossene Gesichter. Auf dem Korridor wurde der Alarmton etwas leiser, nichtsdestoweniger durchdrang er alles. Längst hatten sie den Flur hinter sich gelassen. In blindem Vertrauen folgte sie ihrer Wache. Mit vielen anderen hasteten sie über lange Gänge und durch Schlafsäle hindurch. Leute wiesen ihnen an den Seiten den Weg.

Immer mehr Familien und Kinder verschmolzen mit dem Strom. Damit hatte sie nicht gerechnet, sie dachte bis jetzt, dass das Gebäude nur die kämpfenden Rebellen beherbergte. Ständig reckte sie den Hals und hielt Ausschau nach Tom. Es machte sie nervös, dass sie ihn nirgends sehen konnte. Ihr Aufpasser fasste sie fest am Arm, diesmal schrie sie vor Schmerz auf. Er schob sie ohne Rücksicht weiter. Sie nahm an, dass man sie zu der Halle mit den Wagen brachte, doch stattdessen reihten sie sich zwischen den Leuten ein, die eine Treppe hinab in den Keller stiegen. Die Strecke kannte sie. Das war der Weg hinunter zum Loch. Ihr wurde anders. Sollten sie sich alle da unten verstecken?

Sie erreichten einen breiten Flur, auf dem sich bereits Menschen drängten. Im hinteren Drittel gesellten sie sich zu den anderen Wartenden. An die hundertfünfzig Rebellen jeden Alters drängten sich aneinander. Trotz allem war es relativ ruhig, niemand schrie oder brach in Panik aus, nur ein, zwei Kinder weinten. Die Sekunden zogen sich hin, und Sophie fragte sich, worauf sie warteten. Das konnte nicht das Versteck vor der Sicherheit sein. Hier würde man sie viel zu schnell finden.

Nach einigen Minuten passierte endlich etwas. Langsam bewegte sich die Menschenmasse vorwärts, in Richtung des Durchgangs zum kalten Keller, dem Loch. Sie hatte sich den Kopf gestoßen, als sie durch den schmalen Durchlass im Schrank gestolpert war. Wenn sie die Menschen nach da unten führten, war es kein Wunder, dass es so lange dauerte. Die Treppe war so schmal, dass man hintereinandergehen musste. Die Türen zu den vom Flur abgehenden Räumen waren weit offen, und Waffen wurden an die Vorbeigehenden ausgegeben. Es sah so aus, als bekäme jeder über vierzehn eine in die Hand gedrückt. Und alle nahmen sie, ohne zu zögern. Es wurde kurz laut, als viele ihre Munition checkten. So viele Waffen können nichts Gutes bedeuten, dachte sie und wollte weiter, es ging jedoch unerträglich langsam voran.

Wieder und wieder blickte sie zurück. Was immer diese Menschen dazu brachte zu fliehen, war noch nicht da. Sophie stellte sich auf die Zehenspitzen und versuchte, ein bekanntes Gesicht in der Menge ausfindig zu machen. Vergeblich. Weder Tom noch ihre Schwester. Stetig bewegte sich die Gruppe voran, und bald stand sie mit ihrer Wache und einer Handvoll anderer Rebellen vor einer schmalen Tür. Plötzlich spürte sie den Boden unter ihren Füßen erzittern. Ein Knall drang durch die Decke zu ihnen, Staub und Putz rieselten auf sie herab. Instinktiv zog sie den Kopf ein. Gedämpfte Schreie erklangen, und Schüsse waren von oben zu hören. Es war nicht klar, wer schoss – die Angreifer oder der Widerstand.

Jetzt wurden die Umstehenden doch unruhig und drängten vorwärts, ein bewaffneter Posten ließ sie allerdings nur einzeln durch. Hinter ihnen waren laute Stimmen und Poltern auf der Treppe zu vernehmen. Alle gingen in Habachtstellung, die Waffen auf den hin-

teren Teil des Flurs gerichtet. Sie ließen sie schnell wieder sinken, als ihnen bewusst wurde, wer da auf sie zukam.

21

Becka trieb ihre Leute brüllend zur Eile an. Die Reste des Rolltors hingen schwelend in den Angeln und gaben den Weg ins Innere frei. Die ersten bewaffneten Sicherheitsleute strömten in die Halle. Ganz in Schwarz gekleidet und mit dunklen Helmen, liefen sie geduckt hindurch und eröffneten sofort das Feuer, als sie die Kämpfer vom Widerstand entdeckten. Becka stützte eine der Wachen, die bei der Explosion verletzt worden war, in der freien Hand hielt sie eine halbautomatische Waffe. Neben ihnen krachte etwas in die Ziegelwand und hinterließ einen rauchenden Krater. Reflexartig hob sie den Arm und begann, blind zu schießen. Sie dirigierte den Verletzten Richtung Ausgang, während sie weiter hinter sich feuerte. Gemeinsam hasteten sie durch eine Tür, den Flur entlang. Am Fuß der Treppe zum Keller übergab sie ihn an einen ihrer Männer und schickte sie nach unten. Fünf Minuten wartete sie, ob sich noch mehr von ihren Leuten einfanden. Die ersten Feinde brachen durch die Tür zur Lagerhalle. Sie feuerte den Rest ihrer Munition ab. Als sich kein Schuss mehr löste, hechtete sie selbst die Stufen hinab.

Ihr war schmerzlich bewusst, dass sie diesen Unterschlupf aufgeben mussten. Wenigstens sah es so aus, als hätten sie rechtzeitig all ihre Leute retten können. Unten angekommen, öffnete sie die Zugangsklappe zum Verteilerkasten, der direkt neben ihr an der Wand hing. Dahinter verbargen sich keine Sicherungen, sondern ein Zifferndisplay, von dem mehrere Drähte abgingen. Von oben konnte sie bereits die Schritte der schwer bewaffneten Sicherheitsleute hören. Ohne zu zögern, tippte sie einen Code ein. Das Display zeigte fünfzehn an, dann vierzehn, beständig zählte die Anzeige runter. Sie sprintete los. Am Ende des Flurs entdeckte sie eine kleine Gruppe Menschen.

„Runter!", brüllte sie.

Die meisten warfen sich zu Boden. Nur eine blieb stehen. Im nächsten Moment erkannte sie ihre Schwester.

„Scheiße", fluchte Becka. „R-u-n-t-e-r!"

Sophie folgte ihrem Befehl, doch eine Druckwelle warf Becka zu Boden. Kurz verlor sie den Kontakt zur Erde, bis sie mit voller Wucht auftraf. Der Aufprall trieb ihr die Luft aus den Lungen. Ein kleines Stück schlitterte sie über den mit Schutt übersäten Estrich, bis sie stoppte und nach Luft schnappte, was sich als schlechte Idee herausstellte. Staub trieb wie Nebel durch den Gang und ließ sie husten. Hände packten sie und rissen sie hoch.

„Bist du verletzt?", fragte jemand.

Sie konnte nicht erkennen, wer mit ihr sprach. Die Staubwolke war zu dicht und verklebte ihr die Augen.

„Nein, nein, alles gut", keuchte sie, und ein Hustenkrampf schüttelte sie.

„Wenn du meinst, dann los. Das wird sie nicht lange aufhalten."

Einer ihrer Leute drückte sie sanft in Richtung des Zimmers, das als Durchgang in die zweite Ebene diente.

Hier war die Luft besser, und im Vorbeigehen entdeckte sie ihre Schwester. Weißer Staub bedeckte ihr Gesicht und ihre Haare.

„Geht's dir gut?" Sophie machte große Augen.

„Ich glaube, es ist noch alles heil." Mit beiden Händen fuhr sich Becka über den Körper, um sicherzugehen.

Zwar fühlte sich alles lädiert an, mehr aber nicht. Die kleineren Wunden mussten warten, die Zeit drängte. Der Wache an Sophies Seite bedeutete ihr, mit ihrer Schwester voranzugehen. Unter Protest ihrer Leute wartete sie, bis auch der Letzte im Wandschrank verschwunden war. Erst dann trat sie selbst hindurch und verschloss von innen die Türen.

Ihre Glieder schmerzten, als sie die Treppe hinunterlief, doch sie durfte sich nicht auszuruhen. In einer Ecke entdeckte sie Leo, der bleich an der Wand lehnte. Ihre Blicke kreuzten sich, er nickte ihr zu. Er kam allein klar.

Ihre Schwester wartete nahe der Treppe und hatte die Arme um den Körper geschlungen. Sie hatte jetzt keine Zeit, sie zu trösten. Becka kämpfte sich durch die Menge zur hinteren Wand. Auf dem Weg bemerkte sie Tom, der allein inmitten der Meute stand und anscheinend seine Wache verloren hatte.

„Da hinten ist Sophie." Sie zeigte in die Richtung, aus der sie gekommen war. „Kümmere dich um sie."

In seinem Gesicht spiegelte sich Erleichterung. Er nickte ihr zu und tauchte in der Menge unter. Gut, dachte sie, eine Sache weniger, um die ich mir Gedanken machen muss. Es lagen noch genug Aufgaben vor ihr. Die Leute mussten hier weg und auf andere Verstecke verteilt werden. Als sie damals diesen Fluchtweg geplant hatten, hatten sie bereits Sprengladungen an der Wand angebracht. Nicht zu viel, der Raum sollte nicht einstürzen. Nur eine kleine Menge, die die Ziegelwand vor ihnen zum Einstürzen brachte. In der Nähe entdeckte sie Anja und winkte sie heran.

„Sorg bitte dafür, dass alle so weit wie möglich auf die andere Seite gehen", wies sie die junge Frau an.

„Ja, sofort." Anja schnappte sich zwei andere Wachen, und zusammen drängten sie die Menschen so weit zurück, wie es ging.

Unterdessen machte Becka die Sprengladung scharf.

„Köpfe einziehen!", rief sie, zwängte sich in eine Ecke, zählte bis drei und drückte auf den Auslöser der Fernzündung.

Ein lauter Knall dröhnte in ihren Ohren, und das Prasseln von Steinen war zu hören.

„Jemand verletzt?", fragte sie in die Runde.

Es wurden nur verneinende Rufe laut. In der Mauer hatte sich ein gezacktes Loch aufgetan, das einen Durchmesser von rund zwei Metern besaß. Ein muffiger Geruch drang zu ihnen herein.

An einer Wand befanden sich mehrere Regale. Eines war komplett mit Wasserflaschen gefüllt. In einem anderen lagerten unzählige Metallkugeln. Sie erinnerten Becka an eine Glühbirne. Bis auf einen kleinen Sensor war nur glattes, schimmerndes Metall zu erkennen. Mit einer Handvoll davon ging sie zum neuen Durchgang. Leicht drückte sie auf den Sensor und spürte sofort ein Vibrieren von der Kugel ausgehen. Rasch warf sie sie durch das Loch in die Höhe.

Mit einem metallischen Knistern entfaltete sie sich zu einer kleinen Drohne, die in einigem Abstand summend in der Luft schwebte. Erst matt wurde sie heller, bis die Drohne einen Radius von mehreren Metern ausleuchtete. In ihrem Schein wurden eine weitere Ziegelsteinwand und eine eingelassene Rinne im Boden sichtbar. Zwei Wachen, die neben ihr gewartet hatten, traten mit ihren Waffen im Anschlag zuerst durch die Öffnung. Nachdem sie sich vergewissert hatten, dass die Luft rein war, gaben sie Becka ein Zeichen, und sie lief ebenfalls hindurch. Seit Jahren war sie nicht mehr hier gewesen, und sie war sich nicht sicher, was sie erwartete. Zwei weitere Kugeln flogen durch die Luft, eine zu jeder Seite.

Erst jetzt zeigte sich, dass sie in einem Tunnel waren, der quer zur Mauer verlief. Ein alter Abwasserkanal erstreckte sich in jede Richtung unterhalb der Unterstadt. Sie gab den Wachen den Befehl zu warten und kehrte zurück in den Keller. Dort wandte sie sich an die Flüchtenden. Neugierig standen bereits einige in der Nähe und versuchten, einen Blick zu erhaschen. Andere drängten sich dicht aneinander, doch alle blieben ruhig. Nur wie lange noch?, fragte sie sich. Es wurde Zeit, dass sie verschwanden.

„Hört mir bitte alle zu", rief Becka und wartete, bis sie die volle Aufmerksamkeit der Anwesenden hatte. „Unsere Zuflucht ist von der Sicherheit eingenommen worden. Daher müssen wir den gesamten Standort evakuieren. Ich bin froh, dass es euch allen gut geht, aber es ist nur eine Frage der Zeit, bis die Sicherheit diesen Bereich findet." Stimmengewirr wurde laut, sie ließ ihnen allerdings keine Zeit, sich zu viele Gedanken zu machen. „Ich weiß, das klingt schlimm, und einige haben Angst, es gibt jedoch einen Fluchtweg, der uns in sicheres Gebiet bringt. Dahinter", sie deutete auf die Wand hinter sich, „liegt ein alter Abwasserkanal. Ich denke, einige werden es bestimmt schon gerochen haben." Einige Leute lachten. „Da wir so viele sind, müssen wir uns in zwei Gruppen aufteilen, um schneller ans Ziel zu kommen. Arbeitet zusammen, helft den Verletzten und denen, die weniger Kraft haben. Wir sind eine Familie, und ich baue darauf, euch in wenigen Tagen wiederzusehen." Zustimmende Rufe wurden laut. Becka rief Hanna und Bjarne zu sich. „Ihr zwei wisst, was zu tun ist?"

„Du kannst dich auf uns verlassen", entgegnete Hanna mit einem traurigen Lächeln.

Bjarne nickte zustimmend.

Becka führte beide zu dem Regal mit den Leuchtkugeln. Mehrere große Rucksäcke, wie für eine Wanderung gedacht, lagerten darin. Zwei davon nahm sie heraus sowie mehrere Kugeln. Einen gab sie an Hanna weiter und drückte ihr die Lichter in die freie Hand.

„Hier drin sind Wegbeschreibungen zu den nächsten sicheren Standorten und Anweisungen, wie ihr dann vorzugehen habt. Es ist eine Notfallausrüstung dabei, mehr nicht. Ihr solltet nicht länger als zwei Stunden unterwegs sein. Die Drohnen sind so programmiert, dass sie euch folgen werden, damit habt ihr die ganze Zeit über Licht. Hanna, du gehst als Erstes mit einer Hälfte nach rechts, dort liegt ein relativ neuer Stützpunkt. Nimm die Verletzten mit, sie haben eine größere Krankenstation dort." Becka übergab den zweiten Sack und weitere Lichter an Bjarne. „Du nimmst mit dem Rest die andere Richtung, dann kommt ihr nach einigen Kilometern zu deinem Stützpunkt. Ich hoffe, euer Sitz wurde nicht auch verraten."

Bjarne gab ihr die Hand.

„Viel Glück", wünschte Becka ihm.

„Dir auch", erwiderte er.

Hanna drückte sie. „Seid vorsichtig. Ich will dich in einem Stück wiederhaben."

Becka schluckte. Sie würde die kleine, toughe Frau vermissen.

Jeder im Raum wurde angewiesen, sich eine Wasserflasche zu nehmen, bevor er in den Tunnel ging. Die weitere Einteilung überließ Becka den beiden, in dem Wissen, dass sie gut auf ihre Leute achtgeben würden. Es war ihr voller Ernst gewesen, dass sie als Nachhut gehen würde. Nur jemand, der wusste, was hier unten lagerte, und Zugang dazu hatte, konnte bleiben. Es dauerte eine Weile, bis Familien zueinanderfanden und die Gruppen unterwegs waren. Viele wollten Becka zum Abschied die Hand geben, andere umarmten sie oder nickten nur. Bis auf einige wenige waren alle fort. Sie seufzte auf. Jetzt würde sie es zu Ende bringen.

Der übrig gebliebene Haufen war eine bunte Mischung. Etwa ein Dutzend Männer und Frauen, denen sie am meisten vertraute, waren dabei. Ebenso Tom, ihre Schwester und zu ihrer Überraschung Leo.

„Was machst du hier? Die Verletzten sollten zuerst gehen, du solltest längst weg sein!", fauchte sie.

„Ich bin auch froh, dass es dir gut geht", entgegnete er trocken.

Kopfschüttelnd drückte sie ihn vorsichtig, dennoch zuckte er unter ihrer Berührung zusammen. Er war bleich, feine Schweißtropfen perlten auf seiner Stirn. Sie sparte sich jeden weiteren Kommentar. Jetzt war es zu spät, noch etwas daran zu ändern, dass er nicht mit den Verletzten gegangen war.

„Okay, dann wollen wir mal." Sie lief zu einem großen verschlossenen Schrank neben den anderen Regalen, gab einen Sicherheitscode ein und öffnete ihn. „Da ist eure Ausrüstung, bedient euch."

Dutzende von Rucksäcken hingen fein säuberlich aufgereiht an Haken darin. Sie ähnelten denen der ersten Truppe, nur waren diese größer und stabiler. Am unteren Ende hingen eingerollte Decken, an den Seiten waren Wasserflaschen befestigt. Sie fuhr über die Säcke, bis sie den mit der Blume entdeckte, und nahm ihn heraus. Das war ihrer. Den Inhalt durfte niemand anderes bekommen. Die Wachen und Leo taten es ihr gleich, nur Sophie und Tom zögerten.

„Was ist los? Schnappt euch einen", wies Becka sie an und musterte sie fragend.

„Warum sind wir nicht mit den anderen gegangen?", wollte Tom wissen.

„Weil wir ein anderes Ziel haben", antwortete sie und warf ihm einen der Rucksäcke zu.

Geschickt fing er ihn auf. Anstatt ihn sich umzuschnallen, stellte er ihn auf dem Boden ab und öffnete ihn.

Becka stöhnte auf. „Falls es euch entgangen ist, tanzt da oben die Sicherheit auf den Resten unseres Standorts. Wir müssen los, zügig, also kommt in die Gänge!"

Doch Tom ließ sich nicht davon aufhalten und räumte seinen Sack aus. Er förderte eingeschweißte Essensrationen, mehr Wasser, eine Taschenlampe und weiteres Zeug zutage, das man auf einer Wanderung brauchte. Zum Schluss hielt er eine Waffe in der Hand. Entgeistert schaute er Becka an.

Die ganzen Jahre über hatte sie den Weg ihrer Schwester verfolgt. Am Anfang nur deswegen, weil sie hoffte, Sophie würde scheitern. Später, weil sie als Mitglied von F. T. R. wissen musste, was ihr Gegner trieb. Ungern gab sie zu, dass sie es oft als Ausrede benutzt hatte, um Sophie im Auge zu behalten. Manchmal wollte sie nur erfahren, wie und mit wem ihre Schwester lebte. Daher wusste sie, dass Tom im Anlagenbau für Solarpaneele und Wasseraufbereitungsfilter tätig war. Nach einiger Recherche hatte sich herausgestellt, dass sein Arbeitgeber gerne an Sicherheitspersonal sparte und all seine Mitarbeiter an der Waffe ausbildete. So konnte er sich die Kosten für teure Sicherheitsfirmen sparen.

„Ich denke, du kannst damit umgehen“, entgegnete sie kühl.

Zur Antwort verdunkelte sich sein Gesicht. Nach einigen Sekunden nickte er. Nachdem er die Sicherung überprüft hatte, steckte er sich die Waffe in den Hosenbund. Den schockierten Blick von seiner Nochehefrau ignorierte er und packte seine Sachen wieder ein. Becka zog die Brauen hoch.

Sieh mal einer an, er hat Geheimnisse vor ihr.

„So, Schwesterlein, achte weniger auf deinen Liebsten und kümmere dich um deine eigene Ausrüstung, du wirst sie brauchen.“

„Aber ich dachte, wir ... wir sind eure ...“

„Die Situation hat sich geändert. Ihr seid keine Gefangenen mehr.“

„Aber der Rat und ...“

„Ich und der Rat hatten bereits vorher entschieden, dass ihr nicht länger Gefangene seid, ihr solltet nur noch unter Beobachtung stehen.“

„Was meinst du mit ‚unter Beobachtung‘?“, fragte Sophie und verschränkte die Arme vor der Brust.

Becka seufzte. Da ihre Schwester keine Anstalten machte, sich in Bewegung zu setzen, holte sie aus dem Schrank selbst einen Rucksack und hielt ihn ihr hin.

„Warum bekommt jeder von uns einen? Die anderen haben auch nicht alle einen gekriegt.“

„Sophie, es reicht! Dafür haben wir keine Zeit. Ich werde es dir erklären, versprochen. Ich weiß, wir haben eine lange Geschichte hinter uns, doch jetzt musst du mir einfach vertrauen.“

Sophie zögerte und nahm schließlich den Rucksack an. Sofort ruckte ihr Arm nach unten. Ihr Gesicht sprach Bände, was sie von diesem Gewicht hielt. Wenigstens sagte sie nichts, sondern bemühte sich, ihn sich auf den Rücken zu ziehen. Tom wollte ihr helfen, Leo war jedoch schneller und nahm ihr den Sack aus der Hand. Obwohl er verletzt war, hob er ihn anscheinend mühelos auf ihren Rücken. Vorsichtig ließ er los, und Sophie schwankte. Immer wieder vergaß Becka, wie unsportlich ihre Schwester war. Langsam fragte sie sich, ob es tatsächlich eine gute Idee gewesen war, die beiden mitzunehmen, auch wenn die Rebellen sie brauchten. Bevor sie ihren eigenen Rucksack nahm, trat Becka schweren Herzens an eine Metalltür, die den

Türen ähnelte, hinter denen sie Tom und Sophie gefangen gehalten hatte. Der Zahlencode dieser Tür war aus Sicherheitsgründen deutlich länger. Mit einem leisen Klicken entriegelte sich das Schloss.

Becka wandte sich zu den anderen um. „Wartet im Tunnel. Ich stoße gleich zu euch.“

Die schwere Tür erforderte einiges an Kraft, um sie zu öffnen, und sie nutzte ihren Körper als Gegengewicht, um sie aufzuziehen. Bevor sie reingehen konnte, trat Leo neben sie.

„Ich mache das.“

„Nein, ich bin die Verantwortliche, ich werde es tun.“

„Ich weiß, wer du bist, aber bisher klebt nicht viel Blut an deinen Händen, und das soll so bleiben.“

„Leo ...“ Mit verzerrtem Gesicht blickte sie ihn an.

Einerseits wollte sie das Ding darin nicht einsetzen. Andererseits musste es sein, nichts von allem hier durfte in die Finger der Sicherheit oder von *FoodTec* gelangen. Sie hatte die Entscheidung getroffen und damit über das Schicksal der Menschen über ihnen entschieden. Bevor sie dazu kam, es selbst zu tun, ließ er sie hinter sich und ging zu dem einzigen Gegenstand im Raum. Mit einem schlechten Gewissen ließ sie ihn gewähren. Das tonnenförmige Gebilde war etwa einen Meter hoch und einen Meter im Durchmesser und bestand aus poliertem Metall. In der Mitte befanden sich ein Display und ein einzelner Schalter. Schön einfach, damit auch der Dümmste bei der Sicherheit es bedienen kann, schoss es ihr durch den Kopf. Das Display leuchtete rot auf, als Leo auf den Knopf drückte. Es war getan. In ihrem Magen zog es, als sie mit ihm den Raum verließ. Leo wollte sich einen Rucksack aus dem

Schrank nehmen, sie war allerdings schneller und schob die Tür zu. Das Schloss rastete hörbar ein.

„Ernsthaft? Du glaubst doch nicht, dass ich dich einen Rucksack tragen lasse. Dein Rücken gleicht einem blutigen Matschhaufen."

„Die Wunde hat angefangen zu heilen", widersprach er grimmig.

Herausfordernd reckte sie ihm das Kinn entgegen. Verstimmt kniff er die Augen zusammen, diskutierte jedoch nicht länger mit ihr. Das war für sie ein klares Zeichen, dass es ihm nicht annähernd so gut ging, wie es schien. Ohne ein weiteres Wort wandte er sich ab und passierte die Öffnung, wo die anderen bereits warteten. Hastig griff sie sich ihren Rucksack, schnappte sich eine zusätzliche Wasserflasche sowie einige Leuchtkugeln und folgte ihm.

Auf dem Weg holte sie aus einer Seitentasche am Rucksack ein Navigationsgerät und verstaute im Gegenzug das Wasser dort. Das kleine rechteckige Gerät befestigte sie an ihrem Oberarm und aktivierte es. Mit einem leisen Piepen schaltete es sich ein, und sie überprüfte ihre Position. Die restlichen Kugeln warf sie in die Luft, wo sie sofort summend zum Leben erwachten. Die Leuchtkörper schwebten in einigen Metern Abstand um sie herum und sorgten für ausreichend Licht.

Wie Hannas Gruppe zuvor führte Becka ihre Leute nach rechts. Nach dreißig Schritten stoppte sie. Auf der linken Seite befand sich eine Abzweigung. Einen Moment schaute sie in den langen Tunnel und hoffte, Hanna, Bjarne und die anderen würden es ohne Probleme schaffen. Dann trat sie in den Seitengang und for-

derte die anderen auf, ihr zu folgen. Die negativen Gedanken verscheuchte sie. Jetzt hieß es, sich um den Rest
ihrer Rebellenfamilie zu kümmern.

22

Sophies Rücken fing an zu schmerzen, aber sie würde niemanden die Bestätigung geben, dass sie schwächer war als die anderen. Beim Laufen bedachte sie ihre Schwester mit einem Seitenblick. Offenbar machte ihr das Gewicht des Rucksacks kaum etwas aus, dabei war sie nur wenige Zentimeter größer als sie.

Immer wieder ertappte sie sich dabei, wie sie Becka musterte. Das Mädchen, mit dem sie sich früher über Politik gestritten hatte und, wie sie jetzt zugeben musste, das sie nie ernst genommen hatte, war eine Anführerin geworden. Es überraschte sie jedes Mal, dass die Leute gehorchten, wenn Becka Anweisungen gab. Offenbar vertrauten die Menschen ihr. Es fiel ihr schwer, es ihnen gleichzutun. Hingegen schien Becka ihr so weit zu vertrauen, dass sie ihr sogar eine Waffe überlassen hatte. Vielleicht sollte sie ihr ebenfalls eine Chance geben.

Der Einzige, der ihr zu widersprechen wagte, war Leo. Sophie fragte sich, was die beiden miteinander verband und vor allem, was sie selbst für eine Rolle dabei spielte. Es beschlich sie das Gefühl, dass sie langsam, aber sicher in dieses seltsame Verhältnis hineingezogen wurde. Sogar jetzt hielt er sich in Sophies Nähe auf, sprach jedoch nicht viel. Es war für sie unverständlich, wie er sich mit seinen Verletzungen bewegen konnte.

Ein- oder zweimal hatte Tom versucht sich dazwischenzudrängen, indem er ein Gespräch mit ihr begann, doch der Weg war so schmal, dass nicht mehr als zwei Personen nebeneinander gehen konnten. Und Leo wich nicht einen Zentimeter von ihrer Seite. Nach Toms letzten Versuch hatte sie sich ein Grinsen verkneifen müssen. Wenn sie es nicht besser wüsste, würde sie meinen, er wäre eifersüchtig.

„Warum gehen wir nicht mit den anderen, Becka?“

„Wir müssen auf die andere Seite der Stadt, sie würden uns dabei nur behindern.“

„Du willst aber nicht die ganze Zeit hier unten bleiben, oder?“

Im Gehen drehte sich Becka zu ihr um. „O doch, genau das werden wir tun.“

„Ist es hier unten denn sicher?“

„Es ist auf jeden Fall sicherer als oben. Und da wir heute viele von unseren Einsatzfahrzeugen verloren haben, werde ich nicht riskieren, dass noch mehr zerstört wird, also gehen wir. Die ganze Strecke. Hier unten.“

Das überzeugte Sophie nicht, im Gegenteil. Es machte sie nervös, dass sie nicht wusste, was in der Dunkelheit außerhalb der Lichtkegel lauerte. Beckas Ton machte ihr jedoch klar, dass es egal war, was sie sagte, es änderte nichts.

Als sie etwa eine halbe Stunde unterwegs waren, entdeckte Sophie im Schein der Taschenlampen rote Markierungen an den Wänden.

Kurz darauf stoppte ihre Schwester. „Wir machen eine Pause.“

Sophie hielt dankbar an.

„Jetzt schon?", fragte Tom.

Sie stellte sich trotz ihrer Erleichterung die gleiche Frage. So froh sie war, diesen verdammt schweren Rucksack abzunehmen, umso verwunderlicher war es, so kurz nach dem Start bereits zu rasten. So würden sie ewig brauchen, um auf die andere Seite der Stadt zu gelangen.

„Wir haben was zu erledigen", erwiderte Becka.

Alle anderen ließen sich auf den Boden nieder, nur Leo ließ sich schnaufend neben Becka sinken. Keiner schien überrascht über die Pause zu sein. Wie die anderen nahm Sophie ihre Wasserflasche heraus und trank einen Schluck. Niemand würde sie dazu bekommen sich hinzusetzen. Also schob sie sich ihren Rucksack unter und rieb sich den schmerzenden Nacken. Tom gesellte sich zu ihr. Ihre Schwester machte es sich ein Stück weiter weg bequem. Neugierig beobachtete Sophie, wie Becka an ihrem Rucksack herumhantierte und ein elektronisches Gerät hervorholte. Es sah aus wie eine kleine, kantige Musikbox, nur dass dieses eine Antenne besaß.

„Adler an Küken, habt ihr die Markierungen erreicht?" Becka hielt einen Knopf gedrückt, und es knisterte in der Leitung.

Nacheinander ertönten die Stimmen von zwei Leuten aus dem Gerät. Beide antworteten, dass sie die Markierungen bereits hinter sich gelassen hätten. Offenbar sind diese roten Striche auf allen Strecken angebracht, dachte Sophie.

„Warnt eure Leute. Es geht los. Danach gilt Funkstille, bis ihr eure Nester erreicht habt."

Alle aus ihrem Team hatten ihre Aufmerksamkeit auf Becka gerichtet. Die Küken bestätigten, dann war es still.

„Ihr habt es gehört, es geht gleich los. Sichert eure Sachen."

Der Rest der Gruppe griff nach den Rucksäcken und hielt sie fest. Irritiert schaute sich Sophie um und fragte sich, was hier los war, doch sie hatte das Gefühl, es wäre besser, jetzt den Mund zu halten. Wieder griff ihre Schwester in den Rucksack und holte noch etwas heraus. Mit einer schnellen Bewegung griff Leo danach und nahm es ihr aus der Hand. Ihre Schwester funkelte ihn böse an, sagte allerdings nichts.

Für einen Moment lehnte sich Becka an die Tunnelwand und schloss die Augen. Sophie erkannte einen Funken Verzweiflung im Gesicht ihrer Schwester. Er war jedoch so schnell verschwunden, wie er gekommen war. Er wurde verdrängt von einem Ausdruck der Entschlossenheit, und Sophie kriegte es langsam mit der Angst zu tun. Nach etwa einer Minute nickte Becka Leo zu. Alles, was er tat, war, auf etwas zu drücken. Und dann passierte erst einmal nichts.

Ganz allmählich spürte Sophie eine Vibration in ihrem Rücken. Tom hatte die Hand auf die Tunnelwand gelegt, also spürte er es auch. Ein Blick zu Becka zeigte ihr, dass sie das Gesicht in den Händen vergraben hatte. Plötzlich erfüllte ein Rauschen die Luft, und sie wurden von einem Sog erfasst, der sie etwa einen halben Meter zurück in die Richtung riss, aus der sie gekommen waren. Sophie rutschte von ihrem Rucksack und schrie auf. Es dauerte keine Sekunde, da wurden sie wieder von etwas gepackt und diesmal in die andere Richtung gerissen. Mehrere Meter von der roten Markierung entfernt wurden sie unsanft auf den Boden geworfen. Alle riefen durcheinander, aber offenbar war niemand schwerer verletzt worden. Nur ein paar Schürfwunden.

„Was, zum Teufel, war das?", sprach Tom aus, was ihr auf den Lippen lag.

„Das war etwas, das wir vor einiger Zeit bei einem Überfall auf einen *FoodTec*-Transport erbeutet haben." Becka kam auf sie zu. „Sie und drei weitere waren dazu bestimmt gewesen, große Teile in der Unterstadt zu zerstören." Sie lachte bitter auf. „Jetzt haben sie es geschafft."

„Sie?", fragte Sophie und begriff erst jetzt, was ihre Schwester meinte. „Eine Bombe?", hauchte sie entsetzt. Ihr wurde schlecht bei dem Gedanken an all diejenigen, die in dem Gebäude zurückgeblieben waren. „Und die Sicherheitsleute?" Auch wenn die Männer sie angegriffen hatten, waren es immer noch Menschen.

„In unserem Versteck haben sich viele Dinge und Informationen befunden, die *FoodTec* niemals erhalten darf. Wir sind größer, als du vielleicht denkst, und viel weiter vernetzt, nicht nur in dieser Stadt. Es gilt, alle von uns zu schützen. Und dafür muss man Opfer bringen."

Mit steinernem Gesicht setzte sich Becka wieder ihren Rucksack auf.

Sophie konnte es nicht hinnehmen, dass ihre Schwester Menschenleben gegen Menschenleben aufwog. „Aber ..."

„Hör auf!", sagte Becka bestimmt.

Kurz war Sophie versucht zu widersprechen, dennoch hielt sie den Mund. Obwohl sie nicht verstand, warum ihre Schwester etwas derart Schlimmes tat, war hier weder die Zeit noch der Ort, das zu hinterfragen.

Aus den Augenwinkeln sah sie, wie sich Leo an die Tunnelwand lehnte und stutzte. Auch Becka war seine Reaktion nicht entgangen. Gemeinsam begaben sie sich zu ihm, und jetzt entdeckte Sophie die dunklen Flecke auf seinem Shirt.

Sie griff nach dem Stoff, doch er wollte ihre Hand wegschlagen.

„Lass den Unsinn!", fuhr sie ihn an, und er ließ sie tatsächlich gewähren.

Sophie hob den Rand des Shirts an. Ein Verband bedeckte seinen muskulösen Oberkörper. Nur war von dem ursprünglichen Weiß kaum etwas übrig. An vielen Stellen hatten seine Wunden durchgeblutet.

Wütend schlug Sophie ihm auf den Arm. „Verdammt, wie alt bist du eigentlich? Warum sagst du nichts?"

„Verflucht, Leo, du hast gesagt, es heilt", fauchte Becka. „Wie willst du in dem Zustand die ganze Strecke bewältigen?"

„Ich schaffe das. Und hört beide auf damit", knurrte er. „Wie soll das nur werden, wenn ihr öfter auf einer Seite steht?"

Ohne zu diskutieren, stellte Becka eine der Wachen ab, die Leo stützte. Man konnte ihm ansehen, dass es ihm nicht gefiel, aber auch er hatte erkannt, dass er mit seinen Wunden an seine Grenzen gestoßen war. Sie machten sich wieder auf den Weg. Schweigend liefen sie im Schein der Drohnen weiter.

Nach einigen Stunden knackte das Funkgerät.

„Küken eins ist gelandet. Nest ist sauber und unbeschädigt."

„Wunderbar, passt auf, dass es unbeschmutzt bleibt", gab Becka zurück.

Dann war es still.

„Eigentlich hätte auch Bjarne längst angekommen sein müssen", murmelte sie und blickte auf ihre Uhr.

„Küken zwei, was ist bei euch los?"

Wieder blieb es still. Endlich knackte es.

„Küken zwei ist gestrandet. Nest ist beschmutzt."

„Scheiße! Das war eine großangelegte Säuberung."

Nicht nur Becka wirkte aufgebracht, auch die anderen aus der Gruppe schienen bestürzt.

„Okay, fliegt weiter zum eingezeichneten Notfallpunkt auf der Karte. Küken eins wird euch holen. Alle Küken verstanden?"

Beide „Küken" bejahten, Becka ballte die Hände zu Fäusten.

„Okay, wir können jetzt nichts ausrichten. Wenn wir an unserem Ziel sind, sieht das anders aus. Also los, Beeilung!"

Allen war klar, dass sie ohne Leo schneller wären, aber niemals würden sie auf die Idee kommen, ihn zurückzulassen. Niemand sprach, alle hingen ihren Gedanken nach.

Wenn sie noch einen zweiten Standort angegriffen haben, was ist dann mit den übrigen?, fragte sich Sophie. Sie hatte keine Ahnung, wie viele es in der Stadt gab. Langsam drängte sich ihr die Frage auf, ob der Angriff etwas mit ihr und Tom zu tun hatte. Waren sie verfolgt worden, oder hatten sie eine Wanze an sich gehabt?

„Warum gibst du eigentlich nicht uns die Schuld?“ Irritiert blickte ihre Schwester Sophie über die Schulter an. „Also, ich meine, die Sicherheit hat euch angegriffen, nachdem ich euch den Tipp mit der Lagerhalle gegeben habe und vor allem mit Leo draußen gewesen bin. Warum sollte ich nicht diejenige sein, die euch eine Falle gestellt hat?“

Beckas Miene verdunkelte sich. „Weil ich weiß, wer uns verraten hat.“

„Was?“ Überrascht kam sie aus dem Tritt. Bevor sie richtig stolpern konnte, hatte sie sich wieder im Griff. „Wer?“

„Du kennst sie nicht. Eine junge Frau, von der ich dachte, ich könnte ihr vertrauen.“ Becka blieb stehen, drehte sich zu ihr um und schaute ihr direkt in die Augen. „Ich habe mich geirrt. Ich hoffe, dass ich mich nur bei ihr getäuscht habe.“

Sophie schluckte und wusste nicht, wie sie auf die Anspielung ihrer Schwester reagieren sollte. Bevor sie etwas erwidern konnte, lief sie bereits weiter.

„Ein Informant bei der Sicherheit hat uns gewarnt. Er hat auch Sun erwähnt. Und nachdem der Stützpunkt von Bjarne verloren ist, muss ich davon ausgehen, dass sie alles, von dem sie wusste, weitergegeben hat.“

„Also werden gerade alle Zufluchten der Rebellen angegriffen?“, flüsterte Sophie entgeistert.

Sie mochte sich gar nicht vorstellen, wie viele Menschen sich in diesem Moment in der Stadt auf der Flucht befanden. Vorausgesetzt, alle Standorte waren genauso gut organisiert wie Beckas. Das grimmige Lachen ihrer Schwester holte sie in die Gegenwart zurück.

„Aus diesem Grund haben nur sehr wenige unserer Leute Kenntnisse über mehr als zwei bis drei Stützpunkte, Lagerhallen oder sonstige Anlagen, die sich in unserer Hand befinden. Sun kennt nur die beiden, soweit ich weiß, aber mit Bestimmtheit kann ich das erst sagen, wenn wir da sind und ich mich wieder mit den anderen Standorten vernetzen kann.“

„Wohin gehen wir genau?“, mischte sich Tom von hinten ein.

„Sun kannte zwei Standorte, und ich habe ihr vertraut. Ihr kennt einen, und mein ... Vertrauen zu euch ist nicht groß genug, als dass ich euch einweihen würde. Habt Geduld, und ihr werdet es sehen.“

23

Sophie spürte nur noch Schmerz. Die Beine brannten, und das üble Stechen in ihrem Rücken bestimmte ihre Gedanken. Schritt für Schritt brachte sie hinter sich, ohne viel um sich herum wahrzunehmen. Bleierne Müdigkeit hüllte sie in eine neblige Wolke. Plötzlich prallte sie gegen ihren Vordermann. Vor lauter Erschöpfung hatte sie nicht mitbekommen, dass er stehen geblieben war.

Becka ließ sie rasten und teilte zwei Leute abwechselnd zur Wache ein. Leo hatte sich bereits auf dem kalten Stein seitlich ausgestreckt und nutzte einen Arm als Kopfkissen. Kurz war sie beleidigt, dass sie nicht mit eingeteilt worden war, doch das Gefühl verrauchte schnell. Schließlich war sie die Einzige, die nicht an der Waffe ausgebildet war. Wer wusste schon, ob sie bei Gefahr den Abzug betätigen konnte? Außerdem schrie ihr geschundener Körper nach Ruhe. Jeder Muskel schmerzte, und die Brandwunden machten sich ebenfalls bemerkbar.

Sie tat es Leo gleich, denn mittlerweile war es ihr egal, dass sie auf dem Boden eines Abwasserkanals lag, jedoch nur fast. Sie nahm ihre Decke heraus, die ihr als Unterlage diente. Innerhalb weniger Minuten schlief sie ein.

Als sie von Tom geweckt wurde, hatte sie das Gefühl, gerade erst die Augen zugemacht zu haben.

„Was ist denn los?", schreckte sie hoch.

„Nichts, du hast eine Stunde geschlafen. Zeit weiterzugehen."

Frustriert ließ sie sich zurücksinken. Vorsichtig streckte sie ihre schmerzenden Glieder. Wie die anderen nahm sie sich etwas von den Rationen, obwohl sie keinen Hunger hatte. Aber wenn sie nicht aß, würde sie wohl nicht die Kraft haben, diesen verfluchten Rucksack länger zu tragen. Sie verzog das Gesicht und wünschte sich, sie hätte etwas Desinfektionsmittel dabei. Doch nichts dergleichen befand sich in ihrem Gepäck, und das Trinkwasser war zu wertvoll, um sich damit die Hände zu waschen. Mittlerweile machte sich ein anderes Bedürfnis breit. Mit steifen Gliedern erhob sie sich und entfernte sich von der Gruppe in den dunklen Tunnel.

„Was, zum Teufel, tust du da?" Beckas wütende Stimme ließ sie innehalten.

„Äh, na ja, etwas, das was man nun mal allein macht."

„Keiner geht hier unten irgendwo allein hin. Immer zu zweit."

Sophie rollte mit den Augen, ihre Schwester war jedoch unerbittlich. Mit der Waffe im Anschlag begleitete sie Sophie. Eine der Leuchtkugeln folgte ihnen und umkreiste sie. Genervt schaute Sophie nach oben und verfluchte sie lautlos. In ihrer Vorstellung wäre sie unauffällig davongehuscht, ohne gesehen zu werden. Und jetzt hatte sie ein Leuchtschild über sich kreisen. Etwa dreißig Meter von den anderen entfernt stoppte ihre Schwester und zog vielsagend die Brauen hoch.

„Kannst du dich bitte umdrehen?", bat sie, aber Becka bedachte sie mit einem spöttischen Lächeln und blickte auf einen Punkt hinter Sophie.

Mit leisem Fluchen hockte sie sich in die Mitte des alten Abwassergrabens. Während sie sich erleichterte, meinte sie, ein Rascheln zu hören.

„Was war das?", fragte sie alarmiert.

„Wahrscheinlich eine Ratte", erwiderte Becka mit ruhiger Stimme.

Suchend schaute sich Sophie um, konnte allerdings nichts entdecken. Hastig zog sie die Hose hoch und schloss den Knopf. Mit schnellen Schritten kehrten sie zu den anderen zurück. Sophie verbuchte das als Erfahrung, die sie nicht wiederholen wollte. Der Drang, gegen ihren Rucksack zu treten, ließ sich nur schwer unterdrücken. Mittlerweile hasste sie das Teil aus tiefsten Herzen.

„Alles klar bei dir?", fragte Becka mit einem spöttischen Unterton.

„Jaja, na sicher", murmelte sie, griff nach dem Gepäckstück und konnte nicht verhindern, dass ein Stöhnen über ihre Lippen drang.

„Wir sollten uns beeilen. Packt eure Sachen zusammen, und kommt auf die Beine", trieb Becka sie alle an.

Kurz darauf waren sie wieder unterwegs. In der gleichen Konstellation liefen sie den Backsteintunnel entlang. Neben ihr stolperte Leo. Er sah schlimm aus. Seine Haut war aschfahl, seine Augen wirkten glasig. Auch wenn er ansprechbar war, würde sie darauf wetten, dass er hoch fieberte. Sie hielt ihm die Wasserflasche hin, doch er lehnte ab. Vor ihr drehte sich ihre Schwester zu ihnen um, in ihrem Gesicht spiegelte sich die gleiche Sorge, die Sophie selbst empfand.

Ihre Schritte erzeugten ein schabendes Echo im Tunnel. Manchmal glaubte Sophie, noch etwas anderes zu hören. Sie wollte nichts sagen, denn es schien so, als würde niemand anderes aus der Gruppe die Laute hören. Immer wieder schaute sie sich um, bis Tom hinter ihr aufmerksam wurde.

„Was ist los?", fragte er leise.

„Hörst du das nicht? Ab und an ist da was, aber es ist immer wieder weg, wenn ich genauer hinhöre."

„Ich höre es auch." Leo sprach ebenso leise wie Tom.

Überrascht starrte sie ihn an. „Was ist das?"

„Ich bin mir nicht sicher, aber ich denke, wir werden verfolgt."

Zischend sog Sophie den Atem ein und blickte automatisch nach hinten. „Und wer sollte uns hier unten verfolgen? Die von der Sicherheit?"

„Ich denke nicht, eher Ausgestoßene."

„Die gibt es wirklich?" In derselben Sekunde wusste sie, wie dumm ihre Frage gewesen war, und wünschte sich, sie hätte die Klappe gehalten.

„Wir müssen uns ganz dringend mal unterhalten", gab Becka ihren Senf dazu. „Wie kann man als Wissenschaftlerin so naiv sein?"

Sophie drehte sich zu Tom um, doch auch der wirkte nicht überrascht. „Du wusstest es?"

„Wir hatten Kontakt mit ihnen, als wir außerhalb der Stadt eine neue Wasseraufbereitungsanlage gebaut haben."

Sophie musterte ihre Schuhspitzen. Sie fühlte sich unangenehm ertappt, dass sie als Einzige nicht gewusst hatte, die Gerüchte stimmten. Geschichten von Menschen, die krank wurden und in den Untergrund gingen, weil sie sich die Behandlungen nicht leisten konnten und ihren Familien nicht zur Last fallen wollten.

„Und was tun wir jetzt?", fragte sie gedämpft.

„Im Moment kommen sie nicht näher", antwortete Becka. „Solange es so bleibt, machen wir nichts."

„Und was, wenn sie näher kommen?"

Einer ihrer Begleiter nahm seine Waffe in die Hand und kontrollierte die Munition. Das war alles, was sie als Antwort erhielt. Mehr brauchte es auch nicht. Angespanntes Schweigen begleitete die Gruppe auf dem weiteren Weg. Jeder horchte in die Dunkelheit und versuchte, die Verfolger auszumachen.

„Wie weit müssen wir noch, Becka?", wollte Tom irgendwann wissen.

Mit gerunzelter Stirn betrachtete sie das Navigationsgerät an ihrem Arm. „Wenn wir das Tempo halten, etwa ein bis zwei Stunden."

„Aber das ist ja nicht mehr lange!", warf Sophie ein.

„Ja, wenn die Aussätzigen nicht aufschließen."

„Was meinst du damit?"

„Auf den letzten vier Kilometern haben sie angefangen, den Abstand zu verringern, Sophie."

„Woher weißt du das so genau?"

„Schau hier." Ihre Schwester hielt ihr ein Gerät in der Größe eines Tablets hin. „Ich habe in regelmäßigen Abständen Wärmesensoren angebracht. Die Zeit, die sie benötigen, um nach uns die Sensoren auszulösen, sagt mir, sie nähern sich schneller."

Auf dem kleinen Display waren Ziffern und ein Timer zu sehen.

„Wie lange noch, wenn sie im gleichbleibenden Tempo aufholen?“, wollte Tom wissen.

Becka wischte auf der Oberfläche herum, und ihr Gesicht verdunkelte sich. „Etwa eine halbe Stunde.“

„Scheiße, und nun?“, zischte Sophie.

„Ich habe versucht, dem Standort eine Nachricht zu schicken, damit sie uns Hilfe schicken, aber ich weiß nicht, ob sie angekommen ist.“

„Und das Funkgerät?“, hakte Tom nach.

„Wir unterqueren gerade eine sehr sensible Zone. Die Gefahr entdeckt zu werden, ist zu groß. Allein die Nachricht war ein Risiko.“ An die Gruppe gewandt rief sie: „Ab jetzt Laufschritt!“

„Wie bitte?“, fragte Sophie.

Die Teammitglieder verfielen in einen Laufschritt und entfernten sich rasch von dem Punkt, an dem Sophie verharrte. Mittlerweile stützten zwei Leute Leo und zogen ihn mit.

Nur Becka blieb bei ihr und schaute sie ungeduldig an. „Los jetzt!“

Schnell hatte sich Sophie wieder im Griff und setzte sich Bewegung. Sie drückte die Träger ihres Gepäcks weit nach unten, damit der Rucksack nicht so sehr hin und her sprang. Schnell geriet sie aus der Puste, und ihre Lunge brannte, trotzdem lief sie weiter. Selbst Leo tat sein Bestes, obwohl er immer wieder schwankte. Wenn ein Schwerverletzter laufen konnte, würde sie das auch schaffen.

Doch egal wie sehr sich Sophie bemühte, ihre Beine wollten sich nicht schneller bewegen. Nicht einmal ansatzweise konnte sie mit den anderen mithalten. Immer weiter fiel sie zurück. Besorgt blickten Tom und Becka öfter zu ihr zurück und reduzierten ihr Tempo. Laut keuchend quälte sich Sophie vorwärts, sie bekam kaum noch Luft, Seitenstechen erschwerte ihr das Atmen. Dafür wurde ein schriller Ton lauter, bis sie glaubte, Schreie herauszuhören. Dieses grelle Kreischen jagte ihr ein Schaudern über den Rücken. Die Furcht verlieh ihr ungeahnte Kräfte und ermöglichte es ihr weiterzurennen. Becka schaute auf ihr Gerät. Ihrem Gesichtsausdruck nach zu urteilen, zeigte es nichts Erfreuliches an.

„Lauf, Sophie!", brüllte sie. „Verdammt, lauf!"

Noch einmal mobilisierte Sophie all ihre Kraftreserven, aber die restliche Energie verpuffte wie eine Rauchwolke. Plötzlich stolperte sie über ihre eigenen Füße und strauchelte. Sie versuchte, ihr Gleichgewicht zurückzugewinnen, hatte allerdings keine Chance. Seitlich prallte sie auf den harten Steinboden, und der stechende Schmerz ließ sie laut aufschreien.

Tom wollte sie nach oben ziehen, Becka brüllte jedoch: „R-u-n-t-e-r!"

Breitbeinig stellte sie sich auf und fing an zu schießen.

Aufgeschreckt von den Schüssen, hatte auch der Rest der Gruppe mitgekriegt, dass hinter ihnen etwas nicht stimmte, und kam zurückgelaufen. Noch mehr Waffen wurden gezogen. Tom warf sich über Sophie, zog seine Waffe aus dem Hosenbund und begann ebenfalls zu feuern. Die Taschenlampen lagen am Boden und tauchten die Höhlenwände in unstetes Licht. Sophie erkannte Schatten, die aus dem Tunnel auf sie zusteuerten. Sie fragte sich, wie diese Menschen sie so schnell hatten einholen können. Es sah so aus, als würden sie auf vier Beinen laufen statt auf zwei.

Trotz der Kugeln, die auf sie niederprasselten, verringerte sich der Abstand zusehends. Es trennten sie etwa zwanzig Meter, fünfzehn, Sophie konnte jetzt ihre von Wunden und Narben entstellten Gesichter deutlich ihm Mündungsfeuer erkennen. Wutverzerrt und mit gefletschten Zähnen näherten sie sich unaufhaltsam.

Hinter sich hörte sie ein Ploppen, dem ein Rauschen folgte, dann wurde es gleißend hell. Sie vergrub das Gesicht in ihren Armen. Ein heißer Atemzug fegte über sie hinweg, und sie schrie erneut auf, als sich die Hitze wie feine glühende Nadeln auf ihre ungeschützte Haut senkte.

Bevor sie wusste, wie ihr geschah, rissen sie starke Hände nach oben und schubsten sie weiter durch den Tunnel.

„Los, los, los! Das hält sie nicht lange auf." Eine unbekannte Stimme schrie sie an, und sie stolperte voran.

Sie blickte über die Schulter und sah den Teil des Tunnels, aus dem sie gekommen waren, in Flammen stehen. Bewegte sich da etwas im Feuer? Entfernt hörte sie jemanden jaulen, und ihr wurde auf einmal schlecht. Es klang eindeutig menschlich.

Sophie bemerkte kaum, dass ihre Gruppe größer geworden war. Von Rebellen, die sie nie zuvor gesehen hatte, wurden sie in einen Seitenzweig geleitet. Über ihnen leuchtete am Ende eines langen Schachts ein kreisrunder Ausschnitt auf. Sophie konnte den strahlend blauen Nachmittagshimmel von hier unten erahnen. In die Wand eingelassene Metallsprossen führten in einer Höhe von etwa zwei Metern nach oben.

Einer nach dem anderen kletterte empor. Ehe sie sich versah, hob sie jemand an. Sie streckte die Arme aus und bekam die unterste Reihe zu fassen. Rost schnitt in ihre Haut, sie kümmerte sich nicht darum. Aus eigener Kraft hätte sie sich nicht halten können, doch von unten wurden ihre Füße hochgeschoben, bis sie die Füße auf die Sprossen stellen konnte. Immer weiter dem Licht entgegen stieg sie Stück für Stück hinauf. Am Ende griffen Arme nach ihr und zogen sie das letzte Stück aus dem Abwasserschacht.

Ein Lkw, dessen Ladefläche mit einer Plane abgedeckt war, wartete bereits. Soweit sie sehen konnte, umgaben sie saubere Straßen, nur der verschobene Gullydeckel störte das Bild. Weiße Hauswände säumten die Straße, offenbar waren sie in einer der besseren Gegenden gelandet. Ein Stück entfernt bemerkte Sophie eine Rauchschwade, die gen Himmel zog. Wieder hob jemand sie hoch und bugsierte sie über eine Ladeklappe in das Innere des Lasters. Immer mehr Menschen klettern hinein und setzten sich auf den Boden. Weiter hinten entdeckte sie Leo und Tom und winkte ihnen zu. Erleichtert stellte sie fest, dass alle aus ihrem Team dabei waren, bis sie merkte, dass Becka fehlte.

Suchend schaute sich Sophie nach ihrer Schwester um, konnte sie aber nicht finden. Ein Vibrieren ging durch den Wagen, und sie wusste, dass der Motor gestartet wurde. Im letzten Moment, bevor der Laster anfuhr, sprang Becka auf. Schlagartig wurde es leise, als sich das Fahrzeug in Bewegung setzte. Jemand zurrte die Plane fest, andere klopften sich auf die Schultern. Alle blieben leise. Etliche Minuten verstrichen, bis von der Fahrerkabine aus ein lautes Klopfen erklang. Ein Ruck ging durch die Menge, und erst jetzt wurde Sophie bewusst, wie angespannt die Menschen gewesen waren.

Es dauerte, bis der Laster schwankend zum Stehen kam und die Plane gelöst wurde. Helles Licht strahlte durch die Öffnung, durch die sie mit den anderen von der Ladefläche kletterte.

Der Lkw hatte auf einem rechteckigen Parkplatz gehalten. Von drei Seiten wurde er von zweistöckigen Bauten eingefasst. Die vierte wurde durch eine hohe Mauer begrenzt. In der Mitte befand sich ein schweres Metalltor, das sich gerade schloss. Mit einem hörbaren Scheppern fiel es ins Schloss.

Neben ihr tauchte Tom auf. Aus einem Impuls heraus schlang sie die Arme um ihn, er erwiderte die Umarmung. Kurz legte er das Kinn auf ihren Kopf, und so standen sie ein, zwei Sekunden still in der Menge. Doch schneller, als ihr lieb war, ließ er sie los. Sie folgten den anderen durch eine Flügeltür nach innen und fanden sich wenig später in einem Treppenhaus wieder.

Befehle wurden gebrüllt, und jeder wusste, wo er hingehen sollte. Nur Tom und sie hatten keinen blassen Schimmer, wohin sie sollten, bis ein älterer Mann ihnen bedeutete, sich an ihn zu halten. Er führte sie über einen Gang zu Türen, die anzeigten, dass sich dahinter Umkleiden und Duschen befanden. Der Mann sprach kein Wort, er machte jedoch deutlich, dass sie sich hier trennen mussten. Sophie trat rechts durch die Tür, während Tom durch die linke Tür verschwand.

Toilettenkabinen befanden sich auf der einen Seite, Waschbecken auf der anderen. Dahinter ein weiterer gefliester Raum mit Duschen. An den Wänden befanden sich Schränke mit einer langen Bank davor, wie im Schwimmbad, sowie eine weitere Tür. Frauen aus ihrer Gruppe zogen sich gerade aus oder hatten sich bereits in die Duschen verzogen. Auch sie entkleidete sich und ließ ihre Sachen achtlos auf der Bank liegen. Es war das erste Mal seit Langem, dass sie einen richtigen Wasserstrahl aus einer Dusche auf der Haut spürte. Heiß prasselte das Nass über ihren Nacken, und sie schloss die Augen.

Sofort sah sie Flammen, und etwas bewegte sich darin. Hastig öffnete sie die Lider wieder. Das Wasser brannte. Zu ihren Verbrennungen waren im Tunnel etliche Brandblasen hinzugekommen. Mittlerweile hasste sie diese unheilbringenden Waffen. Wie konnten Menschen auf die Idee verfallen, so etwas Schlimmes zu entwickeln? Den Schmerz ignorierend, blieb sie so lange in der Dusche, bis sie nicht mehr das Gefühl hatte, der gesamte Abwasserkanal würde an ihr kleben.

Ihre alte Kleidung war entsorgt und durch frische ersetzt worden, als sie aus der Kabine trat. Auch Handtücher lagen bereit. Es dauerte nicht lange und die Tür im Umkleidebereich wurde geöffnet. Eine drahtige Frau mittleren Alters erschien. Sie hatte die dunklen Haare kahl geschoren, sodass nur ein Schimmer zu erkennen war.

„Du bist Sophie." Es war keine Frage, sondern eine Feststellung.

„Und wer sind Sie?“ Mit einem Ruck zog sie sich die ausgeblichene Jeans hoch und knöpfte sie zu. Die Hose war etwas zu lang, daher krempelte sie die Beine um.

„Ich bin Elena. Wenn du fertig bist, bringe ich dich zu deinem Zimmer.“

„Ich bin fertig.“ Sophie stieg in die bereitstehenden Stoffschuhe, die ihr eine Nummer zu klein waren. „Also bist du meine Aufpasserin?“

„Ich soll dir helfen, dich hier zurechtzufinden. Deine Schwester fand, du hättest gewisse ... Defizite, was dein Wissen über uns und unsere Welt angeht.“ Elena öffnete die Tür und ließ sie passieren.

Mit rotem Kopf ging Sophie an ihr vorbei auf einen weiteren Gang. Wie konnte ihre Schwester sie nur so bloßstellen? Nach diesem langen Tag brauchte es nicht viel, um sie wütend zu machen.

„Und warum macht sie das nicht selbst?“ In dem Moment, in dem Sophie es aussprach, merkte sie, wie zickig sie klang. Mittlerweile brannten ihre Wangen, und sie glaubte, sie könnte einem Glühwürmchen Konkurrenz machen.

„Weil sie gerade zwei Stützpunkte verloren hat und sich um die Organisation der Überlebenden kümmern muss.“ Es war klar, was Elena meinte, Becka hatte Wichtigeres zu tun, als ihre Schwester zu beaufsichtigen.

„’tschuldigung, war nicht so gemeint“, murmelte sie.

Von der älteren Frau fühlte sie sich gemaßregelt, und das gefiel ihr nicht. Elena nickte nur und deutete nach links. Suchend blickte sie sich um, Tom war jedoch nicht zu entdecken. Ob er auch abgeholt worden war? Als hätte Elena ihre Gedanken gelesen, informierte sie

Sophie, dass sich ihr Mann bereits zurückgezogen habe.

„Es ist das Beste, ihr ruht euch erst aus. Sehen werdet ihr euch beim Abendessen“, sagte die Frau mit kalter Stimme.

Kurz regte sich in Sophie Widerwille, doch sie war zu müde, um zu streiten.

Die Wände waren weiß gestrichen, der Boden bestand aus grauem Linoleum, das bei jedem Schritt unter den Sohlen knarzte. In regelmäßigen Abständen zweigten Türen in der gleichen Farbe ab, helle LEDs tauchten alles in kaltes Licht.

„Das ist ein altes Internat, das lange leer gestanden hat. Wir haben es renoviert und unseren Bedürfnissen angepasst“, erklärte Elena. „Es war als neuer Hauptsitz geplant, aber der Umzug sollte erst in einigen Wochen stattfinden. Da nun von dem alten nichts mehr übrig ist, mussten wir den Vorgang beschleunigen.“

Sie schenkte Sophie einen Blick, den sie nicht einordnen konnte. Wenn sie nicht gewusst hätte, dass Sun die Rebellen verraten hatte, hätte sie meinen können, Elena gäbe ihr die Schuld daran.

„Hier unten sind die Wohnräume sowie der Speisesaal, oben befinden sich verschiedene Arbeits-, Einsatz- und Besprechungsräume“, fuhr die Frau fort.

Sie bogen einige Male ab, und nach kurzer Zeit hatte Sophie die Orientierung verloren. Die Gänge sahen alle gleich aus. Einen weiteren Flur später blieb Elena vor einer weißen Tür stehen. Ein Schild mit der Aufschrift 243 hing daneben an der Wand. Unwillkürlich fragte sie sich, ob die Zahlen für die Schlafräume standen oder willkürlich gesetzt waren.

„Dein Zimmer. Ruh dich aus. In einer halben Stunden gibt es Essen. Ich hole dich ab und zeige dir den Rest."

Mehr sagte Elena nicht. Sie schaute Sophie von oben herab an.

Sophie trat von einem Bein aufs andere. Sie hatte keine Lust auf Smalltalk, doch eine Sache brannte ihr auf der Seele. „Wie geht es Leo? Ist er okay?"

„Wir mussten ihn sedieren, damit er endlich im Bett liegen bleibt. Seine Wunden haben sich entzündet, aber wir haben hier die nötigen Medikamente, um ihn zu behandeln."

„O gut." Mehr fiel ihr nicht ein. Sie konnte sich gut vorstellen, wie schwer es war, Leo dazu zu bekommen sich auszuruhen.

Elena wartete, bis Sophie die Zimmertür öffnete, drehte sich wortlos um und verließ sie. Sophie verharrte in der Bewegung und wartete, bis die Frau um die nächste Ecke gebogen war. Rasch trat sie ein, schloss die Tür und lehnte sich dagegen. Der Schlüssel steckte von innen. Es war ein seltsames Gefühl, nicht mehr von anderen eingeschlossen zu werden. Zögernd drehte sie ihn um. Probehalber drückte sie die Klinke herunter, die Tür blieb verschlossen. Sophie lächelte. Das erste Mal seit Langem fühlte sie sich ansatzweise wieder selbstbestimmt.

Neugierig schaute sie sich in ihrem neuen, etwa neun Quadratmeter großen Zuhause um. An der rechten Seite stand ein schlichtes Bettgestell aus Metall, auf der anderen ein Holzstuhl und ein Beistelltisch mit einer digitalen Uhr darauf. Gegenüber der Tür befand sich ein Fenster, das den Blick auf den Innenhof freigab. Dort parkte noch immer der Laster. Eine Tür führte in ein winziges Bad, in dem es eine Toilette und ein Waschbecken gab. Unterhalb eines Spiegels befand sich eine Ablage, auf der eine verpackte Zahnbürste, eine kleine Tube Zahnpasta und ein Stück Seife lagen. An einem Haken hing ein Handtuch.

Alles, was man für den Anfang braucht, dachte sie, ließ sich aufs Bett sinken und ihren Gedanken freien Lauf. Ihr Körper fühlte sich schwer an, und nach dem harten Boden im Tunnel empfand sie das weiche Bettzeug geradezu himmlisch. Unfähig, sich dagegen zu wehren, fielen ihr die Augen zu. Sofort versank sie in der Dunkelheit, in der Träume von brennenden Tunneln schon auf sie warteten.

24

Mit einem Schrei fuhr Sophie hoch. Jedenfalls glaubte sie, dass sie geschrien hatte. Um sie herum war es dunkel, und einen Moment lang stieg Panik in ihr auf. Erst als sie die digitalen Ziffern der Uhr entdeckte, fiel ihr wieder ein, wo sie war. Beruhigt ließ sie sich zurückfallen, es war kurz nach halb zwölf, dennoch war an Schlaf nicht mehr zu denken.

Ihr Magen machte sich mit einem lauten Knurren bemerkbar. Offenbar hatte sie das Abendessen verpasst. Ein wenig steif rollte sie sich aus dem Bett und ging zur Tür. Der Lichtschein von draußen reichte gerade aus, um ihr den Weg zu weisen. Sie schloss auf und trat hinaus. Kaltes Licht blendete sie. Noch immer war niemand zu sehen, und sie fragte sich, wo sich in diesem Komplex wohl die Küche oder Essensausgabe befand. Sie wollte gar nicht viel – ein Fladen und sie wäre glücklich.

Sie hatte keine Ahnung, welchen Weg sie nehmen musste, immerhin hatte Elena gesagt, dass es hier einen Speisesaal gebe. Kurzentschlossen wandte sie sich in die Richtung, in die Elena verschwunden war. Sie lief immer weiter, bis sie glaubte, dass das ganze Gebäude nur aus Gängen bestand. Egal um welche Ecke sie bog oder welche Abzweigung sie wählte, der Flur nahm kein Ende. Weiße Wände und graue Türen. Sie überfiel das Gefühl, sich durch ein Geisterkrankenhaus zu bewegen. Die meisten Zimmer hatten Zahlen neben den Türen. Irgendwann kam sie auf die Idee, ihnen absteigend zu folgen. Und nachdem sie in den Flur gelangt war, in dem die Zahlen einstellig wurden, stieß sie auf den Übergang zu einem Treppenhaus. Dort hatte sie endlich Erfolg und traf auf eine Gruppe von jungen Männern, die ihr den Weg erklärten.

Auf der anderen Seite des Treppenhauses erstreckte sich der Gang noch ein wenig weiter. Als sie zu der ersten Abzweigung kam, nahm sie die rechte Seite, wie ihr die Männer gesagt hatten. Nach der nächsten Ecke stand sie vor einer großen Flügeltür. Gemurmel drang durch die geschlossenen Türen, und Essensgeruch stieg Sophie in die Nase. Zögerlich trat sie durch die Tür und meinte, sich in einer anderen Welt zu befinden. Das Licht war weicher, wärmer und nahm den Metalltischen und -stühlen die harten Konturen. Es waren wenige Plätze besetzt. Auf der einen Seite entdeckte sie tatsächlich eine Essensausgabe. An einem langen Tresen stand ein junger Kerl, neben ihm mehrere Töpfe, aus denen Dampf emporstieg. Was immer dort kochte, roch verführerisch. Sie steuerte auf den jungen Mann zu, der an einem Tisch lehnte. Im Näherkommen erkannte sie, dass er die Augen geschlossen hatte. Sie traute sich kaum, ihn zu wecken, doch ihr Hunger hatte andere Pläne.

„Hi, gibt es noch was zu essen?", fragte sie zaghaft.

Der junge Mann fuhr zusammen, sprang auf und nahm Haltung an. Entschuldigend lächelte Sophie. Erleichtert ließ er die Schultern sinken, anscheinend hatte er mit jemand anderes gerechnet.

„Bitte verpetze mich nicht, im Dienst zu schlafen, ist nicht gut. Wenn ich erwischt werde, muss ich bestimmt 'ne ganze Woche die Männerklos putzen. Und *das* geht gar nicht." Er schüttelte sich.

„Ich weiß von nix", sagte Sophie zwinkernd und verriet ihm lieber nicht, dass Frauentoiletten auch nicht besser waren. „Aber nur, wenn du mir was zu essen gibst."

„Alles klar, wir haben einen Deal." Er nahm einen Teller und fing an, eine bräunliche Masse aus dem ersten Topf zu schöpfen. „Ich bin übrigens Timmy."

„Sophie."

„Ich habe dich hier noch nie gesehen. Na ja, was nichts heißen soll, ich bin sonst in der IT und versuche, Computersysteme zu hacken." Er legte einen Teigfladen dazu. „Heute sind einige Neue gekommen, sodass wir zu Extraschichten eingeteilt wurden, falls jemand Hunger kriegt." Er verdrehte die Augen, und sie konnte erkennen, wie jung er war. Bestimmt nicht älter als siebzehn. Er fischte einen zweiten Fladen aus dem Bottich. „Reicht das, oder willst du mehr?"

„Nein, nein, das ist genug. Danke", antwortete sie.

„Wenn's nicht reicht, weißt du ja, wen du wecken musst", sagte er lachend. „Und sollte ich mal nicht da sein, frag nach den IT-Nerds, da findest du mich bestimmt", rief er ihr hinterher, als sie sich mit ihrem Teller entfernte.

Sie winkte zum Abschied.

Gibt es nicht ein Mindestalter, um bei den Rebellen einzusteigen?, fragte sie sich. Sie wollte sich gerade an einen Tisch setzen, als im hinteren Teil jemand die Hand hob. Sophie erkannte ihre Schwester und gesellte sich zu ihr. Ihre Glieder schmerzten noch von dem langen Marsch, und sie ließ sich ächzend neben Becka auf den Stuhl fallen.

Mit am Tisch saß Elena, die sie aufmerksam musterte. „Ich war vorhin bei dir, aber du hast nicht auf mein Klopfen reagiert."

„Ich bin ungewollt eingeschlafen, entschuldige, ich habe dich nicht gehört."

„Du musst dich nicht entschuldigen, du hast deinen Weg hierher ja auch ohne mich gefunden", entgegnete Elena trocken.

Um nicht irgendetwas Patziges zu erwidern, biss sich Sophie auf die Zunge und konzentrierte sich auf ihr Essen. Zögernd löffelte sie etwas von dem braunen Mus und schnupperte daran. Dann schob sie sich den Löffel in den Mund und riss überrascht die Augen auf. Der süße Geschmack von eingekochten Äpfeln breitete sich auf ihrer Zunge aus. Langsam ließ sie sich das Apfelmus auf der Zunge zergehen.

„Sind das meine, Becka?", fragte sie leise.

„Ja, sind sie. Wir haben sie an mehrere Standorte in der Unterstadt ausgeliefert, wo sie an die Bevölkerung ausgegeben werden. Sie helfen, viele hungrige Menschen satt zu kriegen."

Tränen schossen Sophie in die Augen. „Wenigstens ist etwas Gutes bei meiner Arbeit rausgekommen", murmelte sie vor sich hin.

Jetzt da die erste Überraschung vorbei war, konnte sie sich kaum zügeln und verschlang das Essen. Ihre Schwester und Elena wechselten einen Blick.

„Die Bienen haben auch etwas Gutes", sagte Becka. „Soweit ich von Mike weiß, habt ihr tolle Erfolge erzielt.

Nur das, was *FoodTec* damit machen will, ist das Schlimme."

„Was genau wollen sie denn mit ihnen machen? Ist es das, was auf dem Stick ist?" Plötzlich ließ Sophie den Löffel sinken. „O verdammt, der Stick! Ist er mit dem Standort zerstört worden?" Für einen kurzen Moment breitete sich Panik in ihr aus. Hoffentlich war nicht alles umsonst gewesen.

„Reg dich nicht auf. Ich habe ihn die ganze Zeit bei mir gehabt."

Sophie stieß die Luft aus.

„Und um deine Frage zu beantworten: Ja und nein, aber wir werden morgen in Ruhe darüber sprechen. Es ist weit nach Mitternacht, und ich kann kaum mehr geradeaus denken." Mit diesen Worten erhob sich Becka und nahm ihr Geschirr. „Nach dem Frühstück wird Elena dich zu mir bringen, und du wirst alles erfahren." Sophie wollte dazwischenfragen, Becka unterbrach sie. „Morgen, versprochen. Schlaf gut." Sie nickte Elena zu und entfernte sich.

Auch Elena stand auf. „Findest du den Weg allein zurück?"

„Ja, kein Problem."

„Gut, dann sehen wir uns morgen."

Ohne zurückzublicken, verschwand sie ebenfalls. Elena war eine Person, die sie nicht einschätzen konnte. Manchmal schaute sie Sophie abschätzig an, doch vielleicht irrte sie sich auch.

Sie verschlang den Rest ihrer Mahlzeit und hielt sich danach den schmerzenden Bauch. Sophie war es nicht mehr gewohnt, so viel zu essen. Zwangsläufig dachte sie an all die Menschen, die noch weniger hatten. Mit trüben Gedanken räumte sie ihr Geschirr ab und machte sich auf den Rückweg. Jetzt wo sie wusste, wie das Zahlensystem funktionierte, fand sie mühelos zurück zu ihrem Zimmer.

Bis auf ihr Shirt entkleidete sie sich und legte sich hin. Noch immer fiel es ihr nicht leicht einzuschlafen. Ihr Abstecher in die Kantine hatte sie wacher gemacht. Sie wälzte sich hin und her, bis sie irgendwann in verworrene Träume versank. Ständig schreckte sie auf und wünschte sich, Tom läge neben ihr, um sie mit seiner bloßen Anwesenheit zu beruhigen.

Irgendwann klopfte es, diesmal hörte sie es.

„Moment", rief Sophie. Rasch zog sie sich die Hose an, bevor sie die Tür öffnete.

Zu ihrer Überraschung stand nicht Elena vor der Tür, sondern Tom. Sie lachte auf und umarmte ihn. Unter ihrer Berührung versteifte er sich, aber sie ignorierte seine Reaktion. Gerade als er sich entspannte, ließ sie ihn wieder los und bemerkte den irritierten Ausdruck in seinem Gesicht. Sie unterdrückte ein Grinsen.

„Komm rein, warst du schon frühstücken?" Sie zog ihn in den Raum.

„Nein, mir wurde aufgetragen, dich zu holen."

„Aufgetragen? Von wem? Egal. Warte kurz, ich mache mich schnell frisch, dann können wir los."

Ohne eine Antwort abzuwarten, wechselte sie ins Bad. Während sie sich die Zähne putzte, wurde ihr klar, wie lange sie das nicht mehr gemacht hatte. Sie beeilte sich, fertig zu werden, ging auf die Toilette und kehrte zu Tom zurück, der mit verschränkten Armen an der Wand lehnte.

„Was ist los mit dir? Wir sind endlich in Sicherheit, uns wird Vertrauen entgegengebracht, und du stehst hier wie ein Schluck Wasser in der Kurve.“

„Diese Sicherheit ist trügerisch, und das weißt du genauso gut wie ich.“

Mit zusammengekniffenen Lippen starrte sie ihn an. Das erste Mal seit Tagen fühlte sie sich entspannt. Sie wollte nicht wieder an die Welt da draußen denken.

„Becka hat mich gefragt, ob ich einsteige.“

„Was meinst du mit ‚einsteigen‘, Tom? Etwa bei den Rebellen? Falls es dir nicht aufgefallen ist, sind wir schon bei ihnen.“

„Richtig mitmachen, bei den Wachen und den Einsatzteams.“

„Was?“, flüsterte sie. Wie konnte er so was nur denken? „Vor wenigen Tagen saßen wir noch in einem Loch, und sie haben versucht, Informationen aus uns heraus zu foltern, und jetzt willst du es ihnen gleichtun?“

„Jetzt sei nicht so heuchlerisch. Du verstehst dich mit unserem Folterknecht ja auch prima. Best friends forever und so.“

„Red keinen Unsinn!“, entgegnete sie mit fester Stimme, aber tief in ihrem Inneren wusste sie, dass ein Funken Wahrheit in seinen Worten steckte.

In den letzten Tagen war so viel passiert, dass sie noch gar nicht alles aufgearbeitet hatte. Unter anderem, wie sie zu Leo stand. Sie konnte nicht leugnen, dass sie sich in seiner Nähe wohlfühlte. Sie begriff es selbst nicht so recht.

„Und was hat das damit zu tun, dass du dich jetzt absichtlich in Gefahr begibst? Hast *du* mir das nicht gerade erst vor zwei Tagen vorgehalten?"

„Sophie, hör mal, ich wusste bereits davor mehr, als du denkst. Und ich habe schon länger die Welt und ihre Gesellschaft anders gesehen als du. Das war auch ein Grund, warum ich mich von dir entfernt habe. Beim Anlagenbau ist man näher dran, als würde man nur in der Oberstadt leben. Das ist keine Kritik an dir. Doch ich habe viel getan, von dem du nichts weißt. Und das ist gut so."

Ihr Herz zog sich schmerzhaft zusammen, und sie musste plötzlich daran denken, wie er im Keller mit der Waffe vor ihr gestanden hatte. Sie schaute ihn traurig an. Ja, es gab vieles, was sie nicht von ihm wusste. Nur in dieser Situation mit dem Thema ihre Scheidung ins Spiel zu bringen, war unfair. Er hatte nicht einmal versucht, mit ihr darüber zu reden.

„Warum hast du nie was gesagt? Vielleicht hätte das etwas geändert! Und du kommst ausgerechnet jetzt mit dem, was uns entfremdet hat?"

„Du hast so sehr in deiner *FoodTec*-Welt gelebt, dass es eh nichts gebracht hätte. Ich möchte nur, dass du verstehst, warum ich ..."

„Das weißt du nicht, denn du hast es ja nicht mal versucht", unterbrach sie ihn. „Stattdessen hast du dich der Konfrontation entzogen und bist abgehauen." Ihre Stimme wurde lauter.

Er hob hilflos die Hände. „Sophie, ich ..."

„Im Grunde wirfst du mir das Gleiche vor wie meine Schwester. Dass ich zu sehr an meiner von *FoodTec* geprägten Welt geglaubt und dafür gekämpft habe. Aber

Becka war wenigstens ehrlich zu mir und hat die Konfrontation gesucht.“ Wütend ballte sie die Hände zu Fäusten.

„Ja, wahrscheinlich hätte ich das tun sollen, nur was hat dir das bei deiner Schwester gebracht? Ihr habt euch so sehr gestritten, dass ihr jahrelang keinen Kontakt hattet. Warum sollte ich also glauben, dass es bei uns anders gewesen wäre?“

„Vielleicht, weil wir ein Ehepaar sind?“, schrie sie – und verstummte, als die Wahrheit sie mit voller Wucht traf. „Waren, weil wir ein Ehepaar waren“, schob sie leise hinterher.

Tom machte ein Schritt auf sie zu, sie wich jedoch zurück.

„Ich habe an *FoodTec* bereits gezweifelt, bevor Mike umgebracht wurde, und ich stehe jetzt mitten in einem Rebellenstützpunkt. Ich denke, du hast mich unterschätzt.“

Gequält blickte er sie an. „Hätte ich damals gewusst, was ich jetzt weiß, hätte ich es anders gemacht, jetzt kann ich es nicht mehr ändern.“

„Du hast dich längst entschieden“, stellte sie ernüchtert fest.

„Ja, das habe ich. Ich bin nur hier, um es dir persönlich zu sagen. Sie müssen nur erst einmal sehen, wo meine Stärken liegen und wofür sie mich einsetzen können.“ Er zuckte mit den Schultern. „Ich soll gleich ein Training absolvieren, ich werde also eine Zeit lang nicht hier sein.“

„Dann solltest du jetzt gehen.“

„Sophie ...“

„Geh einfach.“

Traurig schaute Tom sie an und nickte schließlich. Schweigend verließ er ihr Zimmer und schloss die Tür hinter sich. Mit beiden Armen umfasste sie ihren Oberkörper und rutschte an der Wand hinunter. Sie legte den Kopf auf die Knie und ließ den Tränen freien Lauf. Eigentlich hatte sie keinen Grund, so wütend zu sein, sie waren bereits getrennt, und die Scheidung wäre in wenigen Monaten vollzogen. Doch tief in ihrem Herzen hatte sie gehofft, dass da noch etwas war, das sie retten könnte. Gerade in den letzten Tagen hatte sich das Gefühl verstärkt. Und jetzt fühlte sie sich verletzter als zu Beginn ihrer Trennung.

„Schluss jetzt!", fuhr sie sich selbst an.

Sophie würde immer Gefühle für ihn haben, schließlich waren sie mehr als fünf Jahre verheiratet gewesen, und sie hatte ihn immer geliebt. Sie kannte ihn als umsichtigen Menschen, also sollte sie, musste sie davon ausgehen, dass er auf sich aufpassen konnte. Sie schniefte und wischte sich über die Augen.

Erneut ging sie in das kleine Bad und wusch sich das Gesicht mit eiskaltem Wasser. Sie stützte sich am Waschbecken ab und betrachtete sich im Spiegel. Gerötete Augen blickten ihr entgegen. Wenn sie an Toms Stelle gewesen wäre, hätte sie auch nicht mit sich geredet. Sie musste sich eingestehen, dass sie von *FoodTec* und ihrer Arbeit so sehr überzeugt gewesen war, dass es schon eine tote Bienenkönigin gebraucht hatte, um sie skeptisch werden zu lassen. Bei dem Gedanken, dass es eine Biene, aber nicht ihre eigene Schwester geschafft hatte, die Wahrheit über *FoodTec* zu erkennen, schüttelte sie den Kopf über sich selbst. Sie wusste, dass sie ein Sturkopf war. Grundsätzlich hatte sie jedes Argument widerlegt und sich nicht die Mühe gemacht, über die Begründungen anderer nachzudenken, weil sie felsenfest davon überzeugt gewesen war, recht zu haben. Es war an der Zeit, mit ihrer Schwester zu sprechen.

Nach einem weiteren Spritzer eisigem Wassers ließ die Rötung an ihren Augen nach, und sie wagte sich nach draußen. Da sie nicht wusste, wo sich ihre Schwester aufhielt, steuerte sie den Speisesaal an, in der Hoffnung, dort jemand Bekanntes zu entdecken. Diesmal brauchte sie nur die Hälfte der Zeit, um dorthin zu gelangen. Wo gestern der Junge Essen ausgegeben hatte, standen nun große Schalen mit einem Getreidebrei bereit, aus denen sich jeder bediente. Auch wenn sie keinen Hunger hatte, nahm sie sich eine Portion. Enttäuscht stellte sie fest, dass sie niemanden kannte, und setzte sich allein an einen Tisch. Normalerweise störte es sie nicht, für sich zu sein, warum jetzt? Und mit ihrer Laune war sie bestimmt kein guter Gesprächspartner. Lustlos rührte sie in ihrem Brei, der aussah wie Pappmaschee. Zu ihrem Unglück schmeckte er auch so.

Kaum hatte sie einen Bissen getan, wurde ein Stuhl gerückt, und Leo setzte sich ihr gegenüber.

„Was, zum Teufel, machst du hier?", pflaumte sie ihn an. „Warum liegst du nicht im Bett und erholst dich?"

„Ich freue mich auch, dich zu sehen", knurrte er genauso unfreundlich zurück.

„Du sollst dich auskurieren und nicht in der Gegend rumlaufen."

„Mein Essen kann ich mir schon selber holen", grunzte er und fing an, den Pappbrei in sich hineinzuschaufeln.

Prüfend betrachtete sie ihn, doch er verzog nicht einmal das Gesicht. Was habe ich bei ihm auch anderes erwartet?, fragte sie sich und begann ebenfalls zu essen. Obwohl sie sich nicht unterhielten, war Sophie froh, dass er da war. Mit einem Mal kam ihr der Gedanke, dass Tom wahrscheinlich Leo zugeteilt werden würde, wenn er bei der Wache ausgebildet wurde. Soweit sie wusste, war alles, was mit Sicherheit zu tun hatte, ihm unterstellt. Durch sein Verhalten gegenüber Tom hatte er in den letzten Tagen deutlich gemacht, wie wenig er von ihrem Nochehemann hielt.

„Du weißt es?", fragte er plötzlich, als hätte er ihre Gedanken gelesen.

Sie blickte auf und aß weiter. „Hm, ja, er hat es mir erzählt." Mit zusammengezogenen Brauen beobachtete sie ihn. „Wirst du es ihm schwer machen?"

„Er gehört anscheinend irgendwie zu dir, also ist er Familie", murmelte er mit vollem Mund. „Ich werde es ihm nicht schwerer machen als jedem anderen auch."

Einige Sekunden wartete sie, ob er etwas hinzufügte, er schwieg jedoch. Ein warmes Gefühl breitete sich angesichts dieses riesigen und ohne Zweifel gefährlichen Mannes in ihr aus, der solch eine simple und wunderbare Vorstellung von Familie besaß. In diesem Moment war sie dankbar, zu Beckas Familie zu gehören.

Dieses Glücksgefühl wurde jäh getrübt, als sich Elena ihrem Tisch näherte. Ein Seufzer kam Sophie über die Lippen. Leo schaute auf und zog eine Braue hoch.

„Leo, Sophie", begrüßte die drahtige Frau sie und blieb vor ihrem Tisch stehen.

Etwas Unverständliches grunzend, tat er so, als würde das Essen seine komplette Aufmerksamkeit beanspruchen. Sophie rang sich ein Lächeln ab.

„Wenn du riesiger Dummkopf unbedingt mit einer infizierten Wunde durch die Gegend laufen musst, kannst du auch Sophie zu Becka begleiten. Ich kann meine Zeit sinnvoller verbringen. Falls du irgendwo umfällst, werde ich keinen Sanitäter rufen." Mit geballten Händen drehte sich Elena um und stolzierte davon.

Sophie wunderte sich, dass er Elena diesen Ton durchgehen ließ. Obwohl es ihr widerstrebte, musste sie der Frau zustimmen.

„Wer genau ist Elena eigentlich?", fragte Sophie, als er nicht reagierte.

„Hat Becka nichts von ihr erzählt?"

Sie schüttelte den Kopf.

„Elena ist eine Mentorin, ich würde behaupten, sie ist ein Mutterersatz für Becka."

„Oh", entfuhr es ihr. Daran hatte sie nicht gedacht, und ihr Gewissen meldete sich.

„Es war Elena, die Becka zu den Rebellen gebracht hat, auch Mike hat sie damals angeworben. Elena war ein hohes Tier und hat dafür gesorgt, dass die Rebellen sein Studium finanziert haben. Sie sieht das Potenzial in den Menschen und holt es aus ihnen raus, das ist ihr großes Talent. Sie hat deine Schwester immer unterstützt und gefördert, auch wenn sie dabei nicht besonders charmant ist." Wieder wanderte ein Löffel mit Brei in seinen Mund. „Wenn sie so ruppig ist, sorgt sie sich um einen. Und jetzt macht sie sich gerade große Sorgen um mich. Warum, ist mir völlig schleierhaft. Und sie macht sich auch Sorgen um Becka." Er sah ihr fest in die Augen.

Sophie musste schlucken. Sie nickte. Den Hinweis hatte sie verstanden. Offenbar betrachtete Elena sie als Bedrohung für Becka, und sie nahm sich vor, in ihrer Gegenwart vorsichtig zu sein. Nachdenklich schaute sie ihn an.

„Was?", knurrte er.

„Ich habe gar nicht gewusst, dass du so viele Sätze zusammenhängend sprechen kannst", sagte sie grinsend.

Sein böses Gesicht sprach Bände, und sie musste noch immer kichern, während sie auf dem Weg zu ihrer Schwester waren.

25

Becka saß vor einem alten Laptop, als Sophie eintrat. Kabel und zusätzliche Geräte, die wild blinkten, waren daran angeschlossen. Von *FoodTec* war es Sophie gewohnt, mit der neusten Technologie zu arbeiten. Ständig vergaß sie, dass außerhalb der Firma andere Mittel zur Verfügung standen. Es war ein kleines Büro mit Aktenschränken, die weitestgehend leer waren. Abgesehen von dem Schreibtisch gab es zwei Stühle und ein kleines Fenster, mehr nicht.

Becka blickte nicht auf, bedeutete ihr jedoch, auf einem der Stühle ihr gegenüber Platz zu nehmen.

„Kleinen Moment noch", bat sie.

Sophie schaute zurück, doch Leo hatte die Tür bereits von außen geschlossen. Sie waren allein. Sophie setzte sich und wartete. Warum wirkte ihre Schwester nicht einmal ansatzweise so müde, wie sie sich fühlte?

„So, erledigt." Becka lehnte sich zurück. „Ich habe noch auf eine Antwort von Hanna gewartet. Wir hatten Glück, es wurden nur die beiden Standorte angegriffen, von denen Sun wusste. Wir hatten einige Verluste, hätte sie noch mehr gewusst, hätte es weitaus schlimmer ausgehen können."

„Ist das denn sicher? Also, ich meine, mit dem Ding da zu kommunizieren." Sophie deutete auf den alten Laptop.

Becka lachte auf. „Oh, dieses Schätzchen ist ein kleines Meisterwerk! Siehst du das ganze Zeug hier? Es nimmt mir den ganzen Platz auf dem Tisch, sorgt allerdings dafür, dass mein Laptop sicher ist." Sie streichelte über ein Gerät.

Sophie lächelte. „Wenn du fertig bist mit deiner Liebelei, unterhalten wir uns dann?"

Beckas Gesicht wurde ernst. „Ja, ich habe gesagt, ich kläre dich auf, wenn wir hier sind, und das werde ich auch tun."

„Sollten wir nicht vorher einige andere Sachen klären?"

„Tom hat mit dir geredet, oder?" Sie erhob sich und umrundete den Tisch, um sich Sophie gegenüber dagegen zu lehnen. „Hör mal, es war eine strategische Entscheidung, ihn zu fragen. Wir haben bei den Angriffen viele Leute verloren, die uns schmerzlich fehlen. Er hat Potenzial und Erfahrung, das kann ich nicht verschenken."

Es widerstrebte Sophie, dass sie jetzt zu ihrer Schwester aufschauen musste. „Ja, hat er, doch darüber möchte ich nicht sprechen. Es ist seine Entscheidung gewesen, nicht deine." Das meinte sie ernst und machte ihrer Schwester deswegen keine Vorwürfe. „Eigentlich wollte ich etwas anderes bereden, von dem ich denke, dass es wichtig ist." Ihre Handflächen waren feucht geworden und sie wischte sie an der Hose ab. „Ich habe dich damals aus meiner Wohnung geworfen. Ich wünschte, ich hätte es nicht getan. Ich hätte dir besser zuhören sollen, als alles abzulehnen, nur weil es von dir kam. Du bist meine kleine Schwester, und ich dachte, du hast keine Ahnung, wie das Leben wirklich ist. Und jetzt muss ich feststellen, dass es genau anders herum ist. Und du", sie holte Luft, denn es war nicht leicht für sie, das einzugestehen, „du hattest recht. Nicht mit allem, aber mit vielem", schob sie schnell hinterher.

Sie wartete auf eine Erwiderung, es kam keine. Stattdessen starrte Becka sie stumm an.

„Was?", fragte Sophie.

„Ist das ein Trick? Oder hast du Fieber?" Mit gespieltem Entsetzen legte ihre Schwester ihr die Hand auf die Stirn.

„Sehr lustig", entgegnete Sophie.

„Ernsthaft. Du hast nie auch nur ansatzweise gesagt, ich hätte mit irgendetwas recht. Ich muss gestehen, ich bin etwas – geschockt." Becka legte sich eine Hand aufs Herz.

„Komm wieder runter. Das ist mir nicht leichtgefallen."

Beschwichtigend hob Becka die Hände. „Ich habe übertrieben, als ich euch gleich ins Loch geworfen habe. Ich war nur so wütend wegen Mike. Und du kannst nicht leugnen, dass es irgendwie deine Schuld gewesen ist." Sie streckte Sophie die Hand entgegen. „Es wird noch etwas Zeit brauchen, bis wir uns vollends vertrauen können, das ist mir klar. Doch wir können hier und jetzt damit anfangen."

Auch wenn ihre Schwester es nicht direkt sagte, erkannte Sophie die Entschuldigung in ihren Worten. Sie stand auf und griff nach ihrer Hand und drückte sie. „Fangen wir neu an!"

„Gut, aber umarmen müssen wir uns jetzt nicht, oder?", fragte Becka.

Grinsend ließ Sophie ihre Hand los. „Einmal im Jahr reicht, und das haben wir für dieses schon erledigt."

„Alles klar. Dann schnapp dir einen Stuhl und komm mit rum, dann zeige ich dir, was auf dem Stick ist."

Ehe es sich Sophie versah, saßen sie nebeneinander. Becka öffnete den Ordner auf dem Datenträger. Die Hieroglyphen, die sie in der Bezeichnung der jeweiligen Dateien gesehen hatte, verschwammen vor ihren Augen und setzten sich neu zusammen. Die meisten kamen ihr bekannt vor.

„Das sind viele von den Forschungsergebnissen von Mike und mir. Und sind das da die von meiner Doktorarbeit? Warum ist das für euch interessant? Warum habt ihr überhaupt den Aufwand betrieben, Mike einzuschleusen? Ich meine, stimmt es, dass die Rebellen seine Ausbildung finanziert haben? Und ...?"

„Woher weißt du das?"

Sophie zuckte mit den Schultern. „Ich habe auch meine Informanten."

„Ich kann mir denken, wer das gewesen ist. Okay, du hast viele Fragen, und ich werde versuchen, sie dir alle zu beantworten, doch vielleicht ist es besser, von vorne anzufangen." Becka holte tief Luft. „Wenn ein Forschungsunternehmen die komplette politische Riege stellt, hat das in der Regel mit Geld und Einfluss zu tun. Und wir wollten wissen, wie *FoodTec* den Einfluss aufrechterhalten will. Da *FoodTec* früh angefangen hat, junge Talente zu fördern und an sich zu binden, taten wir das ebenfalls. Wir mussten versuchen, Leute bei *FoodTec* unterzubringen, die auch verstanden, was vor sich geht. Nur haben wir klugen Köpfen aus der Unterstadt die Chance gegeben, vor allem, weil diese Kinder den Geist des Widerstands gegen die Oberstadt mit der Muttermilch aufgesogen haben. Die meisten waren und sind loyal bis zum Tod. Wie Mike." Ihre Stimme wurde brüchig, und sie nahm einen Schluck aus einem Wasserglas.

Sophie ließ ihr Zeit.

Becka räusperte sich, bevor sie schließlich fortfuhr. „Schnell war klar, dass *FoodTec* über die Nahrungsmittel Druck und Macht ausüben konnte. Auch sie mussten allerdings eine Lösung für die zunehmenden klimabedingten Probleme finden. Und dann kamst du ins Spiel. Deine Bienen waren ein wahrer Glücksfall, sie konnten so viel erreichen."

„Und das werden sie, ich dachte nur, ihr seid gegen das Projekt?"

„Warum sollten wir gegen etwas sein, das dafür sorgt, dass Essen auf den Tisch kommt? Wir haben etwas dagegen, dass ein Unternehmen aus dem Überlebenskampf einer ganzen Generation Profit schlägt. Und wir haben versucht herauszufinden, wie sie vorgehen wollen. Und dummerweise hast du ihnen mit deiner Mutation das Werkzeug dazu gegeben."

„Also hatte ich recht. Sie benutzen sie, um die Bienen nach einer Saison sterben zu lassen. So können sie im nächsten Zyklus an den Höchstbietenden verkaufen. Und das geht dann immer so weiter. Keine natürliche Verbreitung der resistenten Bienen und kein Gewinn für die normalen Menschen, nur für *FoodTecs* eigene Betriebe und diejenigen, die bezahlen können."

„Nachdem ihr die Bienen mit der Mutation gefunden habt, hatte Mike endlich einen Beweis für unsere Theorie, dass *FoodTec* so etwas Wertvolles wie die resistenten Bienen nicht ohne Gegenleistung herausgeben wird. Er hatte bereits einen Verdacht und viele Informationen gesammelt. Da er aber im Vergleich zu dir wusste, dass *FoodTec* seine Geheimnisse zu hüten weiß, ist er, sagen wir mal, umsichtiger vorgegangen.“

„Hätte ich nur ansatzweise geahnt, dass meine Suchanfrage im System bei *FoodTec* einen Alarm auslöst, hätte ich das nie getan.“

„Ich vermisse ihn“, flüsterte Becka, und ihre Augen glänzten plötzlich feucht.

Sophies Herz zog sich zusammen, und sie überlegte, ob sie ihre Schwester in den Arm nehmen sollte, als sich Becka mit dem Handrücken über die Lider fuhr. Der Gefühlsausbruch hatte nur Sekunden gedauert. Jetzt wirkte sie wieder völlig gefasst. Dafür dass ihre Schwester so stark war, bewunderte Sophie sie. Ob sie selbst so kurz nach dem Tod ihres Partners schon in der Lage gewesen wäre aufrecht zu stehen, bezweifelte sie.

„Und was sind das da für Dateien?“ Sophie deutete auf Bezeichnungen, mit denen sie nichts anfangen konnte, um das Thema zu wechseln.

Becka zog die Nase hoch, Sophie schenkte ihr einen tadelnden Großeschwesterblick.

Ungeachtet dessen zeigte Becka auf eine Reihe mit seltsamen Symbolen. „Das sind Informationen und Zugangsdaten zum internen *FoodTec*-Datennetz, die Mike besorgt hat. Die sind für dich nicht wichtig, die erhält unsere IT, um etwas Schönes damit anzustellen.“ Sie schwenkte zu einer anderen Reihe, die hauptsächlich mit Zahlen beschriftet war. „Das sind Mikes Lösungsansätze.“

„Darf ich mal?" Ohne eine Antwort abzuwarten, zog Sophie den Laptop zu sich und öffnete die Dateien.

Es waren mehrere Dokumente mit vielen wissenschaftlichen Details, die sie eines nach dem anderen durchging. Bald hatte sie ein Gefühl dafür, was ihr Kollege im Sinn gehabt hatte. Nur am Rand bemerkte sie, wie Becka aufgestanden war und durch den Raum tigerte. Sie nahm sich etwas Papier von einem Stapel auf dem Tisch und begann, sich Notizen zu machen. Irgendwann glaubte sie, eine Tür zu hören, doch es war ihr gleichgültig. Sie hatte gefunden, wofür Mike sein Leben riskiert hatte. Den Plan, um *FoodTec* zu schlagen.

„Das könnte funktionieren." Sie setzte sich auf.

Ihre Schwester unterhielt sich leise mit Elena im hinteren Teil des Büros. Als Sophie sprach, wandten sie sich zu ihr um. Sie runzelte die Stirn. Was wollte Elena hier? Da diese Frau ihrer Schwester viel zu bedeuten schien, schluckte sie ihren Unmut hinunter.

„Mikes Plan, er könnte funktionieren."

„Davon sind wir ausgegangen", entgegnete Elena ironisch.

„Aber ihr wusstet, dass er nicht fertig geworden ist?"

Becka und Elena tauschten einen Blick.

„Ja, das wissen wir, das ist ja unser Problem", entgegnete ihre Schwester. „Er war der einzige Wissenschaftler, der das hätte umsetzen können. Die anderen sind in den Grundlagen der Genetik ausgebildet, nicht jedoch in der Molekularbiologie."

Sophie nickte. „Nur jemand mit fundierten Kenntnissen und Erfahrungen aus der Genetik würde es schaffen, die Genomtransduktion über Viren zu bewerkstelligen."

„Was redet sie da?", knurrte Elena.

„Mike hatte vor, die Mutation rückgängig zu machen, indem er mithilfe von Viren ein Genstück in die DNA der Bienen einbaut, das die Mutation deaktiviert."

„Das ist mir bewusst, aber ich denke, wir haben die Lösung längst gefunden." Erwartungsvoll sah Becka ihr entgegen, Sophie verstand allerdings nicht, was ihre Schwester von ihr wollte. Wenn sie bereits Ersatz für Mike hatte, dann war das doch gut.

„Bist du dir sicher, dass sie wirklich so schlau ist?", kam es von Elena.

„Warte einen Moment, sie kommt schon drauf."

Sophie schaute zwischen den beiden Frauen hin und her – bis die Erkenntnis sie wie ein Schlag mit dem Holzpfahl traf.

„Oh, ich bin diejenige!"

„Hab ich dir ja gesagt, sie ist schlauer, als sie wirkt."

Sophie bedachte Becka mit einem bösen Blick und war irritiert. Damit hatte sie nicht gerechnet. Vor einigen Tagen hätte sie nicht einmal diesen Standort betreten dürfen, und jetzt sollte sie ein Virus genetisch verändern, um *FoodTec* aufzuhalten?

Sie fuhr sich durchs Haar. „Rein theoretisch, ich wäre in der Lage, so etwas zu tun, bräuchte ich dafür ein spezielles Labor und Ausrüstung. Und natürlich Mitarbeiter. Und das ist nichts, dass man mal so eben macht. Das braucht Zeit, und mir fehlen noch viele Informationen. Ich benötige Zugang zu diversen Datenbanken."

„Kein Problem." Ihre Schwester grinste.

Überrascht blinzelte sie.

„Sophie, hör mal, wir brauchen dich. Obwohl ich nicht gedacht hätte, das je zu dir zu sagen, wir und die

Menschen, die hungern, brauchen dich! Wir haben hier eine echte Chance, ein furchtbares Projekt von *FoodTec* zu etwas Gutem zu wenden. Nur das geht nicht ohne dich. Hilf uns!"

Sophie war sich durchaus darüber im Klaren, dass ihre Schwester ganz bewusst ihren Schwachpunkt ausnutzte. „Das ist nicht nett, was du da machst." Seit sie denken konnte, wollte sie Gutes tun und den Menschen helfen.

„Nein, vielleicht nicht, aber nett zu sein, kann ich mir nicht leisten."

Eigentlich war Sophie längst bereit, es zu versuchen, es gab jedoch einige Dinge, die unklar waren. „Und wie soll es danach weitergehen? Ich meine, wenn die Viren funktionsfähig sind, was passiert dann?"

„Glaub mir, wir haben da ein paar Ideen. Zuerst werde ich dir etwas zeigen." Abrupt ging Becka zur Tür. Als sie merkte, dass Sophie ihr nicht folgte, stöhnte sie auf. „Jetzt komm schon, ich weiß, es wird dir gefallen."

Widerwillig erhob sich Sophie. In ihrem Kopf fielen die Gedanken durcheinander. Ein Teil von ihrem Gehirn arbeitete bereits an dem Projekt, ein anderer schrie nach Informationen. Schließlich gab sie sich einen Ruck. Erfreulicherweise blieb Elena, wo sie war.

Becka führte sie zum Treppenhaus und lief mit ihr in die nächste Etage. Eine gläserne Tür öffnete sich per Knopfdruck. Sie schwang auf, und sie fanden sich in einem Flur wieder, der dem unterem ähnelte. Nur waren hier keine Zahlen an den Wänden. An der ersten Tür waren Umkleiden und Toiletten ausgewiesen, danach folgte eine weitere Glastür.

Wo brachte Becka sie hin? Fünf Türen gingen vom nächsten Flur ab, ihre Schwester steuerte gleich auf die erste zu. Sophies Herz machte einen Satz, als sie die Bezeichnung an der Wand las. *Lab1.* An allen Türen waren Zahlenschlösser angebracht. Nachdem Becka einen Code eingegeben hatte, entriegelte sich das Schloss summend. Mit einer Hand hielt sie die Tür auf und bedeutete Sophie durchzugehen.

Sonnenstrahlen blitzten vereinzelt durch die mit Zeitungspapier abgeklebten Fenster. Staubpartikel schwebten durch die Luft und wurden bei jeder Bewegung herumgewirbelt. Im fahlen Licht entdeckte Sophie Labortische, die an den Wänden aufgereiht waren. Unter alten Planen versteckten sich verschiedene Gerätschaften. Vorsichtig zog sie eine der Abdeckungen herunter. Es lag wenig Staub darauf, offenbar hatte kürzlich jemand gereinigt, oder es wurde hier regelmäßig gearbeitet.

Zum Vorschein kam ein DNA-Sequenzierer. Es war kein neues Gerät, aber völlig ausreichend, wenn es funktionierte. Ein Grinsen schlich sich auf Sophies Gesicht. Rasch ging sie zu den anderen Geräten und legte sie ebenfalls frei. Computer, Reagenzien, Arbeitsmaterialien und einige hochentwickelte Apparaturen, um mit DNA zu arbeiten. Am liebsten hätte sie vor Freude laut gelacht. Sie stand mitten in einem komplett ausgestatteten Labor!

„Nebenan gibt es ein Virenlabor, und jedes Labor ist mit eigenen Kühl- und Lagerräumen ausgestattet."

„Ernsthaft?" Sophie lief zu einer Seitentür und spähte durch das Fenster, um einen Blick auf das Nachbarlabor zu werfen. Gegenüber sah sie eine schwere Stahltür mit riesigem Handriegel. „Nicht schlecht“, staunte sie und hatte das Gefühl, ein Kind im Süßigkeitenladen zu sein.

„Und am Ende des Flurs hättest du so was wie ein Büro. Dort befinden sich auch alle Informationen, die Mike gesammelt hat, und ein sicherer Computer mit Zugang zu den gängigsten DNA-Datenbanken.“

„Du willst mich auf den Arm nehmen.“ Ungläubig wandte sich Sophie zu ihrer Schwester um. Die lehnte im Türrahmen zum Eingang des Labors. „Was ist das hier alles?“

„Unsere Hoffnung darauf, *FoodTec* zu bezwingen“, entgegnete Becka ernst. Das Lächeln war verschwunden.

„Elena hat erzählt, dass das mal ein Internat gewesen ist, aber keine Schule, die ich kenne, hatte so ein Labor.“ Auf dem Rückweg zu ihr strich Sophie zärtlich über eine Zentrifuge.

„Es hat schon ein Chemielabor gegeben, natürlich war es bei Weitem nicht so gut eingerichtet. Mike hat es umbauen lassen und für die Geräte und Vorräte gesorgt. Und er hat ein Team zusammengestellt, das ihm helfen sollte. Jetzt steht dir das alles zur Verfügung, wenn du zustimmst.“

„Wo kommen die ganzen Geräte her? Das hat niemals dem Internat gehört.“

„Das meiste haben wir gestohlen.“ Becka zuckte mit den Schultern. „Wir haben das Lager von einer Organisation aufgespürt, die früher ausgemusterte Labormaterialien für Dritte-Welt-Länder als Spenden gesammelt hat. Mal ehrlich, mittlerweile ist die ganze Erde so was wie ein Entwicklungsland, also sind die Sachen hier gut aufgehoben."

„Zeig mir das Büro", bat Sophie seufzend. Warum hatte sie auch gefragt?

Becka führte sie zu dem Raum am Ende des Gangs. Auf dem Weg passierte Sophie das gesicherte Labor auf der anderen Seite. Links gab es nur eine Tür und dahinter eine Luftschleuse. Ihr Puls stieg vor Aufregung. Eine Tür rechts führte zu dem Laborteil, den sie eben durch das Seitenfenster gesehen hatte. Hinter der letzten befand sich ein Büro, das ähnlich eingerichtet war wie das von Becka im Untergeschoss. Ein Schreibtisch mit einem Rechner, an dem ebenso viele Lämpchen blinkten, stand auf der einen Zimmerseite. Doch da endete die Ähnlichkeit schon. Der Raum war vollgestopft mit Büchern und Ordnern. Gedruckte und handgeschriebene Notizen lagen herum und bedeckten jeden freien Fleck. In dem Moment, als sie eintrat, hatte sie das Gefühl, nach Hause zu kommen. Nirgendwo anders wollte sie sein.

Nachdem Sophie alles in sich aufgenommen hatte, setzte sie sich an den Schreibtisch, am Rand eine benutzte Tasse. Ihr Blick blieb daran hängen, und ihr wurde schmerzlich bewusst, dass das Mikes altes Büro war. Als Mahnung daran, wie wertvoll die Arbeit und Informationen in diesem Raum waren, würde Sophie sie stehen lassen.

Neugierig nahm sie einige Zettel auf und blätterte sie durch. Mikes Handschrift war klar zu erkennen, und was sie las, klang vielversprechend. Es schien, als wäre er weit gekommen. Nebenbei schaltete sie den Rechner ein.

Mal sehen, was es noch zu entdecken gibt.

„Ich denke, das ist ein Ja, oder?"

„Schreibst du mir die Sicherheitscodes auf, und dann mach bitte die Tür leise zu, wenn du gehst."

Das Lachen ihrer Schwester nahm Sophie kaum wahr. Daten von verschiedenen Versuchsreihen ließen sie eintauchen in eine Welt voller Viren und DNA.

26

In den nächsten Tagen sah Becka ihre Schwester selten. Nachdem sie Sophie mit dem Team bekannt gemacht hatte, das ihr helfen sollte, verkroch sich die Gruppe im Labor. Was genau sie da oben veranstalteten, wusste sie nicht, und es fehlte ihr eh die Zeit, sich damit zu beschäftigen. Sie hatte genug damit zu tun, die Folgen des Verrats aufzuarbeiten. Sie versuchte zu verhindern, dass es an die große Glocke gehängt wurde, jedoch ließ sich das kaum vermeiden, da sie bei dem Angriff der Zentrale viele Opfer verkraften mussten. Mehr Menschen waren getötet oder verhaftet worden, als sie ihrer Schwester erzählt hatte.

Es gab viele, die sich geopfert hatten, um die Häscher der Sicherheit so weit aufzuhalten, damit die anderen hatten fliehen können. Der Gedanke an diese mutigen Menschen machte sie wütend. Aber das war gut. Diese Wut half Becka weiterzumachen. Sie hatten nicht nur Leute verloren, sondern auch Ressourcen. Diverse Fahrzeuge und viele Waffen hatten sie zurücklassen müssen. Aus strategischen Gründen lagerten nicht alle Lebensmittel aus dem letzten Überfall in der Zentrale, sondern waren auf die verschiedenen Standorte verteilt. Dennoch musste sie dafür sorgen, dass ihre Reserven wieder aufgefüllt wurden, ganz zu schweigen von einem neuen Quartier im Norden, das es einzurichten galt.

Bjarne und seine Leute waren von Hannas Team aufgenommen worden und hielten sich nun zusammen an einem Standort auf, der als Krankenhaus geplant war. Das würde er jetzt erst einmal nicht werden. Sie hatten nicht genügend Ausrüstung, um einsatzbereit zu sein.

Elena wartete darauf, dass Becka eine Entscheidung traf.

„Okay, der Osten soll alle Waffen, die sie entbehren können, ans Krankenhaus liefern, damit sie sich wenigstens verteidigen können. Und Bjarne bekommt die Leitung fürs KH. Mit Hanna habe ich etwas anderes vor."

„Das wird ihr nicht gefallen, Becka."

„Doch, sobald sie erfährt, dass ich ihr den Süden übertrage."

Allen war klar, dass der Süden als verloren betrachtet werden musste. Niemand wusste, ob Sun allein gehandelt hatte oder ob ihre Leute involviert waren. Dieses Risiko konnten sie nicht eingehen. Der gesamte Standort war isoliert worden.

Noch einer weniger, schoss es Becka durch den Kopf.

„Bist du dir sicher? Sie wird Wochen brauchen, um einen neuen Ort zu finden und ihn zu sichern. In der Zeit fällt sie für unsere weiteren Aktionen aus."

„Das ist mir klar, Elena, aber ich brauche diesmal jemanden, dem ich voll und ganz vertrauen kann. So ein Desaster können wir uns nicht noch einmal leisten."

Elena nickte, obwohl Becka an ihrer Miene deutlich erkannte, dass sie anderer Meinung war. Darauf konnte sie jedoch keine Rücksicht nehmen.

„Hast du was von unseren Strebern gehört?", fragte Becka.

„Nicht viel. Sie kommen nicht mal regelmäßig zum Essen.“

„Niemand?“, hakte Becka nach.

„Ja, es scheint, als hätten sie sich da oben eingeschlossen. Keine Ahnung, was deine Schwester mit ihnen gemacht hat.“

Becka lehnte sich zurück und schenkte Elena einen vielsagenden Blick. „Du hast immer noch ein Problem mit ihr.“

„Ich habe dich von der Straße aufgelesen und aufgepäppelt, nachdem sie dich rausgeworfen hat. Tut mir leid, vielleicht bin ich da nachtragender als du.“

Becka schaute die Frau an, die sie immer gefördert hatte. „Ich weiß deine Sorge zu schätzen, Elena, trotzdem will ich ihr eine Chance geben. Sie ist und bleibt meine Schwester, und sie ist alles, was von meiner alten Familie übrig geblieben ist.“

„Wenn du meinst ... Ich will nur vermeiden, dass sie dich daran hindert, deine Arbeit zu tun.“

„Keine Sorge“, erwiderte Becka, „ich habe bereits bewiesen, dass ich das trennen kann.“

Obwohl sich Elena stets um sie gekümmert hatte, war ihr durchaus klar, dass sie nicht immer uneigennützig handelte. Elena hatte ihr damals ihren Posten gegeben, jedoch nur, weil sie wusste, dass sie durch ihre schroffe Art selbst zu wenig Vertrauen bei den Leuten aufbauen konnte, um auf Dauer die Leitung der Rebellen in dieser Stadt zu behalten. Durch Becka, die wegen ihrer Ehrlichkeit viele Unterstützer besaß, konnte sie wenigstens der Führungsriege angehören.

Elena machte sich daran, die Befehle an Hanna und Bjarne zu übermitteln, und ließ sie allein. Frustriert legte Becka ihr Gesicht in die Hände. Hätte sie früher gewusst, was für eine Verantwortung sie tragen würde und auf was für Drahtseilen sie tanzen musste, hätte sie den Job nicht übernommen.

Um sich abzulenken, stand Becka auf und lief in den Speiseraum. Sie ließ sich von dem Jungen, der zur Essensausgabe eingeteilt war, ein Tablett geben. Sie kannte ihn, er gehörte zu ihren IT-Spezialisten.

„Ich brauche ein bisschen Fladen für vier Leute", bat sie.

„Klar. Ist das für die Wissenschaftler oben?", fragte er.

„Ja, genau, wieso?"

Er grinste und holte aus einem Schrank einen großen Teller frischer Fladen und zwei Schälchen mit verschiedenen Dips.

Becka zog die Brauen hoch. Sie könnte schwören, dass für einen tatsächlich Tomaten verarbeitet worden waren.

Der Junge bemerkte ihren skeptischen Blick, zuckte entschuldigend mit den Schultern und wurde rot. „Die Dunkelhaarige ist nett."

„Danke." Grinsend schnappte sie sich das Tablett und machte sich auf den Weg.

Zuerst versuchte Becka es im Labor, aber sie wurde von einem Mitarbeiter unwirsch wieder nach draußen geschoben. Immerhin hatte er wenigstens den Anstand, sich für das Essen zu bedanken, bevor er sich darüber beschwerte, dass Lebensmittel nichts in einem Labor zu suchen hätten.

Deplatziert stand Becka mit ihrem Tablett wieder auf dem Flur. Also stapfte sie zu dem einzigen Raum, der nicht Teil des Laborsystems war, zum Büro. Sie linste durch die Glastür und entdeckte ihre Schwester vor dem Rechner. Die dunklen Haare hatte sie mit einem Bleistift zu einem Knoten festgesteckt. Einige Strähnen hatten sich gelöst und fielen ihr ins Gesicht, während sie konzentriert den Monitor betrachtete. Mit einer Hand hielt Becka das Tablett, mit der anderen gab sie den Code ein. Es erklang das typische Summen der Türverriegelung, und Sophie zuckte zusammen.

„Warum klopfst du nicht an, Becka?“

„Hättest du dich dann nicht erschreckt?“

Statt zu antworten, verdrehte ihre Schwester die Augen. Vorsichtig schob Becka das Tablett auf eine der wenigen freien Stellen auf dem Schreibtisch.

„Oh, du bringst mir was zu essen. Okay, dann darfst du mich erschrecken.“

„Das ist auch für die anderen, iss nicht alles allein auf.“

Sophie hatte sich bereits ein Stück Fladen mit rotem Dip in den Mund gestopft. „O Mann, das ist ja aus Tomaten. Wo stammen die her?“

„Ich wusste nicht mal, dass wir welche haben. Als der junge Kerl an der Ausgabe gehört hat, dass das Essen für dich ist, hat er das herbeigezaubert.“

Becka sah nicht ein, dass ihre Schwester allein in den Genuss kommen sollte, und tunkte ebenfalls etwas von dem Getreidefladen in den Tomatendip. Es schmeckte himmlisch. Sie nahm sich vor herauszufinden, ob der junge Mann auch derjenige gewesen war, der ihn zubereitet hatte. Wenn dem so war, musste sie ihn unbedingt in der Küche behalten.

„Ich habe gehört, dass ihr euch hier oben einschließt und nicht mal regelmäßig zum Essen geht, da wollte ich mal nachsehen, ob ihr noch lebt.“

„Wie du siehst, atme ich noch und die anderen ebenfalls.“

„Und? Macht ihr Fortschritte, Sophie?“

„Schwer zu sagen. Da wir weder die Ursprungsprobe noch andere Vergleichsproben haben, fehlt uns Arbeitsmaterial. Wir können nur mit der Sequenz arbeiten, die Mike auf dem Stick gespeichert hat. Außerdem haben wir keine Testobjekte. Es ist nicht leicht, Bienen in der freien Wildbahn zu finden, wenn nicht gar unmöglich.“ Sophie biss erneut ab. „Könn... wir ... zur Plantage fahren un... holen?“, fragte sie kauend.

„Wenn ich dich richtig verstanden habe, willst du sehen, ob noch welche von den Bienen da sind, und sie mitbringen?“ Becka zog die Brauen hoch.

Ihre Schwester nickte und schluckte den letzten Bissen herunter. „Oder ist das Risiko zu groß? Wahrscheinlich sind sie längst weg, weil *FoodTec* sie geholt hat. Sie können es sich nicht leisten, Völker ohne Mutation in die freie Wildbahn zu entlassen. Aber vielleicht haben sie es bisher nicht geschafft.“

Es dauerte einen Moment, bis Becka antwortete. „Und das würde euch helfen, schneller voranzukommen?“

„Ja, auf jeden Fall, wenn ich sowohl welche von der infizierten Beuten untersuchen könnte als auch von den gesunden. Ach was, wir können gleich alle Beuten mitnehmen. Noch sind sie aktiv und ...“

„Komm mit.“ Ohne weitere Erklärung stand Becka auf und ging zur Tür. Ihre Schwester blieb sitzen und hatte ein Fragezeichen im Gesicht. „Nun komm schon!“

Endlich erhob sich Sophie und folgte ihr. Unterwegs löcherte sie Becka mit Fragen, doch sie grinste nur und schwieg. Zusammen verließen sie den ersten Stock und gingen auf der Rückseite aus dem Gebäude, einen schmalen Steinpfad entlang. Der Weg führte in ein umzäuntes Areal hinter dem Internat, auf dem ursprünglich Blumenbeete und ein Gemüsegarten angelegt worden waren. Umrahmt von einer ausgedörrten Hecke, befanden sich Dutzende Reihen von Beeten. In diesen Teil der Außenanlage kam sie selten, und sie stellte überrascht fest, dass irgendjemand versucht hatte, das Gemüsebeet wiederzubeleben. Das meiste war über den Sommer vertrocknet, dennoch trotzten einige kränklich aussehende Pflanzen der Hitze. Becka war erstaunt, dass noch etwas wuchs. Jemand musste die Pflanzen mit gegossen haben. Der süße Geschmack des Dips kam ihr in den Sinn, und sie entschied, dass es keine schlechte Idee war.

Am hinteren Ende des Areals standen drei hölzerne Kisten und abseits eine alte Gartenbox. Zufrieden beobachtete Becka, wie ihre Schwester erst aufschrie und dann die Hand auf den Mund presste.

„Sind das etwa …? Könnten das meine sein?“, flüsterte sie.

„Ja, das sind sie. Ich habe mir gedacht, wir sollten sie verstecken, bevor *FoodTec* …“

Weiter kam sie nicht, denn plötzlich schlang Sophie die Arme um sie und drückte sie fest an sich. Überrascht von der Reaktion verstummte Becka.

„Das war der genialste Einfall, den du je hattest.“

Sie wusste nicht recht, ob sie das als Kompliment nehmen sollte. So schnell, wie Sophie sie umarmt hatte, ließ ihre Schwester sie wieder los. In der nächsten Sekunde rannte sie bereits auf die Bienenstöcke zu. Amüsiert folgte sie ihr. Sophie umrundete die Beuten, nahm sie intensiv in Augenschein, berührte sie allerdings nicht.

„Das ist der Hammer, Becka!", rief Sophie. „Zwar dürften in der einen Beute mittlerweile fast alle Bienen tot sein, aber wir haben trotzdem genügend Genmaterial, das wir nutzen können. Außerdem herrscht an den Fluglöchern der anderen Beute reges Treiben, also verfügen wir über ausreichend Testobjekte." Aufregung schwang in ihrer Stimme. „Mit Glück und natürlich ein bisschen Hilfe von uns werden sie unbeschadet überwintern. Der kleine Garten bietet zwar etwas Nahrung, dennoch müssen wir da ein wenig nachhelfen. Und weißt du, was wir dann haben?" Strahlend wandte sie sich an Becka, wartete jedoch nicht, bis sie antwortete. „Die ersten frei lebenden Bienen seit Jahrzehnten!"

Die gute Laune, die ihre Schwester versprühte, war ansteckend, und Becka musste lächeln. „Dann habe ich noch was, das dir gefallen wird. Schau mal in die Box, die da hinten steht."

Ihre Schwester hüpfte regelrecht zu der Kiste und öffnete sie schwungvoll. „O Mann, eine komplette Ausrüstung. Wo hast du bloß den Anzug herbekommen?"

„Ganz ehrlich? Ich habe keine Ahnung. Hanna hat mir nur gesagt, dass sie einen besorgt hat", gestand Becka.

„Weißt du was?" Triumphierend hielt Sophie eine Blechkanne hoch. „Ist mir eigentlich egal. Ich habe wieder eine vollständige Imkergarnitur, ist das nicht toll?"

„Aber pass mit dem Ding da auf. Wenn dir ein Funken entwischt, fackelst du das ganze Gelände ab, und dann war's das mit unserem geheimen Stützpunkt, verstanden?"

„Ja, verstanden." Sophie deutete einen militärischen Gruß an.

Kopfschüttelnd ging Becka zurück zum Haus.

27

Becka wusste, dass wissenschaftliche Ergebnisse keine Zauberei waren, die man wie ein Kaninchen aus dem Hut zog. Auch dass manche Dinge Zeit brauchten, trotzdem wurde sie langsam ungeduldig. Fast jeden Tag war sie jetzt bei ihrer Schwester im Büro und erinnerte sie daran, dass sie zum Ende kommen musste.

„Wenn du nicht damit aufhörst, lass ich den Türcode ändern", fuhr Sophie sie eines Nachmittags an, als sie wieder einmal reinschneite.

„Das kannst du gar nicht."

„Mag sein, dennoch kenne ich jemanden, der es kann." Sophie blickte sie herausfordernd an.

„Du hast ja recht, aber das Projekt ist …"

„Das weiß ich, okay? Wir sind am Ball, trotzdem ist es nicht so leicht in diesem Labor. Versteh mich bitte nicht falsch, es ist gut ausgestattet. Gib uns ein wenig Zeit, nicht viel, aber etwas. Wir arbeiten gerade daran, eine Stoppsequenz mithilfe von harmlosen Viren in das Genom der Bienen einzubringen, damit die Mutation nicht mehr abgelesen wird. Mike hat tolle Vorarbeit geleistet, er hatte jedoch Probleme bei der Übertragung, und wir sind kurz davor, sie zu lösen."

„Äh ja, wenn du das sagst."

„Du weißt doch, dass Viren Zellen befallen und sie dabei ihr eigenes Erbgut in die Wirtszelle einbauen können." Sophie stockte und runzelte die Stirn. „Du hast keine Ahnung, was ich meine, oder?"

„Muss ich ja auch nicht. Ich muss nur wissen, wie lange es noch dauert."

Sophie kaute auf ihre Unterlippe herum. „Okay, zwei Wochen."

„Was ist in zwei Wochen?"

„Dann hast du ein Mittel, dem wir die Bienenköniginnen von *FoodTec* aussetzen können. Das nehmen sie über jede Zelle in ihre Körper auf und bauen dadurch, grob gesagt, das vervielfältigte DNA-Stück ein, das wir übertragen wollen, damit sie die Mutation nicht an ihre Nachkommen weitergeben."

„Sterben die Königinnen nicht trotzdem?"

„Nein, wir müssen nur alle Bienen mit dem Virus infizieren, also auch die Königinnen. Am Ende werden die Bienen zwar noch die Mutation haben, allerdings wird sie nicht mehr abgelesen, dank der Stopp-DNA."

„Und das wird funktionieren?", zweifelte Becka.

„Ja, wird es. Es bleibt nur die Frage, wie wir an die Ursprungsbienen bei *FoodTec* rankommen."

„Und du hast wirklich keine Ahnung, wo die Zuchtstation ist?"

„Zu Zeiten meiner Doktorarbeit waren sie in den Kuppeln angesiedelt. Von ehemaligen Kollegen, die noch dort arbeiten, weiß ich, dass sie nicht mehr da sind. Leider habe ich nicht herausgefunden, wohin sie gebracht wurden."

„Du kümmerst dich erst mal um deine Bienen und Viren. Wir kriegen schon raus, wo sie stecken."

„Gut, aber ich will dich mindestens vierzehn Tage hier nicht sehen." Sophie bugsierte Becka zur Tür und schob sie auf den Flur.

„Mal schauen."

„Lass uns einfach in Ruhe arbeiten", sagte Sophie und schloss die Tür vor ihrer Nase.

Ihre Schwester winkte ihr noch einmal durch die Scheibe zu und wandte sich ab.

„Zwei Wochen, dann bin ich wieder da", rief sie durch die Tür. Und das würde sie tun, und wenn nur, um ihre Schwester zu ärgern.

Es dauerte keine zehn Tage, bis Becka ihre Schwester wiedersah. Zusammen mit Leo zwang sich Becka im Speisesaal zum Frühstück einen Getreidebrei herunter, der kaum zu genießen war. Sie hatte vergeblich nach dem Jungen Ausschau gehalten, der diesen köstlichen Tomatendip zubereitet hatte. Lustlos stocherte sie in ihrem Essen herum, als Sophie freudestrahlend an ihrem Tisch auftauchte und auf den Sohlen hin und her wippte.

„Was ist denn mit dir los, hat dich was gebissen?", fragte Becka.

„Ich weiß es!" Sophie knetete die Hände.

„Könntest du bitte genauer sein? Der Rat hat gestern lange zusammengesessen, daher hatte ich eine kurze Nacht. Ich bin noch nicht richtig wach und habe schlechte Laune."

„Oh, das wird deine Laune bessern, ganz bestimmt."

„Was denn, zum Teufel?"

Sophie trat näher heran und drückte Becka fast ihre Nase ins Gesicht. „Ich weiß, wo die Bienen sind", flüsterte sie.

Becka runzelte die Stirn.

„Also, ich denke, ich weiß, wo sie sind."

„Setz dich erst mal, und halt endlich die Füße still, du machst mich ganz nervös." Noch war Becka nicht überzeugt und schon gar nicht aufgeheitert.

„Es kann nur der neue Komplex sein", raunte Sophie, sobald sie Platz genommen hatte.

„Sophie, bitte etwas klarer", fauchte Becka.

„Okay, okay." Beschwichtigend hob sie die Hände. „Bei den Forschungskuppeln außerhalb der Stadt gibt es einen neuen Komplex, der unabhängig von den Kuppeln ist. Wir haben uns immer gefragt, welches Projekt dort untergekommen ist. Mike hat sogar versucht herauszufinden, was dort gemacht wird, aber er hat auf Granit gebissen. Niemand konnte oder wollte uns sagen, was da drin ist. Die manipulierten Bienen gehören zu einem Geheimprojekt. Dann ist der Standort nicht öffentlich. Der Ort ist perfekt. Er liegt relativ weit außerhalb der Stadt, sodass er als Ziel unattraktiv wird und vor neugierigen Blicken geschützt ist. Dennoch hat er eine gute Anbindung an die Infrastruktur. Außerdem liefern die nahen Kuppeln genügend Nahrung für die Tiere und alle Ressourcen, die *FoodTec* bietet."

Selbst Becka konnte erkennen, dass die Punkte, die Sophie aufzählte, nicht ganz von der Hand zu weisen waren. „Wie sicher bist du dir?"

„Keine Ahnung, ich kann nicht sicher sein, ich habe ja nicht gesehen, was da drin ist."

Becka ließ sich die Informationen ihrer Schwester durch den Kopf gehen. Wenn das stimmte, konnten sie endlich mit dem nächsten Schritt beginnen. Nichtsdestoweniger mussten sie vorab überprüfen, ob Sophies Überlegungen korrekt waren.

„Plötzlich habe ich Lust, heute Nacht einen Ausflug zu machen. Und du?", fragte sie den Riesen.

Leos Grinsen sagte alles.

„Klasse, eine Nachtwanderung", rief Sophie.

„Ja, aber ohne dich", erwiderte Becka.

„Was? Das kannst du nicht machen, ich wollte schon immer wissen, was …"

„Nein, du bist zu wertvoll", unterbrach Becka sie.

„Und was ist mit dir? Was passiert, wenn dir etwas zustößt? Schließlich bist du die Anführerin."

„Ich bin die Anführerin und trotzdem ersetzbar. Es gibt einige, die die Stelle übernehmen könnten. Nur dich können wir nicht austauschen. Es würde viel zu lange dauern, Ersatz zu finden."

Ihre Schwester hatte den Mund bereits geöffnet, und Becka war überzeugt, dass sie widersprechen wollte, als sie ihn wieder schloss.

Mit erhobenem Kopf stand Sophie auf und zeigte mit dem Finger auf Becka. „Aber ich will wenigstens ein Foto sehen."

28

Kurz vor der Dämmerung traf sich Becka mit Leo im Innenhof. Ein weißer Van, wie ihn *FoodTec* benutzte, parkte dort. Der Riese klebte gerade eine Folie mit dem Emblem von *FoodTec* an eine Seite.

„Sieht gar nicht schlecht aus", meinte sie, öffnete die Beifahrertür und griff nach der Umhängetasche.

Darin befanden sich eine Gürtelkamera, Taschenlampen, Werkzeug, diverse Kabel und Waffen. Leo hatte tatsächlich vor, für Sophie Bilder zu machen. Sie stieg ein und wartete, bis er fertig war und auf dem Fahrersitz Platz genommen hatte. Er startete den E-Motor und fuhr langsam zum Tor. Tom war als eine der Wache eingeteilt und zog auf einen Wink von ihr die beiden Flügel so weit auf, dass sie gerade genug Platz hatten, um hindurchzufahren. Im Seitenspiegel sah sie ihre Schwester, die am Haupteingang stand und ihnen hinterherblickte.

Sophie hatte ihnen eine genaue Beschreibung zum Standort der Kuppeln gegeben. Hinter ihnen schloss sich das Tor. Vor ihnen lagen etwa zwei Stunden Autofahrt. Keiner von ihnen hatte großes Interesse sich zu unterhalten, und je länger sie fuhren, desto angespannter wurde Becka. Da niemand wusste, was sie erwartete, mussten sie mit allem rechnen.

Als die sieben Kuppeln in Sicht kamen, schaltete Leo das Licht aus und wurde langsamer. Etwa hundert Meter hinter der Zufahrt hielt er am Straßenrand. Nach Sophies Schilderung sollten aufgrund der abgeschiedenen Lage die Sicherheitsvorkehrungen minimal sein. Zumindest war es zu ihrer Zeit so gewesen. Es gab nur einen offiziellen Zufahrtsweg von der Hauptstraße aus, der zu einem von der Sicherheit bewachten Tor führte. Der Rest des Geländes war von einem Starkstromzaun umgeben. Im schwachen Mondlicht teilten sie die Waffen unter sich auf. Becka befestigte die kleine Kamera an ihrem Gürtel, während sich Leo die Tasche umhängte. Gemeinsam liefen sie geduckt querfeldein und ließen den Haupteingang rechter Hand hinter sich.

Ihr Ziel lag hinter dem *FoodTec*-Gelände. Halbhohes, trockenes Gras bot ihnen Schutz. Bald schon ragten die riesigen Kuppeln vor ihnen in die Höhe. Von ihrer Position aus konnte Becka den spinnennetzartigen Aufbau nur erahnen. Sechs Kuppeln umrahmten eine siebte in der Mitte der Anlage. Bis auf die mittlere, die mit allen Kuppeln über gläserne Gänge verbunden war, hatten die äußeren Glasgebilde jeweils zu drei anderen Kuppeln eine Verbindung. Laut Sophies Plan gab es eine zusätzliche Wohnkuppel, die links von dem Biotopensystem angelegt war und jetzt zu ihrer Linken auftauchte. Sophie hatte berichtet, dass in allen Kuppeln das Wetter nach Wunsch generiert werden konnte. Sie fragte sich, ob die Angestellten gerade einen Schneemann bauten. Die Glasgebilde selbst waren in Betonsockel gebettet. Es gab also keinen direkten Zugang zu den Biotopen. In den umfassenden Bauten waren Büroräume und Labore untergebracht, mit Zugang zum Innenbereich. Sie erreichten den Zaun und bewegten sich daran entlang, um hinter die Kuppeln zu gelangen.

Dem Haupttor gegenüberliegend, sollte es eine Pforte im Zaun geben. Früher hatten die Mitarbeiter sie für ein heimliches Stelldichein genutzt. Jemand hatte wohl einen blinden Fleck der Überwachungskameras ausgemacht.

Leo fand die Pforte. Sie war genau dort, wo Sophie es beschrieben hatte. Etwa zehn Meter davor ließen sie sich im hohen Gras nieder. Er nahm einen kleinen Monitor aus dem Rucksack und hielt ihn Richtung Zaun. Signallichter würden ihnen so verraten, wo Kameras installiert waren.

„Keine Kameras in der Nähe", flüsterte er. „Wahrscheinlich sind sie direkt an den Gebäuden angebracht."

Ein Scanner hing neben der Tür. Ein Ziffernfeld leuchtete ihnen wie ein Warnsignal entgegen. Einige Minuten verharrten sie im Gras und beobachteten die Umgebung, aber sie konnten keine Wachen entdecken. Alle schienen auf den Starkstromzaun zu vertrauen.

Wie nachlässig von ihnen, dachte Becka. Leo holte einen Decodierer hervor. Sie war dankbar, dass ihre IT-Spezis so nette Gimmicks entwickelten. Geduckt rannte er zum Zaun und machte sich an dem Scanner zu schaffen. Auch wenn sie nicht genau sehen konnte, was er tat, wusste sie, dass er das Gerät anschließen und den Zugang hacken würde.

Becka beobachtete mit gezogener Waffe die Umgebung. Ein leises Klicken drang an ihr Ohr. Leo packte seine Sachen zusammen und gab ihr ein Signal. Nacheinander huschten sie durch die Tür. Sie hielten sich an die Strecke, die Sophie ihnen genannt hatte. Rasch überquerten sie eine geteerte Fahrbahn und gelangten auf die Rückseite einer Kuppel. Becka betete, dass der Sicherheitsdienst auch in den letzten Jahren schlampig gearbeitet hatte. In der Hoffnung, nicht auf einem der Überwachungsbildschirme zu erscheinen, drückten sie sich an die Wand. Das gesamte Areal schien von einer Straße umsäumt. Mit Handzeichen einigten sie sich darauf, nach links zu gehen. Leo ging voran, sie sicherte nach hinten.

Plötzlich blieb der Riese stehen. Mit den Augen folgte sie seinem ausgestreckten Zeigefinger. Eine kleine Kamera. Durch das rote Blinken war sie gut zu sehen. Becka lächelte grimmig.

Stümper ...

Die Kamera war im rechten Winkel vom Gebäude auf den Zaun gerichtet und konnte sie nicht erfassen. Mit verschränkten Fingern bot er ihr eine Räuberleiter, sie stieg auf. Ohne Anstrengung hob er sie ein Stück an, damit sie an die Kamera kam. Behutsam zog sie einen winzigen rechteckigen Kasten mit einem Saugnapf daran aus der Tasche. Ihre IT-Spezialisten hatten ihr erklärt, sie bräuchte ihn nur auf die Kamera zu kleben, und er würde von allein seine Arbeit verrichten. Ihre Jungs würden sich von jetzt an in das gesamte Kamerasystem der Anlage hacken können. In dem Moment, in dem sie behutsam das Gerät auf die Oberseite der Kamera drückte, flackerte die Warnlampe. Es dauerte drei Sekunden und das monotone Blinken setzte wieder ein.

Obwohl es ihr nicht gefiel, sie musste ihren Leuten vertrauen. Ab sofort sollten sich alle aufgezeichneten Bilder in einer Dauerschleife wiederholen.

Schwungvoll sprang Becka von Leos Händen, und sie nickten sich zu. Langsam liefen sie im Schutz der Mauer weiter, bis sie den ersten Übergang zwischen den Glaskuppeln erreichten. Mit genügend Abstand eilten sie zur nächsten Kuppel, der letzten, die sich zwischen ihnen und dem Backsteinkomplex befand. Einige Fenster waren in den Sockel eingelassen und vergittert. Vorsichtig rüttelte Leo an den Stäben, doch keiner bewegte sich auch nur einen Millimeter.

Das wäre ja auch zu leicht gewesen, dachte Becka.

Langsam liefen sie weiter, bis Leo die Hand hob und ihr bedeutete stehen zu bleiben. Mitten in der Bewegung erstarrte sie, als sie begriff, worauf er gestoßen war. Direkt neben einer schmalen Tür lagen jede Menge Zigarettenstummel auf dem Boden. Von einer Zigarette stieg ein Rauchfähnchen auf.

Becka presste die Lippen zusammen. Während die meisten Menschen kaum mehr genug zu essen hatten, schaffte *FoodTec* es anscheinend mit Leichtigkeit, seine Leute sogar mit Tabak zu versorgen. Wer immer hier seinem Laster frönte, war es egal, wie trocken der Boden und die Pflanzen waren, er riskierte einen Flächenbrand.

Sie zügelte ihre Wut, denn diese Gedankenlosigkeit war ein Glücksfall für sie. Es hieß nur, dass sie warten mussten. Über der Tür war keine Lampe angebracht, was darauf schließen ließ, dass es kein offizieller Raucherplatz war. Leo zog sich weiter zurück und legte sich flach in das hohe Gras. Becka folgte seinem Beispiel, blieb jedoch näher dran.

Es dauerte länger, als sie gedacht hätte. Etwas stach in ihren Fuß, trotzdem wollte sie sich nicht bewegen. Als sie glaubte, es nicht mehr aushalten zu können, schwang die Tür auf. Grelles Licht warf einen kleinen Kegel nach draußen, doch er reichte nicht bis zu ihr. Ein kleiner, dicker Mann kam heraus und streckte sich. Er klemmte etwas unter die Tür, damit sie nicht ins Schloss fiel. Aus seiner Hosentasche holte er eine Zigarettenschachtel und ein Feuerzeug und zündete sich wenig später ein Stäbchen an. Es war so leise, dass Becka das Knistern des Tabaks hörte, als der Dicke einen tiefen Zug nahm.

Interessiert beobachtete sie den Bereich, der hinter der Tür lag. Ein schmaler Gang führte offenbar tiefer in das Gebäude. Viel konnte sie nicht erkennen, aber sie war froh, dass es keine Halle oder Lagerraum war. Der Typ schnippte seine Kippe weg, trat sie nachlässig aus und drehte sich um, bevor sie komplett erloschen war. Laut ächzend zog er den Keil aus der Tür, ging hinein und ließ sie zuschwingen.

Genau darauf hatte Becka gehofft. Als sich die Tür bewegte, sprang sie auf und sprintete so leise wie möglich darauf zu. Sie betete, dass sich der Kerl nicht umdrehte und sie bemerkte. In letzter Sekunde griff sie nach der Klinke. In Erwartung, dass ihr jemand die Tür aus der Hand riss oder Alarm ausgelöst wurde, verharrte sie einen Moment. Nichts dergleichen geschah. Langsam zog sie die Tür auf und spähte in den Flur. Als sie niemanden entdeckte, nickte sie Leo zu.

Zusammen schlichen sie den Gang entlang. Immer wieder hielten sie an und lauschten, ob sich Schritte näherten. Neben einer Tür hingen weiße Laborkittel. Den größten warf sie Leo zu. Grinsend schaute sie ihm zu, wie er sich in das Ding zwängte.

„Was?", knurrte er.

„Ach, nichts, steht dir."

Ohne darauf einzugehen, ging er weiter. Becka nahm sich einen deutlich kleineren Kittel und zog ihn über. Lächelnd folgte sie ihm und achtete darauf, dass die Kamera an ihrem Gürtel nicht durch den Stoff verdeckt wurde. Nahezu lautlos schlichen sie durch den Gang. Es zweigten einige Türen ab, an denen Schilder mit Beschriftungen wie *Terraforming*, *Eskalationsanalyse* und *Dehydrationskammer* angebracht waren.

Was machen die hier bloß?

Auf der rechten Seite kam eine Luftschleuse in Sicht. Neugierig verharrte Becka und riskierte einen Blick durch die gläsernen Türen. Nur karge Flächen, bestehend aus Sand und Stein. Die Schleuse hatte keine Steuerungselemente, doch Becka wusste auch so, dass es extrem heiß darin sein musste. Selbst durch die Scheiben erkannte sie, wie die Luft flimmerte.

Ist das hier die Erde, wie sie in einigen Jahren sein könnte?, fragte sie sich und bekam ein mulmiges Gefühl. Ihr blieb jedoch nicht viel Zeit, sich das Ganze genauer anzuschauen, denn Leo drängte sie weiter. Direkt gegenüber lag ein Bereich, der mit *Kontrollraum* gekennzeichnet war. Die Tür stand einen Spaltbreit offen.

„Warte kurz", wisperte sie und spähte vorsichtig hinein.

Niemand da, sie trat ein. Es war relativ dunkel. Fenster suchte sie vergebens, nur ein halbes Dutzend Monitore an den Wänden warf ein flackerndes Licht auf die Umgebung. Unter jedem Bildschirm befand sich eine Kontrollstation, eingelassen in die Mauer. Becka ging näher heran und richtete die Kamera aus.

„Beeil dich", knurrte Leo.

„Ich komm ja schon", beruhigte sie ihn und machte einen letzten Schwenk mit dem Apparat. Auf dem Weg nach draußen lehnte sie die Tür so an, wie Becka sie vorgefunden hatte.

Eine Abzweigung weiter erreichten sie den gläsernen Tunnel. Der Ausgang war durch zwei aufeinanderfolgende Glastüren gesichert.

„Etwa in der Hälfte zweigt ein Tunnel zum Komplex ab", brummte Leo.

„Wenn wir da reinwollen, müssen wir dort entlang."

„Das ist mir zu unsicher, jeder kann uns von außen sehen."

„Dann sollten wir uns möglichst unauffällig verhalten."

Ohne zu zögern, trat Becka durch die erste Tür. Ein Lufthauch streifte ihre Haut. Es blieb Leo nichts anderes übrig, als ihr zu folgen, doch seinen Unmut darüber konnte sie beinahe körperlich spüren.

Zusammen gingen sie durch die zweite Flügeltür und zügig, aber nicht zu schnell durch den Tunnel, wie in ein Gespräch vertieft. An der Abzweigung bogen sie in den Zubringer zum Backsteinhaus ein. Auch hier trennten zwei doppelte Schwingtüren den äußeren Gang von dem inneren. Nach einem kurzen Blick über die Schulter traten sie ein und atmeten auf, dort niemanden vorzufinden.

Wieder bemerkte Becka den Durchzug und fragte sich, ob das eine Luftschleuse war. Ein weiterer Flur lag vor ihnen. Zu ihrer Linken ging eine große Flügeltür mit einem Sichtfenster ab. Geduckt näherte sie sich. Trotz der späten Stunde brannte Licht. Eine mittelgroße Halle mit Lkw befand sich hinter den Türen. Eine Handvoll Handwerker scharte sich um einen Wagen. Die Motorhaube war offen. Am gegenüberliegenden Ende der Halle machte sie zwei Rolltore aus. Dies war anscheinend die Zufahrt und Transporthalle zu dem Gebäude. Sie duckten sich und liefen unter den Fenstern den Flur entlang. Sie passierten zwei Flügeltüren, die zur Halle führten. Bis jetzt hatten sie keinen Hinweis auf Bienen ausfindig machen können, hier konnte alles untergebracht sein.

Der Gang machte eine Neunzig-Grad-Biegung und endete in einer weiteren Doppeltür, die sich mit einem Schalter an der Wand öffnen ließ. Lauschend hielt Leo inne und zuckte dann mit den Schultern.

Sie brachten sich mit dem Rücken an der Wand in Stellung, die Waffen im Anschlag. Zischend schwangen die Türen auf, nachdem Leo den Knopf gedrückt hatte. Becka stieß den Atem aus. Der Flur lag verlassen vor ihnen. Von dem Gang gingen verschiedene Türen ab. *Anzuchtstation*, *Pflegevolk* und *Weiselstation* las Becka und jubelte innerlich.

In kurzer Entfernung lag ein Büro, dessen Tür offen stand. Sie wies auf den Raum, gemeinsam näherten sie sich vorsichtig. Direkt gegenüber eine weitere Tür, in dessen Glas sich der Raum spiegelte, den sie zu betreten gedachte. Es war nicht viel darin, zwei Schreibtische mit Computern und Aktenschränke. Jedoch waren an der einen Seite des Raums Monitore angebracht, die verschiedene Labore zeigten, mit für Becka seltsam anmutenden Geräten und Kisten. Sie huschte hinein, stellte sich davor und bewegte sich langsam im Kreis, um sicherzugehen, dass die Kamera alles aufzeichnete. Von draußen kam ein Schnalzen von Leo. Schnell trat sie an die Schreibtische, um sie ebenfalls aufzunehmen. Wieder ertönte das Schnalzen, und sie beeilte sich, dass sie hinauskam.

Auf dem Gang empfing sie Leos wütendes Gesicht. Dann hörte sie die Stimmen. Sie drangen aus der Richtung, in die sie zurückmussten. Wortlos schaute sie sich um. Die Stimmen wurden lauter, und es blieben ihnen nur die anderen Türen auf dem Flur. Sie versuchten die nächstgelegene, an der *Pflegevolk* stand, und landeten wieder in einer Luftschleuse. An den Wänden hingen mehrere weiße Schutzanzüge fein säuberlich aufgereiht. Bei ihrem Eintreten sprang das Licht automatisch an. Erschrocken drückten sie sich an die Wand und versteckten sich hintern den Anzügen. Mit gekreuzten Fingern hoffte Becka darauf, dass keiner bei dem Lichtschein durch die Glasfront skeptisch wurde.

Beckas Herz klopfte heftig in ihrer Brust, doch sie zwang sich, ruhig zu atmen und ihre Angst unter Kontrolle zu halten. Angst war normal, sie durfte nur nicht das Handeln bestimmen. Leo hatte einen besseren Blick in den Flur. Als er noch weiter hinter den Anzügen verschwand, spannte sie sich an.

In diesem Moment ging das Licht aus. Becka spürte, wie sich ihre Pupillen weiteten. Sekunden später liefen zwei Männer direkt an ihrem Versteck vorbei. Sie hoben nicht einmal den Kopf. Wären sie gegenüber ins Büro getreten, hätten sie ein Problem gehabt, aber so zählte Becka stumm zehnmal bis sechzig und kam anschließend hinter den Anzügen hervor. Sofort sprang das Licht an, und sie zuckte zusammen. Vorsichtig öffnete sie die Tür ein kleines Stück und lauschte, doch sie konnte nichts hören. Gemeinsam mit Leo trat sie auf den Flur. Offenbar waren in dem letzten Gebäudeteil, den sie noch nicht gesehen hatten, Menschen bei der Arbeit, also war es sicherer, den Rückzug anzutreten.

Es war fast unheimlich, wie leicht sie vorankamen. Ohne Probleme erreichten sie die Außentür. Sie liefen zurück ins Freie und verschwanden in der Dunkelheit. Sie hatten die Möglichkeit gehabt, in die Halle zu blicken, jetzt mussten sie sich draußen umsehen. Es sollte nichts dem Zufall überlassen werden, wenn sie zurückkehrten.

Die Strecke zum Backsteingebäude bewältigten sie in wenigen Minuten. Auf der ersten Wandfläche war nichts Auffälliges. Dahinter musste die Lagerhalle liegen.

Kurz nachdem sie um die erste Ecke gebogen waren, erhellten Lichtkegel die Zufahrten zu zwei Rolltoren, im Abstand von etwa zehn Metern in die Wand eingelassen. Becka und Leo wichen den Scheinwerfern aus und setzten ihren Weg fort. Das waren die Tore, die sie von innen gesehen hatten.

Nach wie vor trafen sie auf keine Wachen. Sie umrundeten das gesamte Gebäude, konnten jedoch bis auf die Parkplätze und einige Mülltonnen nichts ausmachen.

In der Ferne durchbrach das Licht eines Häuschens den Zaun. Eine Schranke versperrte die Straße.

Kurz hielt Becka inne und richtete ihre Kamera auf den Bereich. Vielleicht konnten ihre Techniker damit etwas anfangen. Sie vermieden es, näher heranzugehen, schließlich waren sie zum Erkunden hier und nicht, um auf sich aufmerksam zu machen.

In gerader Linie bewegten sie sich von den Kuppeln weg, bis ihnen der hohe Zaun den Weg versperrte. Wenn sie direkt daran entlangliefen, war das Risiko geringer, zufällig von einem Mitarbeiter bemerkt zu werden. Also hielten sie sich rechts, bis sie die Pforte erreichten und das Gelände verließen.

29

Es war bestimmt das dritte Mal, dass Sophie ihre Schwester bat, die Aufnahme zurückzuspulen. Aufgeregt kaute sie auf einer Haarsträhne herum. Becka und Leo hatten tatsächlich die Zuchtstation gefunden. Sie ließ das Video in Slow Motion ablaufen und machte sich Notizen zu den Räumlichkeiten.

„Halt an, Becka", forderte Sophie.

Die Bilder erstarrten, und sie konnte in aller Ruhe die Monitore studieren, die anscheinend die Laborbereiche mit den verschiedenen Zuchtstationen zeigten.

„Ihr seid nicht weiter als bis zu dem Büro gekommen?", hakte Sophie nach.

„Ja, sonst hättest du es auf dem Film gesehen, oder?", entgegnete Becka.

„Das heißt, ihr wisst nicht, wie der Flur weiter aufgebaut ist? Gut, man sieht dank der Kamera, dass da noch mehr Türen sind, was hinter welcher Tür liegt, allerdings nicht."

Becka verdrehte die Augen. „Nein, ich weiß nicht, welcher von den Räumen da auf den Monitoren exakt hinter welcher Tür liegt, nur die ersten, an denen wir vorbeigelaufen sind."

„Okay, mach weiter."

„Hier hast du das Tablet. Mach es selber. Ich bin nicht dein Handlanger."

Sophie verstand nicht, was Beckas Problem war. Sie nahm das flache Bedienungselement und drückte auf Weiter. Kurz darauf stoppte sie wieder. Ein Schreibtisch, den Becka aufgenommen hatte, war zu sehen. Mit den Fingern fuhr sie auf dem Display hin und her, bis sie es geschafft hatte, den Teil zu vergrößern.

„O Mann, das sind Frachtpapiere. Die kenne ich noch von den Lieferungen, die wir erhalten haben."

Neben ihr lehnte sich Becka vor.

„Es ist zu unscharf, aber ich würde jede Wette eingehen, dass da ein Datum draufsteht, Becka!"

„Hm, mal schauen. Ich gebe das an die IT weiter, vielleicht können die da was machen. Gib mir mal das Tablet", sagte sie und nahm Sophie das Gerät wieder ab.

Becka kopierte einen Teil des Videos und versendete es anschließend mit einem kurzen Text. Dann legte sie das Tablet zur Seite und streckte sich in ihrem Stuhl.

„Und wie lange müssen wir jetzt warten?", wollte Sophie wissen.

„Keine Ahnung, ein bisschen wird es bestimmt ..."
Ein Signalton unterbrach sie, auf dem Tablet wurde eine neue Nachricht angezeigt. Becka öffnete sie, und zum Vorschein kam eine Aufnahme der Dokumente vom Schreibtisch. Nicht ganz scharf, aber lesbar.

„Scheiße, das kann nicht sein!", rief Sophie.

„Was meinst du?"

„Siehst du das nicht?" Sophie zeigte mit dem Finger auf eine Zeile. „Das ist ein Datum für übernächste Woche!"

„In zwei Wochen? Und was wird ausgeliefert?"

„Mann, Becka, das ist das Auslieferdatum der Bienen", sagte Sophie schockiert.

Entgeistert starrte ihre Schwester einige Sekunden auf den Monitor. Schließlich ließ sie sich zurücksinken und fuhr sich durchs Haar.

„Meintest du nicht, dass wir bis nächstes Jahr Zeit hätten?"

„Ja, das habe ich gedacht, Becka. Ich bin fest davon ausgegangen, dass sie die Winterruhe abwarten und dann erst die Völker rausgeben." Sophie stand auf und fing an, auf und ab zu laufen. „Normalerweise schwärmen die Jungbienen mit ihrer neuen Königin im Frühjahr aus. Es wäre logisch gewesen, bis dahin zu warten."

„Da steht auch, an wen die Lieferung geht", unterbrach Becka Sophies Gedankengänge. „An eine Firma namens *Grain.ing*. Kennst du die?"

Sophie kehrte zurück zu Becka. „Das Unternehmen liefert das meiste Getreide für den gesamten Norden. Und was viele nicht wissen, es gehört zu einem Tochterunternehmen eines Tochterunternehmens von *FoodTec*."

„Oder sie wollen nach dem Debakel mit dir und Mike die Produktion verlagern."

„Sobald die Bienen diesen Komplex verlassen, wird es unheimlich schwer werden, sie wiederzufinden und die Mutation zu deaktivieren." Ein kalter Schauer lief Sophie den Rücken hinab. Wenn sie zuließen, dass *FoodTec* die Bienen auf das ganze Land verteilte, hatten sie gewonnen.

„Ich weiß", entgegnete ihre Schwester.

Mit geballten Händen starrte sie Becka an. „Wir müssen das unbedingt verhindern und …"

„Ich sagte, ich weiß!", unterbrach ihre Schwester sie energisch. Die Zeigefinger an den Schläfen, schien sie angestrengt nachzudenken. „Wie weit bist du mit den Viren?“

„Wir haben es geschafft, die DNA in das Virus einzubringen, wir haben sie allerdings noch nicht getestet. Außerdem haben wir bisher nicht die richtige Methode gefunden, um die Viren einer so großen Menge an Tieren zu verabreichen.“

„Schafft ihr es in dieser Zeit?“

„Du willst innerhalb von zwei Wochen angreifen? Wie willst du das anstellen? Die ganze Koordination der …“

„Lass das meine Sorge sein, ich muss nur wissen, ob du rechtzeitig fertig bist.“

Jetzt war es an Sophie, konzentriert nachzudenken. Es war denkbar, im Vorfeld konnte sie jedoch unmöglich sagen, welche Stolpersteine auf sie warteten. Andererseits, gab es eine Alternative? Wollte sie die Bienen retten, musste sie es schaffen.

„Mit hoher Wahrscheinlichkeit.“

„Sophie!“

Sie seufzte. „Es wird knapp, aber ich denke, wir können es hinkriegen.“

„Dann solltest du jetzt gehen. Du hast genau zwei Wochen, nicht mehr. Das ist unsere Chance, den gierigen Arschlöchern einen kräftigen Schlag zu versetzen. Mach es möglich!“

In dem Bewusstsein, dass sie hier mit der Anführerin des Widerstands sprach und nicht länger mit ihrer Schwester, nickte Sophie. „Okay, ich kümmere mich darum.“

Ohne ein weiteres Wort verließ sie Beckas Büro. Zügig kehrte sie zurück zu den Laboren und rief ihre Leute zusammen. Es lag einiges an Arbeit vor ihnen.

„Ich muss mich bei euch für die tolle Arbeit bedanken, die ihr bereits geleistet habt. In den kommenden Tagen brauche ich genau das und noch sehr viel mehr von euch. Wir haben zwei Wochen, um die Viren zu testen, in ausreichender Menge zu kultivieren und einsatzbereit zu machen."

Gemurmel wurde laut.

„Wir können das schaffen, das weiß ich. Ich weiß auch, dass es viel Arbeit und wenig Schlaf bedeutet, doch wenn wir das jetzt durchziehen, haben wir tatsächlich die Möglichkeit, etwas zu verändern, und zwar zum Guten und ganz nebenbei *FoodTec* gewaltig in den Hintern zu treten."

Ernste Gesichter blickten sie an, bis Anton, ein drahtiger junger Mann aus ihrem Team, anfing, Vorschläge für das weitere Vorgehen zu äußern. Innerhalb von Minuten stellten ihre Leute einen Plan auf, den sie nur unwesentlich verbessern musste, um die Zeitabläufe zu optimieren. Kurz darauf verschwanden ihre Mitarbeiter an ihre Plätze und vertieften sich in die Arbeit.

Während sich Sophie im Labor umschaute, durchströmte sie Vertrauen darauf, dass sie die Aufgabe meistern würden. Damit das gelang, brauchten sie Versuchsobjekte. Daher machte sie sich auf in den hinteren Teil des Gartens. Die Viren mussten an den Bienen mit der Mutation getestet werden, um festzustellen, ob das Gen deaktiviert werden würde. Auch die gesunden

Bienen sollten den Prozess durchlaufen, damit die Viren keine ungewollten Veränderungen an der DNA verursachten.

Von den mutierten lebten nur noch wenige, doch die gesunden schienen sich wohlzufühlen. Das erste Mal seit Langem schöpfte Sophie Hoffnung. Auf welche Art sie die Viren transportieren und verabreichen sollten, war ihr noch ein Rätsel. Was war besser? Gas oder Flüssigkeit?

Auf dem Rückweg blieb sie plötzlich auf dem Gang stehen. Sie drehte sich um und betrachtete einen der Feuerlöscher, die in regelmäßigen Abständen an der Wand hingen. Sie hatte sich für Gas entschieden. Mit einem Grinsen schob sie sich die Schachtel mit den Bienen unter den Arm, mit der freien Hand griff sie nach dem Feuerlöscher und zog ihn aus der Halterung. Sie würden Lose ziehen müssen, wer den Feuerlöscher leeren durfte.

30

Das Rascheln der Uniformen und das gelegentliche Klicken von Metall waren die einzigen Geräusche, die Sophie wahrnahm. Seite an Seite saßen sie eng auf der Ladefläche eines Lasters. Eingepfercht zwischen zwei Wachen wurden sie bei jedem Schlagloch aneinandergedrückt. Schweiß lief ihr den Rücken hinunter. Die Plane am Einstieg war verschlossen, und die unter Spannung stehenden Männer und Frauen heizten die Luft zusätzlich auf. Hinzu kam, dass sie ebenfalls in einem der dunklen Anzüge steckte, die normalerweise die *FoodTec*-Wachen trugen. Ihr wurde übel, und sie lehnte sich mit geschlossenen Augen zurück. Mit tiefen Atemzügen versuchte sie sich zu beruhigen. Niemand wusste, wie der Angriff ausgehen würde. Allen war klar, sie würden nicht ohne Verluste aus diesem Kampf hervorgehen. Das Wissen, dass heute viele Leute sterben könnten, lastete schwer auf ihrem Schultern. Doch es gab jetzt kein Zurück. Sie musste nur dafür sorgen, dass sie die Mission erfolgreich abschlossen.

Ihr gegenüber saß Leo und ließ sie nicht aus den Augen. Zwischen seinen Füßen stand ein großer schwarzer Rucksack, der Schlüssel zu ihrem Erfolg. Zum x-ten Mal schaute sie zum Ende des Lasters, wo Timmy hockte. Er sah noch schlechter aus, als sie sich fühlte. In seiner Nähe war Tom, das beruhigte sie ein wenig. Er würde gut auf ihn aufpassen.

Sie spürte, wie der Wagen langsamer wurde, und glaubte, ihr Herz würde in ihrem Hals schlagen, als er hielt. Kurze Zeit später klappte die Plane auf, und fahles Licht erhellte den Ausstieg. Einer nach dem anderen lief zum Ausgang und sprang lautlos von der Ladefläche. Als sie an der Reihe war, stand Leo bereit und half ihr hinunter.

Mit den anderen hielt Sophie auf die Kuppeln zu. Das Licht im Inneren ließ die Glasgebilde erstrahlen wie Glühlampen. Es hatte sich eine Traube von fünf Wachen um Timmy und eine weitere um sie gebildet. Leo, einer von ihnen, hatte also nicht gescherzt, als er gemeint hatte, die andere Hälfte würde auf sie aufpassen. Nur Becka lief allein hinter ihnen und bildete die Nachhut.

Durch die Gruppe um sie herum wurde Sophie im Laufschritt immer weiter getrieben. Es gab keine Chance, langsamer zu werden oder gar zu verweilen. Sie atmete bereits schneller, als sie auf der Höhe ihres alten Wohnheimkomplexes am Zaun vorbeirannten. Sie konnte den Blick nicht von der Kuppel nehmen, die vor Jahren ein glückliches Zuhause für sie gewesen war. Natürlich waren sie zu weit weg, um Details ausmachen zu können, davon abgesehen versperrte der Sockel die Sicht ins Innere, trotzdem hatte sie alles vor Augen, als wäre die Zeit stehen geblieben.

Endlich hielten sie, und Sophie entdeckte den alten Durchgang im Zaun. Eine Wache machte sich daran zu schaffen, schließlich war ein Klacken zu vernehmen. Sofort gab die Frau den Wink, dass sie vorrücken konnten.

„Sind die Kameras umgestellt?“, flüsterte Becka hinter Sophie.

„Ja, alles klar.“

Sophie hatte keine Ahnung, wer geantwortet hatte, aber kurz darauf gab Becka das Startsignal.

Außerhalb des Lichtkegels der Kuppeln bewegten sie sich weiter, bis die letzte vor dem neuen Gebäude in der Dunkelheit aufragte. In Erwartung, auf dem gleichen Weg in die Kuppel zu gelangen wie Becka und Leo, hielt sie Ausschau nach dem Raucherplatz. Laut ihren letzten Informationen sollte die Tür mit Gewalt geöffnet werden. Doch niemand machte Anstalten, sich dem Gebäude zu nähern, als sie dort eintrafen. Alle ließen sich im hohen Gras nieder, und eine ihrer Begleiterinnen zog Sophie nach unten. Irritiert fragte sie sich, was los war, aber sie traute sich nicht nachzuhaken. Offenbar war sie nicht in alle Details eingeweiht worden.

Je länger sie warteten, umso nervöser wurde Sophie. Immer wieder prüfte Becka ein Gerät an ihrem Handgelenk. Schließlich hob sie einen Arm, und die Wachen richteten sich auf, blieben jedoch so nah am Boden wie möglich.

Plötzlich durchbrach ein ohrenbetäubender Lärm die Stille. Sophie fuhr zusammen und blickte sich um. Zu ihrer Linken flackerten helle Lichter hinter dem Backsteingebäude auf. Eine Explosion, schoss es ihr durch den Kopf. Nur Sekunden später setzte eine Sirene ein, die durch Mark und Bein ging.

Allerdings hatte sie keine Zeit, sich weitere Gedanken zu machen. Die Frau, die sie eben nach unten gezogen hatte, sprintete los. Vage erkannte Sophie, wie sie etwas unterhalb der Türklinke befestigte und sich dann hastig zur Seite drehte. Ein greller Lichtblitz blendete Sophie und ließ sie aufschreien. Erleichtert, dass die Sirene ihren Schrei übertönte, atmete sie tief durch.

Der Rest der Truppe setzte sich in Bewegung, sie rannte mit. Mittlerweile stand die Tür offen, und alle drängten sich in den Flur. Im Inneren sank die Lautstärke des Alarms auf ein erträgliches Maß ab. Dagegen war die Notbeleuchtung angesprungen. Das kannte sie noch von den damaligen Feuerübungen. Rotes Licht zuckte über den Flur.

Becka übernahm die Führung, Sophies Team mit Leo folgte. Hinter ihnen bildete Timmys Team mit Tom die Nachhut. Immer in ihrer Nähe war Leo, und sie war dankbar dafür. Auch wenn ihr klar war, dass er das tat, um die Mission zu sichern, die größtenteils von ihr abhing.

Auf einmal blieb ihre Schwester stehen und ließ Sophies Team passieren. Sie wollte sich genauer umschauen, Leo drängte sie jedoch weiter. Aus dem Augenwinkel sah sie, wie Becka Timmys Team in einen abzweigenden Raum führte.

„Warum trennen wir uns, Leo?", fragte Sophie, obwohl sie die Antwort ahnte.

„Damit nicht beide Teams betroffen sind, sollte etwas schiefgehen."

Auch wenn es ihr nicht gefiel, von dem anderen Team isoliert zu sein, konnte sie die Vorgehensweise nachvollziehen. Scheiterte ein Team, blieb immer noch die Chance, dass wenigstens fünfzig Prozent der Mission gelang.

Sie hasteten durch die Luftschleusen und machten sich nicht die Mühe, unauffällig zu wirken. Durch das Glas bemerkte sie wieder den rötlichen Schein hinter dem neuen Komplex. Im Laufschritt durchquerten sie den Verbindungsgang und erreichten innerhalb kürzester Zeit das Gebäude, in dem sich ihr Ziel befand. In dem Moment, in dem sie durch die Schleusen traten, hörte sie die Schüsse. Rauch zog durch den Gang.

Leo mahnte sie zur Eile und forderte sie auf, ihre Waffen bereitzuhalten. Sie passierten die erste Flügeltür zu einer Lagerhalle, die sie auf den Aufnahmen von Becka gesehen hatte. Unter den Türen quollen dichte Rauchschwaden hervor. Sophie erhaschte einen Blick auf das Innere der Halle und hielt vor Schreck den Atem an. Dicker Qualm machte es fast unmöglich, die andere Seite zu erkennen. Ab und zu blitzte etwas auf, gefolgt von Detonationen.

Leo fasste sie am Arm und versperrte ihr die Sicht. Er trieb sie weiter. Sie hechteten am zweiten Zugang vorbei. Als sie den dritten und letzten hinter sich gelassen hatten, sprangen die Türen auf. Sofort hüllte sie dichter Rauch ein. Dunkle Schemen bewegten sich darin. Dann schossen die Unbekannten. Panisch schrie Sophie auf und wusste nicht, was sie tun sollte. Neben ihr sackte eine ihrer Wachen zusammen. Entgeistert starrte sie auf die Frau, die leblos am Boden lag. Es war diejenige, die sie draußen nach unten gezogen hatte.

Unvermittelt schubste Leo sie vorwärts und feuerte. Wieder und wieder. Alle aus ihrem Team, die noch standen, hatten ihre Waffen auf die offen stehenden Türen gerichtet und schossen. Sie bildeten eine lebende Mauer, die hinter Sophie und Leo zurückblieb, damit sie um die nächste Ecke biegen konnten. Am Ende des Gangs lag eine Doppeltür. Leo ließ sie nicht zu Atem kommen. Mit einem Tritt öffnete er die Tür und zog sie mit sich. Doch sie kamen nur wenige Meter weit. Sophie sah bereits die Türen, hinter denen die Bienen auf sie warteten, als jemand auf den Gang trat.

Viktor schoss ohne Vorwarnung. Bevor sie sich fragen konnte, was er hier zu suchen hatte, wurde sie herumgeschleudert. Auf einmal war Leo überall um sie herum und hielt sie fest umschlungen. Sie hörte weitere Schüsse, während sie gemeinsam zu Boden stürzten.

„Leo? Leo!", schrie sie.

Er reagierte nicht.

Der Riese lag halb auf ihr und machte es ihr damit unmöglich sich zu bewegen. Sophie versuchte, ihn von sich zu drücken, schaffte es aber nicht. Dunkle Flüssigkeit tropfte auf ihre Wange, und kalter Schweiß bildete sich auf ihrer Stirn.

„Leo, bitte!", flüsterte sie panisch. Das durfte nicht sein, er konnte nicht tot sein. „Bitte nicht", wiederholte sie, bis sie sich endlich unter seinem schweren Körper hervorwand.

Sie kniete sich neben ihn, riskierte einen Blick zu Viktor und stellte mit Genugtuung fest, dass auch er blutete. Er lehnte an der Wand und drückte die Hand an seine Hüfte, ein dunkler Fleck breitete sich langsam über seinem Hemd aus. Bestürzt betrachtete er das Blut an seinen Fingern. Da Viktor mit sich beschäftigt war, kümmerte sie sich um Leo. Er lag leblos am Boden, die Augen geschlossen, und es schien, als würde er nicht atmen.

„Nein, nein, nein, tu mir das nicht an!", schrie sie.

Hektisch fuhr Sophie über seinen Körper, konnte jedoch keine Wunde ertasten. Hastig bemühte sie sich, ihn umzudrehen, ihre Hände rutschten allerdings immer wieder ab. Ihre Finger färbten sich immer röter, sie japste nach Luft. Gerade als sie ihm den Rucksack abzog, senkte sich eine Kugel direkt neben ihr in die Wand. Mit einem Aufschrei kippte sie zurück, den schweren Rucksack weiterhin umklammert.

Viktor hatte sich schneller gefangen, als sie erwartet hatte, und war nur noch wenige Schritte von ihr entfernt. Mit wutverzerrtem Gesicht richtete er die Waffe auf sie.

„Ich hätte wissen sollen, dass du nur Probleme verursachst." Er kam weiter auf sie zu. Offenbar hatte er mit seinen blutigen Fingern Schwierigkeiten, den Abzug zu drücken.

Mit erhobenen Händen stand sie zögerlich auf. „Viktor, bitte, du musst das nicht tun."

„Du wolltest immer die Welt retten, bereits im Internat. Eigentlich wollte *FoodTec* dich damals aussortieren, doch ich habe mich für dich ausgesprochen. Du warst mein Schwachpunkt, schon immer", presste er hervor.

Sophie stockte. Das hatte sie nicht gewusst. Langsam wich sie zurück, bis eine Wand in ihrem Rücken sie stoppte.

„Allein deswegen hätte ich dich längst beseitigen müssen. Aber das hole ich jetzt nach."

Mit einem lauten Knall löste sich ein Schuss aus der Waffe. Erschrocken fuhr sie zusammen, als die Kugel sie nur knapp verfehlte. Putz bröckelte neben ihr von der Wand. Hätte sie nicht eine Heidenangst, wäre sie stolz auf sich, dass sie nicht aufgeschrien hatte. Jetzt war sie heilfroh, dass Viktor anscheinend die Waffe nicht mehr richtig halten konnte. Er befand sich jedoch nur noch zwei Armlängen entfernt.

„Nur gut, dass ich mich entschlossen habe, das Umlagern der Bienen zu beaufsichtigen. Ich rette nicht nur die Bienen, sie werden mich auch feiern, weil ich die Rebellen aufgehalten habe.“

Mittlerweile stand Viktor neben Leo. Er hielt die Waffe nach unten und feuerte. Aus der Distanz konnte er gar nicht danebenschießen. Die Kugel schlug in Leos Körper ein. Nur kurz zuckte der massige Körper, mehr geschah nicht.

Entsetzt japste Sophie nach Luft. Viktor lachte auf und schoss erneut. Salzige Tränen brannten auf ihren Wangen, sie war wie erstarrt. Ihre Brust zog sich schmerzhaft zusammen, während sie den Blick nicht von ihrem Beschützer abwenden konnte, den sie ungewollt ins Herz geschlossen hatte.

Viktor trat näher und versperrte ihr die Sicht. Das hilflose Entsetzen wich heißer Wut, die durch ihre Adern schoss.

„Du widerlicher Mistkerl!“, zischte sie, die Hände zu Fäusten geballt. Ihr ganzer Körper zitterte. „Warum tust du das?“

„Du hast dich gegen *FoodTec* und damit gegen mich gestellt“, grollte er mit zuckendem Auge.

„Ihr habt mir doch gar keine Wahl gelassen! Ihr wart es, die mich hintergangen habt. Und nicht nur mich. Die ganze Menschheit habt ihr verraten.“

„O bitte, wie theatralisch. Die Menschen werden nicht verhungern, schließlich setzen wir deine Bienen ja ein.“

„Ach, ist das so? Nur wer genug Geld besitzt, kann sie sich jedes Jahr aufs Neue leisten. Ihr habt ein Geschäft daraus gemacht“, spie sie ihm entgegen. „Mein Ziel war es, dass sich die Bienen eigenständig vermehren und die gesamte Flora bereichern. Aber für euch zählen nur das Kapital und die Macht, die ...“

„Du warst schon immer so ekelhaft moralisch“, unterbrach Viktor sie und fuchtelte mit der Waffe herum. „Darum haben wir dich nicht eingeweiht. Das Projekt versprach viel Gewinn für *FoodTec*. Hättest du dich dagegen ausgesprochen, wäre es das mit unserer Zusammenarbeit gewesen und sie hätten dich damals bereits beseitigt. Das konnte ich nicht riskieren. Ich hatte Pläne mit uns! Ich wollte dich schützen, nun weiß ich, dass das ein Fehler war. Und den werde ich jetzt korrigieren!“

Wie in Zeitlupe verfolgte sie, wie er den Finger krümmte und abdrückte. Außerstande zu handeln, hielt sie die Luft an und fixierte den Lauf der Waffe. Ein dumpfes Klicken erklang. Das Magazin war leer. Viktor brüllte auf und warf die Waffe von sich. Mit gebleckten Zähnen sprang er auf sie zu. Sophie war viel zu überrascht, als dass sie hätte reagieren können. Seine Hände legten sich um ihren Hals. Er presste sie an die Wand, sodass ihr Hinterkopf gegen das Mauerwerk prallte. Ein stechender Schmerz nahm ihr kurzzeitig die Luft, ihr wurde schwindelig. Hätte Viktor sie nicht festgehalten, wäre sie gestürzt. Zwar waren seine Finger noch immer klebrig von seinem Blut, und sein Griff lockerte sich kurz, doch er ließ nicht los. Es gab für sie nur diese eine Chance auf einen Atemzug, bevor Viktors Hände ihr erneut die Luft abschnürten.

Verzweifelt schlug Sophie auf seine Arme ein, sie besaß jedoch zu wenig Kraft. Sie versuchte zu schreien, aber kein Ton drang über ihre Lippen. Unerbittlich drückte er weiter zu. Ein reißender Schmerz umklammerte ihre Brust. Ihre Fingernägel rissen tiefe Furchen in seine Unterarme. Je länger ihr der nächste Atemzug verwehrt blieb, umso mehr verließ sie die Kraft, bis sie die Hände schließlich nicht mehr oben halten konnte. Die Ränder ihres Blickfelds färbten sich schwarz, ihre Arme fielen kraftlos herab. Zuletzt sah sie, wie sich sein abartiges Grinsen zu einem Zähnefletschen wandelte. Dann wurde es dunkel um sie herum.

31

Ein verschwommenes Gesicht tauchte vor Sophie auf, das hin und her pendelte. Es dauerte einige Sekunden, bis sie realisierte, dass Becka über ihr kniete. Der Mund ihrer Schwester bewegte sich, doch sie konnte nicht hören, was sie sagte.

Warum liege ich auf den Boden?, fragte sie sich und stellte im selben Moment fest, dass nicht Beckas Kopf hin und her schwankte, sondern ihr eigener. Jedes Mal, wenn ihre Schwester ihr eine Ohrfeige verpasste. Aber weshalb tat ihr dann der Hals so weh?

Plötzlich verdrängten Bilder von Viktor und seinem zu einer Grimasse verzogenen Gesicht alle Gedanken. Abrupt setzte sie sich auf und schnappte nach Luft. Sophie ignorierte das Brennen in ihrer Kehle, bis ein Hustenanfall sie schüttelte.

„Sophie! Verdammt, Sophie!" Becka riss sie in ihre Arme und hielt sie fest, während sie gierig die Luft einsog. „Ich habe schon gedacht, du wärst ... Scheiße, Sophie, musst du mir so viel Angst einjagen?"

Alles an ihr fühlte sich weich an.

Ihre Schwester schob sie auf Armeslänge von sich und schaute sie an. „Geht's?"

Bei dem Versuch, etwas zu sagen, kam mehr ein Krächzen über ihre Lippen. Es tat höllisch weh, trotzdem versuchte Sophie es erneut. „Du brauchst dringend einen Erste-Hilfe-Kurs", flüsterte sie.

Becka zog sie langsam mit sich hoch, und nach einigen wackeligen Schritten gelang es Sophie, sich allein zu halten. Erst jetzt entdeckte sie Viktor am Boden. Sein Gesicht war von ihr abgewandt, sie sah nur seinen Hinterkopf. Eine Blutlache breitete sich darunter aus. Daneben stand der Feuerlöscher, den Sophie mitgebracht hatte. Am unteren Ende tropfte Blut. Sophie wollte gar nicht genau wissen, was passiert war. In jedem Fall hatte Viktor seine gerechte Strafe bekommen.

Einige Meter hinter Viktor lag Leo. Sophie presste die Hand auf den Mund. Sie wollte etwas sagen, doch Becka kam ihr zuvor.

„Ich weiß." Ihre Augen blickten unsagbar traurig. „Aber wir können jetzt nichts tun. Wir haben später Zeit, darüber zu reden und zu trauern. Jetzt müssen wir das beenden. Schaffst du das?"

Auch wenn Sophie wusste, wie sehr ihre Schwester all das mitnahm, klang ihre Stimme eindringlich. Einige Sekunden betrachtete sie den leblosen Körper, schließlich nickte sie. Sie waren mit einer Mission hergekommen, also würden sie sie auch beenden. Jetzt erst recht! Die Opfer, die gebracht worden waren, sollten nicht vergeblich gewesen sein.

Zusammen mit ihrer Schwester suchte sie den Kontrollraum. Dort machte sich Sophie an den Systemen zu schaffen und versuchte herauszufinden, wo die Steuerungseinheit für die Belüftungen lagen. Hinter ihr hielt Becka im Türrahmen Wache.

„Da bist du also", murmelte Sophie.

„Hast du ihn gefunden?", fragte Becka.

„Ja. Am Ende des Gangs gibt es einen Versorgungsraum, da ist der Zugang zu den Rohren."

„Worauf warten wir dann?“

Hastig sprang Sophie auf und lief zurück auf den Flur. Mit dem Feuerlöscher in der Hand folgte Becka ihr. Ein Labor nach dem anderen ließen sie hinter sich, bis sie die letzte Tür auf der linken Seite erreichten. *Klimaraum.*

Na also, dachte Sophie und versuchte, die Tür zu öffnen. Sie war verschlossen. Wortlos schob Becka sie zur Seite und nahm ihren Rucksack ab. Sie holte ein kleines graues Päckchen heraus, das Sophie sofort erkannte. Es sah genauso aus wie dasjenige, das bei der Außentür benutzt worden war. Hastig wandte sie sich ab und hielt sich die Ohren zu. Kurz darauf spürte sie die Wand hinter sich vibrieren, und ein lauter Knall erklang. Vorsichtig blickte sie zurück. Ihre Schwester war bereits im Türrahmen und winkte ihr ungeduldig zu. In dem Raum standen verschiedene Kessel und Tanks, von denen etliche Kanäle abgingen und in den angrenzenden Mauern verschwanden.

Sophie rief sich den Lageplan ins Gedächtnis, den sie eben am Bildschirm gesehen hatte. Mit wenigen Schritten durchquerte sie den Raum, Becka blieb dichtauf. Ein Gewirr aus Leitungen ließen sie unbeachtet, sie brauchten nur ein ganz bestimmtes Rohr. In der hintersten Ecke wurden sie fündig. Laut Beschriftung musste es diese Leitung sein. Sie verfügte über eine Wartungsklappe, die den Zugang erleichterte.

„Das ist es“, stellte Sophie fest.

„Okay, dann wollen wir das Ding mal anschließen.“ Becka hielt die Düse des Feuerlöschers daran, die Klappe war zu groß. Zwar nicht viel, es würde allerdings einiges danebengehen, wenn sie abdrückte. Skeptisch blickte sie Sophie an. „So können wir das nicht lassen, oder?"

„Du hast etliche Spielzeuge zum Einbrechen in der Tasche, aber nichts zum Festbinden?" Spöttisch zog Sophie die Brauen hoch.

Ihre Schwester verdrehte die Augen, drückte ihr den Feuerlöscher in die Hand und kramte in ihrem Rucksack. Grinsend hob sie kurz darauf eine silberfarbene Rolle hoch. So gut es ging, befestigten sie den Schlauch des Geräts an dem Rohr. Vorsorglich wickelte Sophie das Panzerband zweimal herum.

„Machen wir das zusammen?", fragte sie.

„Bringen wir das zusammen zu Ende", stimmte Becka ihr zu.

Gemeinsam hielten sie mit je einer Hand den zylindrischen Körper des Feuerlöschers fest, die andere legten sie beide auf den Abzug.

„Auf drei", sagte Sophie.

Langsam zählte sie herunter, dann drückten sie gleichzeitig den Hebel. Das unter Druck eingefüllte Gas entwich zischend in das Rohr, das die klimatisierten Kammern der Bienen mit Sauerstoff versorgte. Es war ein geschlossenes System, die Luft zirkulierte in allen Räumen, in denen sie die Bienen in den verschiedensten Entwicklungsstadien hielten. Inständig hoffte Sophie, dass ihr Plan funktionieren würde.

„Wie lange wird es dauern?", fragte Becka.

„Genau kann ich es nicht sagen. Das ist abhängig von dem System, doch sobald die Bienen damit in Berührung gekommen sind, ist es nicht mehr aufzuhalten. Alles, was mit dieser Luft Kontakt hat, ist sozusagen infiziert."

„Okay, lass uns gehen."

Sie ließen den Feuerlöscher hängen und verließen den Raum. Jetzt wo ihre wichtigste Aufgabe erledigt war, ließ das Adrenalin nach, das ihren Körper geflutet hatte. Plötzlich fühlte sich Sophie kraftlos, sie waren jedoch noch nicht in Sicherheit. Erst mussten sie hier raus. Sophie bemerkte erst nach einigen Schritten, dass ihre Schwester stehen geblieben war.

„Was ist los? Ich dachte, wir müssen weg?"

Nachdenklich musterte ihre Schwester einen der Räume mit Luftschleuse davor. Irritiert suchte Sophie nach dem Schild neben dem Eingang. *Königinnenkronsaal.* Sie fragte sich, wieso man ein Labor „Kronsaal" nannte. Es dauerte etwas, bis ihr müdes Gehirn begriff, dass es ein Wortspiel war.

Sophie folgte Beckas Blick durch die durchsichtigen Türen. Im Inneren des Kronsaals konnte sie einige große Holzkisten ausmachen. Bereits auf Rollbrettern geladen, allem Anschein nach für den Abtransport bereit.

„Denkst du, die Viren haben die Königinnen schon erreicht, Sophie?"

„Ich gehe davon aus, wieso?"

„Was ist, wenn wir noch ein bisschen mehr tun?", fragte Becka leise und drehte sich zu ihr um. Ihre Augen funkelten.

„Was genau meinst du?", hakte Sophie skeptisch nach.

„Schau genau hin. Für mich sieht das so aus, als hätten sie die Königinnen extra für uns zum Abtransport fertig gemacht.“

Sophie meinte, das Klicken zu hören, als ihr Gedankengetriebe einrastete. „Aber wie sollen wir die Bienen wegschaffen, wir haben keine ...“

In diesem Moment ging die Flügeltür am Hauptgang auf. Blitzschnell hatte Becka ihre Waffe auf den Eindringling gerichtet. Nur eine Sekunde später entspannte sie sich wieder und nahm den Finger vom Abzug. Es war ein Mann vom Widerstand, der ihnen entgegenkam.

„Die Lagerhalle ist gesichert und das andere Team zurück“, meldete er. „Wir können los.“

„Wir haben eine kleine Planänderung“, informierte ihn Becka und blickte zu den Königinnen. „Hol einige Leute her. Es gibt noch etwas zu erledigen.“

32

Sophie betrachtete den abfahrenden Lastwagen. Ein grimmiges Lächeln lag auf ihren Lippen. Keine der Bienen, die sie zurückgelassen hatten, würde weiterhin die Mutation ausprägen. Außerdem befand sich das, was *FoodTec* für einen Wiederaufbau der Zucht benötigte, in ihren Händen. Die Königinnen. Es würde schwer werden, an neue heranzukommen, geschweige denn, an ihre resistente Züchtung. Da es in der freien Wildbahn so gut wie keine Bienen mehr gab, könnte es Jahre dauern, um das Projekt *PowerBee* wiederaufzubauen.

Noch bevor der Lkw um die Ecke bog, drehte sie sich um. Sie stand vor dem letzten intakten Rolltor der Lagerhalle. Das andere, das etwa zehn Meter weiter rechts von ihr lag, war völlig zerstört. Noch immer glühten die schroffen Ränder in dunklem Rot. Eigentlich wollte sie gar nicht wissen, was der Widerstand benutzt hatte, um diese Zerstörung zu verursachen. Wichtig war nur, dass das Ablenkungsmanöver funktioniert hatte. Das war etwas, was sie gelernt hatte in letzter Zeit. Sie musste nicht alles wissen und manchmal einfach vertrauen, es kam nur darauf an, wem.

Zwei weiße Vans parkten bereits auf der Zufahrt und warteten mit laufendem Motor. Neben einem schlug Becka mehrmals auf das Wagendach.

„Einsteigen, Abfahrt!", brüllte sie.

Drei Wachen liefen aus der qualmenden Halle. Sie hatten den Rückzug abgesichert. Mit Halstüchern vor Nase und Mund, um sich vor dem Rauch zu schützen, konnte Sophie nicht erkennen, wer es war. Noch hatte sie keine Übersicht, wie viele und wen sie verloren hatten. Als alle eingestiegen waren, schlug ihre Schwester ein letztes Mal aufs Dach, und der Wagen fuhr los.

Im flackernden Lichtschein wandte sich Becka zu ihr um. Trotz Schattenspiel der Flammen konnte Sophie in ihrem Gesicht lesen. Es wurde Zeit. Zügig ging Sophie zu ihr zu dem letzten Wagen. Nicht mehr lange, dann käme bestimmt Verstärkung aus der Stadt, bis dahin sollten sie tunlichst verschwunden sein.

Am Steuer entdeckte sie Tom, der ihr zunickte. Rote Striemen bedeckten seinen Oberarm, und ein mit Blut vollgesogener Verband bedeckte notdürftig die Wunde. Da er hinterm Steuer sitzt, kann es nicht so schlimm sein, dachte sie und stieg ein. Hinter ihm hockte Timmy und lehnte mit geschlossenen Augen an der Scheibe. Blass sah er aus. Er war so unschuldig gewesen, bevor sie aufgebrochen waren. Als Sophie neben ihm Platz nahm, schaute er auf und schenkte ihr ein schwaches Lächeln, das gleich wieder erlosch.

„Und? War dein Virus erfolgreich?", fragte Sophie leise.

Er nickte. „Keine Sorge. Alle Daten, die es je über *PowerBee* gegeben hat, sind gelöscht. Und bis morgen früh wird der gesamte Zentralrechner leer sein." Seine Stimme klang fest.

In seinen Augen lag nichts Unschuldiges mehr. Sophie hatte keine Ahnung, was er in den letzten Stunden erlebt hatte, aber es schien ihm nicht besser ergangen zu sein als ihr. Ihr Herz krampfte sich zusammen, als sie den ehemals so lebenslustigen jungen Mann betrachtete. Über Nacht hatte er alles Kindliche verloren.

Sanft strich sie über seinen Unterarm, um ihm zu zeigen, dass sie ihn verstand. Seine Augen schimmerten feucht, bevor er sie schloss und den Kopf zurück an die Scheibe lehnte. Wenn sie ehrlich war, war sie genauso naiv an die Sache herangegangen. Ja, sie hatte gewusst, dass jemand sterben könnte, aber wirklich begriffen, was das bedeutete, hatte sie es nicht. Bis jetzt. Ihre Gedanken drängten zurück zu Leo, der noch immer in einem der Flure lag. Ihre Schwester hatte klargemacht, dass keiner ihrer verlorenen Freunde mitgenommen werden konnte. Dafür hatten sie weder die Zeit noch die Kapazitäten.

Eine Träne lief Sophie über die Wange, und sie wischte sie unauffällig fort. Auch wenn sie verstand, warum ihre Schwester so handelte, schmerzte es. Das Klappen der zuknallenden Wagentür holte sie zurück aus ihren Grübeleien.

Becka setzte sich hinter sie und rief nach vorne: „Fahr los! Es ist kein anderer mehr da."

Tom gab Gas. Nach der letzten Ecke des Backsteingebäudes hatten sie wieder einen freien Blick auf die Kuppeln. Nach wie vor flackerte das rötliche Licht der Notbeleuchtung in den großen gläsernen Gebilden. Sie wirkten wie riesige Weihnachtskugeln. Sie fuhren an einem Parkplatz mit vereinzelten Wagen vorbei und erreichten das Pförtnerhaus oder das, was davon übrig war. Nur noch ein Teil der Mauern stand an seinem alten Platz, der Rest lag verstreut auf der Wiese. Wenige Meter dahinter endete das Gelände.

„Und du bist dir sicher, dass sich die Mitarbeiter abseits auf einem Evakuierungspunkt einfinden, sobald der Alarm losgeht?", fragte Becka von hinten, während sie auf die Hauptstraße abbogen.

Irritiert wandte sich Sophie zu ihr um. Diese Information hatte sie ihr schon am Anfang gegeben, als es um die Einsatzplanung gegangen war.

„Ja, das ist die standardisierte Vorgehensweise, bis der Alarm endet und eine Durchsage gemacht wird, dass man zurückkehren kann. Wieso fragst du gerade jetzt?"

„Das wirst du gleich sehen." Aus der Hosentasche holte Becka ein Mobiltelefon hervor, tippte eine Nummer ein und drehte sich zurück zum Heckfenster. Ihr Finger schwebte über der grünen Wahltaste. Ihre Lippen verzogen sich zu einem bösen Lächeln, ehe sie darauf drückte. Ein oder zwei Sekunden passierte nichts, bis ein ohrenbetäubender Knall ertönte und den Wagen schlingern ließ. Orangefarbene Feuerbälle schossen in den Himmel und sprengten die Kuppeln.

Dort brannte ihre Vergangenheit. Statt traurig darüber zu sein, fühlte sich Sophie unerwartet frei. Eine Weile betrachtete sie die Flammen, dann richtete sie ihren Blick nach vorne, denn dort lag ihre Zukunft.

33

Der Boden knirschte unter Sophies Füßen. Wie immer war ihr furchtbar heiß in dem Schutzanzug. Aber das war ihr heute egal, denn dieser Platz war genau richtig. Im Hintergrund erstreckte sich ein Wäldchen und rundum weite, mit trockenem Gras bedeckte Ebenen. In der Nähe eines Baums stellte sie die kleine hölzerne Kiste auf den Boden. Vorsichtig öffnete sie die obere Luke und trat zurück. Manchmal dauerte es ein wenig, doch es gab auch Königinnen, die sich unheimlich schnell überwanden. Und diese war eine von der eiligen Sorte. Eine Traube aus Bienen schwebte empor, die Königin mittendrin. Es hatte etwas Majestätisches, als der Schwarm Richtung Baum flog und sich um einen herabhängenden Ast sammelte. Sie konnte nicht anders, als zu lächeln.

Sophie nahm sich die Zeit und verteilte in Ruhe in einiger Entfernung zum Schwarm Schälchen, gefüllt mit Wasser, Honig oder Zuckerwasser. So sollten die Bienen in den ersten Tagen einen guten Start haben. Was danach geschehen würde, konnte sie nicht mehr beeinflussen und würde es auch nicht, selbst wenn sie wollte. Sie trat den Rückweg zum Auto an und zog sich die Schutzhaube vom Kopf. Erleichtert warf sie sich die dunklen Haare aus dem Nacken und genoss den leichten Wind, der ihr entgegenwehte.

Am Van lehnte Tom und wartete bereits auf sie. „Alles gut gegangen?"

„Ja, alles bestens, Queen Viktoria hat ihr Volk gut angeführt." Sie grinste.

Kopfschüttelnd umrundete er den Wagen und stieg ein. Das mit den Namen hatte er nie verstanden. Aber wie sollte er? Seufzend blickte sie zurück und dachte an den langen Weg, der hinter ihnen lag.

„Los, steig ein", brummte er vom Fahrersitz und riss sie zurück ins Hier und Jetzt. „Wir haben noch ein bisschen was zu erledigen, schon vergessen?" Mit dem Daumen deutete er nach hinten auf die sechs Holzkisten.

„Nein, habe ich nicht." Sophies Grinsen verbreiterte sich. „Und jetzt hör auf rumzumaulen. Wir retten hier schließlich gerade die Welt."

Danksagung

Mein Dank gilt Eva Engelke, Nikolai Pretzell und Tom Wagner. Sie überließen mir den gemeinsam erarbeiteten Grundplot, der während des Workshops „Professionelles Schreiben" im Ideenreich – der Kreativhof entstanden ist. Ohne sie hätte es die Idee zu dieser besonderen Geschichte nie gegeben.

Außerdem danke ich von Herzen meiner Familie, die mir immer den Rücken freihält und mich stets unterstützt.

Und nicht zuletzt Calin Noell. Du bist ein ganz besonderer Mensch, der mit klaren Worten und viel Geduld jede Geschichte immer und immer wieder geraderückt.